Né à Newcastle, sous le pseudo, du Nord, où b, a un an quand son père , mère se remarie.
Il quitte l'école à quinze ans pour gagner sa vie et écrire, collectionne les emplois et les refus des éditeurs, devient instituteur et obtient en 1958 son premier contrat d'écrivain. Il connaît un succès foudroyant quand il publie *The Eagle Has Landed* paru en France sous le titre : *L'Aigle s'est envolé*. Il écrit ensuite *Le Jour du Jugement, Avis de tempête, Solo, Luciano, Les Griffes du diable, Exocet, Confessionnal, L'Irlandais* (d'après ce roman, un film, *L'Irlandais*, a été produit par Peter Snell et réalisé par Mike Hodges), *La Nuit des loups, Saison en enfer, Opération Cornouailles, L'Aigle a disparu, Opération Virgin* et *Terrain dangereux*. Jack Higgins est, aux côtés de ses compatriotes John le Carré et Frederick Forsyth, l'un des maîtres du grand roman d'aventures.

L'ŒIL DU TYPHON

Né à Newcastle, en Angleterre, en 1930, Harry Patterson qui publie sous le pseudonyme de Jack Higgins, a grandi à Belfast, en Irlande du Nord, où bouillonnent les passions politiques et religieuses. Il perd un oncle et son père arandonne les siens et douze quand sa

L'ŒIL DU TYPHON

Dans Le Livre de Poche :

Solo
L'Irlandais
La Nuit des loups
Saison en enfer
Opération Cornouailles
L'Aigle a disparu

JACK HIGGINS

L'Œil
du typhon

ROMAN TRADUIT DE L'ANGLAIS
PAR JEAN-MARC MENDEL

ALBIN MICHEL

Édition originale anglaise :

EYE OF THE STORM

© Jack Higgins, 1992.

© Éditions Albin Michel, 1993, pour la traduction française.

*En souvenir de mon grand-père
Robert Bell, M M.
Un vaillant soldat.*

« *Les vents divins se sont levés.
Remplissez toutes les cases.
Que Dieu soit avec vous.* »

Message codé diffusé
par Radio Bagdad, janvier 1991.

L'attaque au mortier lancée à dix heures du matin, le jeudi 7 février 1991, contre le 10 Downing Street, au moment même où s'ouvrait une réunion du cabinet de guerre, appartient aujourd'hui à l'Histoire. Elle n'a jamais fait l'objet d'explications satisfaisantes. Mais on peut penser que, peut-être, les événements se sont déroulés ainsi...

Chapitre premier

La nuit n'était pas encore complètement tombée. Dillon sortit de la ruelle et, au coin, marqua un temps d'arrêt. Un mélange de pluie, de grésil et de neige fondue tourbillonnait au-dessus de la Seine et il faisait un froid vif même pour un mois de janvier à Paris. L'Irlandais avait revêtu un caban, une casquette à visière rigide, un jean et des bottes. On l'aurait pris sans peine pour un quelconque marinier d'une des péniches amarrées le long du quai, ce qu'il n'était pas.

Faisant écran de sa main gauche, il alluma une cigarette et demeura quelques minutes dans l'ombre, surveillant les lumières du bistrot miteux qui lui faisait face, de l'autre côté de la petite place pavée de grès. Au bout d'un moment, il jeta son mégot, plongea les mains au plus profond de ses poches et se mit en marche.

Protégés par la pénombre de l'entrée, deux hommes le regardaient approcher.

– Ça doit être lui, murmura le premier.

Il esquissa un mouvement. Son compagnon le retint :

– Bouge pas. Attends qu'il soit dedans.

Des années de vie clandestine et dangereuse avaient aiguisé les sens de Dillon et il les avait repérés, mais il fit comme si de rien n'était. Avant d'entrer, il glissa la main sous son caban pour vérifier que son Walther PPK jouait librement sous la ceinture de son jean, dans le creux des reins. Puis il poussa la porte.

C'était un boui-boui minable, comme on en trouvait jadis le long du fleuve ou du canal Saint-Martin : une demi-douzaine de tables, des chaises branlantes, un zinc et des bouteilles alignées devant un miroir écaillé. Un rideau de perles masquait l'accès de l'arrière-salle.

Le patron, un très vieil homme à la moustache grise, arborait un gilet d'alpaga sur une chemise sans col aux poignets

élimés. Il posa le magazine qu'il était en train de lire et descendit de son tabouret :
— Monsieur ?

Dillon déboutonna son caban et posa sa casquette sur le comptoir. Il était d'assez médiocre stature – guère plus d'un mètre soixante-cinq –, blond. Le mastroquet nota ses yeux : leur couleur était indéfinissable, mais ils rayonnaient d'un éclat glacé qu'il n'avait jamais rencontré chez personne. Effrayé, sans savoir pourquoi, il fut pris d'un frisson. Dillon, soudain, lui sourit. Le changement avait de quoi surprendre : tout à coup, le nouveau venu se faisait chaleureux et déployait un charme immense.

— La maison aurait-elle quelque chose qui ressemblerait à une demi-bouteille de champagne ? demanda-t-il dans un français impeccable.

Le vieil homme ne cacha pas sa stupéfaction.

— Du champagne ?... Vous rigolez, m'sieur. Y a qu'deux sortes de vin, ici. Du blanc et du rouge.

Il déposa sur le zinc deux bouteilles de qualité ordinaire, fermées non par des bouchons de liège mais par des capsules de plastique.

— Très bien, soupira Dillon. Je me contenterai de votre blanc. Donnez-moi un verre.

Il remit sa casquette et s'en fut s'asseoir à une table contre le mur, d'où il pouvait surveiller à la fois l'entrée et le passage de l'arrière-salle. Il ouvrit la bouteille, se servit un peu de vin et le goûta :

— Et c'est quoi, comme millésime ? railla-t-il à l'intention du patron. Celui de la semaine dernière ?...

— J'vous d'mande pardon, m'sieur ?...

Le vieillard paraissait abasourdi.

— Laissez tomber.

Dillon alluma une nouvelle cigarette, se laissa aller contre le dossier de sa chaise, et attendit.

L'homme qui se tenait derrière le rideau, au travers duquel il observait la salle, affichait une bonne cinquantaine. De taille moyenne, les traits à peine marqués par les stigmates de la maturité, il avait relevé le col de fourrure de son manteau sombre pour se protéger du froid. Tout en lui, jusqu'à la Rolex en or qui ornait son poignet gauche, trahissait l'homme d'affaires prospère, ce qu'il était, d'une certaine façon, en tant que premier attaché commercial de l'ambassade d'URSS à Paris. Mais il figurait aussi, sous le nom de Joseph Makeev, sur les états nominatifs du personnel du KGB, avec le grade de colonel.

Plus jeune, cheveux noirs, emmitouflé dans un luxueux manteau de vigogne, Michel Aroun regardait par-dessus son épaule.

— C'est ridicule, souffla-t-il en français. Ce n'est sûrement pas notre homme. Il n'a l'air de rien.

— Ça, c'est une grave erreur, Michel. Mais je dois reconnaître que bien des gens l'ont déjà commise avant vous, répliqua Makeev. Attendez un peu.

Une sonnette tinta et la porte s'ouvrit à la volée, laissant s'engouffrer une rafale de pluie. Les deux hommes qui avaient guetté Dillon avant son arrivée entrèrent dans le bistrot. Le premier, barbu, dépassait le mètre quatre-vingt-dix. Une vilaine cicatrice, qui partait de l'œil droit, déformait sa joue. Son camarade était beaucoup plus petit. Tous deux avaient bien l'air de ce qu'ils étaient : de pâles voyous de bas étage.

Ils s'installèrent au bar. Le patron, à leur vue, commença à s'inquiéter.

— T'affole pas, pépère, grogna le plus jeune. On veut seulement s'taper un p'tit gorgeon.

Le plus grand se tourna vers Dillon :

— J'crois qu'on a c'qu'on cherche sous la main, non ? (Il fit quelques pas, s'empara du verre de l'Irlandais et but une grande lampée.) Notre ami s'en fiche, hein ?

Sans bouger de sa chaise, Dillon leva le pied et le lança, orteils tendus, contre le genou du barbu.

L'homme s'effondra avec un cri étouffé et tenta de se cramponner à la table. Dillon s'était dressé. Le barbu essaya de se mettre debout, mais sa tentative tourna court et il retomba sur sa chaise. Son compagnon plongea la main dans sa poche et en sortit la lame d'un couteau à cran d'arrêt. Dillon, dans son poing gauche, tenait déjà le Walther PPK :

— Contre le comptoir, et vite !... Bon Dieu, les gens comme vous n'apprennent jamais rien, hein ?... Allez, remets ce tas de merde sur ses jambes et tirez-vous pendant que je suis encore de bonne humeur. À propos, vous feriez mieux de filer tout droit aux urgences de l'hôpital le plus proche. Je pense que je lui ai démis la rotule.

Le petit s'approcha de son camarade et s'efforça de le faire tenir debout. Ils restèrent un moment sans bouger. La douleur tordait les traits du barbu. Dillon alla leur ouvrir la porte : dehors il continuait à tomber des hallebardes.

— Passez une bonne soirée, ricana l'Irlandais.

Sans lâcher le Walther, il alluma une cigarette avec une allumette prise au frottoir qui se trouvait sur le zinc et adressa un sourire au vieux patron, toujours aussi terrifié :

— T'en fais pas, papa, c'est pas ton problème.

Il se pencha et, en anglais cette fois :

— Ça va, Makeev, je sais que vous êtes là. Alors, sortez.

Le rideau s'écarta pour laisser passer Makeev et Aroun.

— Mon cher Sean, ça me fait plaisir de vous revoir.

— Vous êtes la huitième merveille du monde, vous savez, ironisa Dillon, avec une pointe d'accent de l'Ulster. Il y a une minute, vous essayiez de me faire embrocher par vos sbires et, maintenant, vous voilà tout sucre et tout miel.

— C'était nécessaire, Sean. Il fallait bien que je fasse une petite démonstration à mon ami. Mais permettez-moi de vous présenter.

— Inutile, répliqua l'Irlandais. J'ai vu sa photo assez souvent. Quand ce n'est pas dans la rubrique financière des quotidiens, c'est dans les hebdomadaires à grand tirage. Michel Aroun, n'est-ce pas ? L'homme le plus riche de l'univers.

Michel Aroun leva une main :

— Pas le plus riche, monsieur Dillon.

L'Irlandais ignora l'objection :

— Nous nous passerons des formalités, mon cher garçon. Mais ne manquez pas de demander à celui qui se cache de l'autre côté de ce rideau de sortir.

— Rachid, fais ce qu'il dit, ordonna Aroun.

Il précisa pour Dillon :

— C'est mon assistant.

Le jeune homme qui apparut, visage mince, yeux attentifs, poings au fond des poches, portait un trois-quarts de daim au col relevé.

Dillon avait appris depuis longtemps à reconnaître un professionnel.

— Je veux tout voir, lança-t-il, accompagnant ses paroles d'un mouvement du Walther.

Rachid sourit et sortit ses mains de ses poches :

— C'est bon. Je m'en vais.

Il se dirigea vers la porte.

— Sean, soyez raisonnable, reprit Makeev. Nous voulons seulement discuter avec vous. Nous avons une affaire à vous proposer.

– Désolé, Makeev. Mais, moi, je n'aime pas votre façon de mener vos affaires.

– Même pas pour un million, monsieur Dillon ? interrogea Aroun.

L'Irlandais se retourna, le fixa calmement, et esquissa un sourire enjôleur :

– Un million de livres ou un million de dollars, monsieur Aroun ?

Puis il s'élança sous la pluie.

– Nous l'avons raté, constata Aroun.

– Pas du tout, répliqua Makeev. Mais c'est un drôle de type, croyez-moi. Rachid, vous avez votre téléphone portatif ?

– Oui, mon colonel.

– Bien. Suivez-le. Collez-lui aux fesses comme une sangsue. Quand il sera arrivé là où il va, prévenez-moi. Nous serons tous les deux avenue Victor-Hugo.

Sans prononcer un mot, Rachid s'en alla. Dans son portefeuille, Aroun prit un billet de cinq cents francs qu'il posa sur le comptoir. Ébahi, le patron ouvrait des yeux ronds.

– Nous vous remercions beaucoup, dit Aroun, avant de suivre Makeev.

En s'installant au volant de sa Mercedes noire, il dit au Russe :

– Il n'a même pas hésité une seconde.

– C'est un homme remarquable, ce Sean Dillon, répondit Makeev. Il a commencé à se battre pour l'IRA en 71. Ça fait vingt ans, Michel, vingt ans. Et il n'a jamais passé une seule nuit en prison. Il a trempé dans l'assassinat de Lord Mountbatten. Puis, ses petits camarades l'ont trouvé trop dur à manier, et il est passé en Europe. Comme je vous l'ai dit, il a travaillé pour tout le monde : l'OLP, la Fraction armée rouge, en Allemagne, et le mouvement séparatiste basque, l'ETA. Il a descendu un général espagnol pour leur compte.

– Et pour le KGB ?

– Bien entendu. Nous l'avons souvent utilisé. Vous savez que nous n'employons que les meilleurs, et Sean Dillon en fait partie. Il parle naturellement l'anglais et, ce qui n'a pas d'intérêt pour vous, le gaélique. Son français et son allemand sont parfaits, et il se débrouille en arabe, en italien et en russe.

– Et, pendant ces vingt ans, personne ne l'a coincé... Comment peut-on avoir une chance pareille ?

– Parce qu'il a un extraordinaire talent d'acteur, mon cher ami. Du génie, même, pourrait-on dire. Quand il était enfant, son père l'a emmené vivre à Londres, où il a obtenu une bourse pour l'Académie royale d'art dramatique. Il a même appartenu à la troupe du National Theatre quand il avait dix-neuf ou vingt ans. Je n'ai jamais connu quelqu'un capable, comme lui, de changer d'apparence et de personnalité par le seul jeu des attitudes et des gestes. Il se sert rarement de maquillage, encore que je reconnaisse que ça l'aide quand il en a besoin. Sean Dillon est une légende vivante, sur laquelle les services de sécurité de la plupart des pays préfèrent rester discrets, parce qu'ils sont incapables de lui donner un visage et qu'ils ne savent même pas de quoi peut bien avoir l'air l'homme qu'ils recherchent.

— Même pas les Britanniques ? Après tout, en ce qui concerne l'IRA, ce sont eux, les experts.

— Non, même pas les Britanniques. Comme je vous l'ai dit, il n'a jamais été arrêté, pas une seule fois. Et à la différence de bien de ses amis de l'IRA, il n'a jamais courtisé les médias. Je doute fort qu'il existe une seule photo de lui, à part quelques clichés datant de son enfance.

— Et quand il était acteur ?

— Peut-être, mais ça se passait il y a vingt ans, Michel.

— Et vous pensez qu'il peut accepter cette affaire si je lui offre assez d'argent ?

— Non, c'est un homme pour qui l'argent seul ne suffit pas. C'est le travail en lui-même qui compte pour Dillon. Comment dire ?... C'est l'intérêt de la mission qui lui importe. N'oubliez pas que c'est quelqu'un pour qui l'art dramatique était une passion. Ce que nous allons lui proposer, c'est un nouveau rôle. Du théâtre de rue peut-être, mais un rôle de premier plan.

La Mercedes rejoignait le flot de voitures autour de l'Arc de Triomphe. Il sourit :

— Nous n'avons plus qu'à attendre... Attendre jusqu'à ce que Rachid nous appelle.

Au même moment, le capitaine Ali Rachid se trouvait au bord de la Seine, à l'extrémité d'un petit ponton qui s'avançait dans le fleuve. La pluie, toujours mêlée de neige fondue, tombait de plus en plus dru, et, dans la lumière des projecteurs, on avait l'impression de voir Notre-Dame à travers un rideau. Rachid suivit des yeux Dillon qui entrait dans un petit café, sur le quai.

L'établissement, vétuste, était construit en planches. L'enseigne, banale, annonçait *Le Chat Noir*. Des péniches, le long du quai, attendaient, à l'amarre. Rachid, avec précaution, jeta un coup d'œil par la fenêtre. Il y avait un comptoir et quelques tables, comme dans l'autre bistrot. La seule différence était que les clients mangeaient. Il y avait aussi un accordéoniste, perché sur un tabouret. Un touriste aurait jugé l'endroit très parisien. Dillon, accoudé au zinc, avait noué conversation avec une jeune femme.

Rachid revint sur ses pas jusqu'au bout du quai. Appuyé à la balustrade, à l'abri d'un petit auvent, il composa sur son téléphone portatif le numéro de l'appartement de Michel Aroun, avenue Victor-Hugo.

Il entendit soudain un petit bruit métallique : Dillon avait armé le Walther et lui en enfonçait le canon dans l'oreille droite.

— Et maintenant, mon garçon, vous allez répondre à mes questions, exigea-t-il. Qui êtes-vous ?
— Je m'appelle Rachid. Ali Rachid.
— Et vous faites quoi, dans la vie ? OLP ?
— Non, monsieur Dillon. Je suis capitaine dans l'armée irakienne, affecté à la protection de M. Aroun.
— Et Makeev et le KGB ?
— Disons que le colonel est de notre côté.
— Avec l'évolution des événements dans le Golfe, mon gars, vous avez effectivement bien besoin d'avoir des gens de votre côté. (Une voix sortait du combiné.) Allez, répondez.
— Rachid, où est-il ? demanda Makeev.
— Ici, devant un café, près de Notre-Dame. Avec le canon de son Walther au fond de mon oreille.
— Passez-le-moi, ordonna le Russe.
Rachid donna le combiné à Dillon :
— Et alors, vieux connard ?
— Un million, Sean. Un million de livres sterling, si c'est la monnaie que vous préférez.
— Et qu'est-ce que j'aurai à faire pour tout cet argent ?
— Le coup de votre vie. Faites-vous ramener ici par Rachid, et on en discutera.
— Je ne crois pas, trancha Dillon. Je pense que ce que je veux, c'est que vous mettiez votre cul en mouvement et que vous veniez nous chercher vous-même.
— Bien sûr, bien sûr... Où êtes-vous ?
— Sur la rive gauche, en face de Notre-Dame. Un petit bistrot sur le quai. Ça s'appelle le Chat Noir. On vous attend.

Il rangea le Walther dans sa poche et rendit le téléphone à Rachid.

— Alors, il vient ? demanda l'Irakien.

— Bien sûr qu'il va venir. Et maintenant, vous et moi, nous allons nous mettre au chaud et nous offrir un petit remontant.

Dans le salon, à l'étage supérieur du duplex de l'avenue Victor-Hugo, Makeev raccrocha l'écouteur, et se dirigea vers le canapé sur lequel il avait jeté son manteau.
— C'était Rachid ? interrogea Aroun.
— Oui. Il est avec Dillon dans un café, au bord de la Seine. Je vais aller les chercher.
— Je viens avec vous.
Makeev enfilait son pardessus :
— Pas la peine, Michel. Gardez la boutique. Nous ne serons pas longs.
Il sortit.
Aroun prit une cigarette dans un étui d'argent, l'alluma et mit la télévision en marche. Le journal télévisé était déjà commencé. On passait en direct des images de Bagdad : des chasseurs-bombardiers Tornado de la Royal Air Force attaquaient à basse altitude. Aroun se sentit pris d'une amère fureur. Il éteignit le poste, se servit un cognac et alla s'asseoir près de la baie vitrée.

Michel Aroun avait quarante ans et c'était, à tous égards, un homme hors du commun. Il était né à Bagdad, d'une mère française et d'un père irakien, officier dans l'armée. Sa grand-mère maternelle était américaine. D'elle, sa mère avait hérité de dix millions de dollars et de nombreuses concessions pétrolifères au Texas.

Elle était morte l'année même où il avait obtenu son diplôme de la faculté de droit d'Harvard, laissant toute sa fortune à son fils. Son père, général de l'armée irakienne à la retraite, coulait des jours heureux dans la vieille maison familiale de Bagdad, au milieu de ses livres.

Comme bien des grands capitaines d'industrie, Aroun ne disposait d'aucune formation propre à son domaine. La programmation financière ou la gestion lui étaient étrangères. Sa formule préférée, souvent citée par les journalistes, était : « Quand j'ai besoin d'un nouveau directeur financier, je m'en offre un. »

Les liens d'amitié qu'il avait noués avec Saddam Hussein devaient beaucoup au fait que le président irakien avait bénéficié à ses débuts en politique du soutien sans faille de son père, personnalité éminente du parti Baas. Grâce à elle, Aroun s'était trouvé dans une position privilégiée pour tirer profit du développement des champs pétrolifères du pays, ce qui lui avait procuré une fortune qui défiait toutes les estimations.

Une autre de ses formules le disait bien : « Après le premier milliard, on arrête de compter. » Mais, maintenant, il courait au désastre. Non seulement les richesses promises par les puits d'or noir du Koweït allaient lui échapper, mais le flot des revenus qu'il tirait de ses avoirs en Irak s'était tari, coupé net par les raids aériens massifs qui frappaient son pays depuis le 17 janvier.

Il était lucide. Il savait que pour l'Irak, la partie était d'ores et déjà perdue. Qu'elle n'aurait sans doute jamais dû commencer et que c'était la fin des rêves de Saddam Hussein. Homme d'affaires avisé, Michel Aroun pratiquait le calcul des probabilités, et ses prévisions n'accordaient guère de chances à l'Irak quand la bataille terrestre finirait par s'engager.

En ce qui le concernait personnellement, certes, il était loin d'être ruiné. Il lui resterait toujours ses intérêts pétroliers aux États-Unis, protégés par sa double nationalité française et irakienne qui interdisait à Washington de geler ses avoirs. Il possédait aussi un empire dans le transport maritime, sans parler des nombreux immeubles qu'il avait acquis dans toutes les grandes villes de la planète.

Mais là n'était pas le problème. La colère l'envahissait tous les soirs quand il branchait sa télévision et qu'il voyait ce qui se passait chaque nuit à Bagdad, car, trait inattendu chez cet égocentrique, il était patriote. À quoi s'ajoutait le fait, infiniment plus important, que son père avait été tué dans un bombardement, la troisième nuit de la guerre aérienne.

Et puis il y avait un grand secret dans la vie de Michel Aroun : en août 1990, un peu après l'invasion du Koweït par les forces irakiennes, Saddam Hussein en personne avait demandé à le voir.

Assis près de la large fenêtre, son verre de cognac à la main, écoutant la pluie qui tambourinait sur le balcon, il regardait sans voir vers le bois de Boulogne. Et il se souvenait de sa dernière rencontre avec le chef de l'État irakien.

Un exercice de défense passive était en cours, et la Land Rover militaire qui l'amenait parcourait les rues de Bagdad plongées dans l'obscurité. Son chauffeur était un jeune capitaine des services de renseignements, un homme de la nouvelle génération, formé par les Britanniques à Sandhurst, qu'il avait déjà rencontré.

Aroun lui offrit une cigarette anglaise et en prit une lui-même.
– Qu'est-ce que vous pensez? demanda-t-il. Vous croyez qu'ils vont bouger?
– Les Américains et les Anglais? Qui sait? répondit Rachid sans s'engager. Ils vont certainement réagir. Le président Bush semble avoir opté pour une ligne dure.
– Non, vous vous trompez, coupa Aroun. Je l'ai vu deux fois, en tête à tête, lors de réceptions à la Maison Blanche. C'est ce que nos amis américains appellent un chic type. Mais certainement pas un homme d'acier.

Rachid haussa les épaules :
– Moi, je suis quelqu'un de simple, monsieur Aroun, un soldat, et je vois peut-être les choses d'une manière simpliste. Mais voilà un homme qui était pilote de combat dans l'aéronavale américaine à vingt ans, qui a accompli un grand nombre de missions, qui a été abattu au-dessus de la mer du Japon, et qui a survécu et été décoré de la Distinguished Flying Cross. Moi, personnellement, je ne sous-estimerais pas un homme comme lui.

Aroun fronça les sourcils :
– Allons, mon vieux, les Américains ne vont quand même pas envoyer leur armée à l'autre bout de la planète pour protéger un petit État arabe.
– Est-ce que ce n'est pas exactement ce qu'ont fait les Anglais pendant la guerre des Malouines? lui rappela Rachid. En Argentine, ils ne s'attendaient pas à une réaction pareille. Évidemment, ils avaient la détermination de Thatcher derrière eux. Les Anglais, je veux dire.
– Maudite bonne femme, cracha Aroun.

Soudain déprimé, il se laissa aller contre le dossier de son siège, au moment où leur véhicule franchissait les grilles du palais présidentiel.

Il suivit Rachid le long de corridors aux parois de marbre. Le jeune officier ouvrait la marche, une lampe torche à la main. C'était une expérience étrange, un peu inquiétante, que d'avoir à suivre la petite tache de lumière sur le sol, dans l'écho des pas qui résonnaient. Une sentinelle montait la garde de chaque côté de la lourde porte ouvragée. Rachid l'ouvrit et ils entrèrent.

Saddam Hussein était seul, assis en uniforme, derrière un vaste bureau, simplement éclairé par une lampe. Il écrivait, lentement et avec soin. Il leva les yeux, sourit et posa son stylo.

– Michel ! (Il se leva et vint embrasser Aroun comme un frère.) Et votre père ? Il va bien ?

– Sa santé est excellente, monsieur le président.

– Transmettez-lui mes respects. Vous avez l'air en bonne forme, Michel. Paris vous réussit. (Il sourit à nouveau.) Fumez si vous voulez. Je sais que vous aimez ça. Malheureusement, moi, mes médecins m'ont ordonné d'arrêter, ou bien...

Il se rassit et Aroun prit place en face de lui, conscient de la présence de Rachid contre le mur, dans la pénombre :

– Paris était superbe, mais maintenant, dans ces temps difficiles, ma place est ici, monsieur le président.

Saddam Hussein hocha la tête :

– Je crois que vous vous trompez, Michel. J'ai des soldats en quantité, mais je dispose de bien peu d'hommes comme vous. Vous êtes riche, célèbre, et reçu au plus haut niveau de la société et des gouvernements partout dans le monde. En outre, grâce à votre chère mère, d'heureuse mémoire, vous n'êtes pas seulement irakien, mais aussi citoyen français. Non, Michel, j'ai besoin de vous à Paris.

– Mais pourquoi, monsieur le président ?

– Parce qu'un jour, je puis avoir à vous demander de rendre à votre pays et à moi-même un service dont vous seul êtes capable.

– Vous pouvez entièrement compter sur moi, vous le savez.

Saddam Hussein se leva, marcha jusqu'à la fenêtre, ouvrit les volets et passa sur la terrasse. La sirène de fin d'alerte sonnait, sinistre, à travers la ville et, ici ou là, les lumières commençaient de se rallumer.

– J'espère encore, dit Saddam Hussein, que nos amis américains et britanniques vont rester dans leur arrière-cour, sinon... (Il haussa les épaules.) Sinon, nous pourrons avoir à les combattre dans leur *propre* arrière-cour. Rappelez-vous, Michel, que, comme le Prophète nous l'enseigne dans le Coran, il y a plus de vérité à la pointe d'un sabre que dans dix mille versets.

Le dictateur s'interrompit, puis reprit, sans quitter la ville des yeux :

– Un tireur d'élite embusqué dans la nuit, Michel. Un SAS anglais ou un Israélien, peu importe, mais quel coup !... La mort de Saddam Hussein...

– Que Dieu interdise une pareille chose, murmura Aroun.

Saddam Hussein se tourna vers lui :

– Que la volonté de Dieu soit faite, Michel, en toutes

circonstances. Mais vous voyez où je veux en venir ?… Ça pourrait s'appliquer aussi à Bush, ou à cette Thatcher… Ce serait la preuve que mon bras peut frapper partout. Ce serait le coup décisif… Seriez-vous en mesure de monter une telle opération, si c'était nécessaire ?

De toute sa vie, jamais Michel Aroun n'avait ressenti une telle excitation :

— Je pense que oui, monsieur le président. Tout est possible, surtout si j'y mets assez d'argent. Ce sera mon cadeau.

— Bien, approuva Saddam. Vous allez immédiatement retourner à Paris. Le capitaine Rachid vous accompagnera. Il connaîtra les détails de certains codes que nous utiliserons dans nos émissions de radio, et tout ce genre de choses… Le grand jour ne viendra peut-être jamais, Michel, mais s'il le faut… (Il haussa les épaules.) Nous avons des amis bien placés. (Il se tourna vers Rachid.) Ce colonel du KGB à l'ambassade soviétique à Paris ?

— Le colonel Joseph Makeev, monsieur le président.

— Oui, continua Saddam, s'adressant de nouveau à Aroun. Comme bien des gens de son espèce, il n'est pas satisfait des changements qui bouleversent Moscou. Il vous apportera toute l'assistance possible. Il nous a déjà fait part de ses bonnes intentions. (Il embrassa fraternellement Aroun.) Allez, maintenant. J'ai du travail.

L'électricité n'avait pas encore été rétablie dans le palais, et Michel Aroun s'engagea dans le corridor, à la lumière de la lampe de Rachid.

Depuis son retour à Paris, Michel Aroun avait appris à bien connaître Joseph Makeev. Pourtant, délibérément, il s'était arrangé pour maintenir leurs relations au niveau des mondanités, ne le rencontrant que lors des réceptions diplomatiques. Saddam Hussein avait raison, le Russe s'était fermement rangé du côté de l'Irak, désireux qu'il était de participer à toute action qui poserait des problèmes aux États-Unis ou à la Grande-Bretagne.

Évidemment, les mauvaises nouvelles du pays s'étaient succédé. La coalition avait réuni une armée gigantesque. Qui aurait pu s'y attendre ?… Il se rappelait sa rage et son désespoir quand il avait appris la mort de son père. Il n'avait jamais été très religieux, mais il s'était rendu à la mosquée pour y prier. Cela ne lui avait procuré aucun soulagement. Son sentiment d'impuissance l'avait envahi comme un parasite. Et puis il y avait eu

enfin ce matin où Rachid, le visage pâle et tendu, s'était rué dans le grand salon richement décoré, un bloc-notes à la main :
— Ça y est, monsieur Aroun. Le signal que nous attendions… Je viens de l'entendre sur radio Bagdad : *Les vents divins se sont levés. Remplissez toutes les cases. Que Dieu soit avec vous.*

Aroun l'avait fixé sans y croire. Ses mains avaient tremblé en prenant le bloc-notes. Il avait fini par souffler, d'une voix rauque :
— Le président avait raison. Notre jour est venu.
— Exactement, avait souligné Rachid. *Remplissez toutes les cases*. Notre affaire démarre. Je vais appeler Makeev tout de suite, pour lui fixer un rendez-vous.

Dillon regardait les frondaisons du bois de Boulogne, au-delà de l'avenue Victor-Hugo. Il sifflotait doucement, pour lui-même, une étrange petite mélodie mélancolique.
— Vous avez là ce que les agents immobiliers appellent une situation privilégiée, dit-il.
— Puis-je vous offrir un verre, monsieur Dillon ? demanda Michel Aroun.
— Une coupe de champagne ne serait pas de refus.
— Vous avez une préférence ?
— Ah, ces hommes qui ont tout… Eh bien, disons que du Krug serait parfait, mais non millésimé. J'aime mieux les assemblages.
— Vous avez du goût, je vois.

Il fit un signe de tête à Rachid, qui s'éclipsa.

Déboutonnant son caban, Dillon prit une cigarette et l'alluma :
— Ainsi, vous avez besoin de mes services, si j'en crois ce vieux renard. (Du regard, il désignait Makeev qui se réchauffait devant la cheminée.) Le coup de ma vie, a-t-il dit, et pour un million de livres. Pas moins. Maintenant, qu'est-ce que je devrais faire pour tout ça ?

Rachid revenait avec un plateau portant trois coupes et une bouteille de Krug dans un seau. Il le posa sur une table et se mit en devoir d'enlever la garniture de fil de fer du bouchon.
— Je ne suis pas encore sûr, déclara Aroun, mais ce devrait être quelque chose de très spécial. Quelque chose qui démontrerait au monde que Saddam Hussein peut frapper partout.
— Il a bien besoin de se mettre en valeur, le pauvre bougre, commenta gaiement Dillon. Ça ne tourne pas trop bien pour lui.

Rachid achevait de remplir les coupes. Il reprit :
— Vous êtes malade ? Vous ne buvez pas avec nous ?
Rachid se contenta de sourire.
— Malgré son passage par Winchester et Sandhurst, expliqua Aroun, le capitaine Rachid est demeuré un vrai musulman. Il ne touche pas à l'alcool.
Dillon leva son verre :
— Eh bien, je bois à vous, capitaine Rachid. Je respecte toujours un homme qui a des principes.
— Il faudra que ce soit quelque chose d'énorme, Sean, intervint Makeev. Un petit truc n'aurait aucun retentissement. Cette fois-ci, il ne s'agit plus d'avoir la peau de cinq parachutistes anglais à Belfast.
— Oh, c'est Bush que vous voulez, hein ? sourit Dillon. Rien moins que le président des États-Unis étendu raide avec une balle dans la cervelle ?
— Ça serait si stupide ? questionna Aroun.
— Cette fois-ci, oui, mon cher, rétorqua Dillon. George Bush ne s'en est pas pris seulement à Saddam Hussein, il s'est attaqué au peuple arabe tout entier. Ce sont des conneries, évidemment, mais c'est comme ça que le voient un tas de fanatiques arabes. Des groupes comme le Hezbollah, ou l'OLP, ou bien des chiens enragés comme les cinglés de la Colère d'Allah. Le genre de mecs qui s'attacheraient volontiers une bombe autour de la taille et qui la feraient sauter quand le président s'approcherait pour serrer les mains dans la foule. Je connais ces types. Je sais comment leur cervelle fonctionne. J'ai participé à l'entraînement du Hezbollah, à Beyrouth. Et j'ai travaillé aussi pour l'OLP.
— Vous êtes en train de nous dire que personne ne peut approcher Bush en ce moment ?
— Lisez les journaux. À New York et à Washington, ces jours-ci, tous ceux qui ont l'air vaguement arabes évitent de se balader dans les rues.
— Mais vous, monsieur Dillon, releva Aroun, vous n'avez pas l'air arabe du tout. Vous êtes blond, pour commencer.
— Lawrence d'Arabie était blond, lui aussi, et il avait l'habitude de se faire passer pour un Arabe. (Il secoua la tête.) Le président Bush a le meilleur service de sécurité du monde, croyez-moi. Un vrai rempart blindé. Et dans les circonstances actuelles, il va rester bien au chaud chez lui jusqu'à ce que cette affaire du Golfe soit terminée. Faites-moi confiance.
— Et son secrétaire d'État, James Baker ? insista Aroun. Il

s'est amusé à faire des navettes diplomatiques dans toute l'Europe.

– Oui, mais la difficulté, c'est d'arriver à savoir quand il est quelque part. Vous apprendrez qu'il était à Londres ou à Paris au moment où il sera déjà parti et où vous le verrez à la télévision. Non, pour cette fois-ci, oubliez les Américains.

Il y eut un silence. Aroun arborait un visage sombre. Makeev fut le premier à reprendre la parole :

– Faites-moi profiter de votre expérience professionnelle, Sean. Quel est le pays occidental où la sécurité des dirigeants est la plus mal assurée ?

– Oh, je pense que notre ami ici présent, lui qui a fait ses études à Winchester et à Sandhurst, pourrait répondre à cette question.

Rachid sourit de toutes ses dents :

– Les Britanniques sont probablement les meilleurs quand il s'agit d'opérer à chaud. Les succès de leur Special Air Service Regiment parlent d'eux-mêmes. Mais dans d'autres domaines...

– Leur principal problème, enchaîna Dillon, c'est la bureaucratie. Les services de sécurité britannique disposent de deux sections principales. Celles que la plupart des gens continuent d'appeler le MI 5 et le MI 6. Le MI 5, ou plutôt le DI 5, pour être pédant, est spécialisé dans le contre-espionnage sur le territoire de la Grande-Bretagne. Leurs petits camarades du DI 6 exercent leurs activités à l'étranger. Et puis vous avez encore la Special Branch de Scotland Yard qui entre en scène quand il faut procéder à des arrestations officielles. Le Yard a aussi sa propre brigade antiterroriste. Il y a enfin la multitude des unités de renseignements de l'armée. Tout ce petit monde se tire gaillardement dans les pattes. Évidemment, cela conduit à des faiblesses dans la sécurité de leurs dirigeants. Et c'est là, messieurs, qu'ils commettent les premières erreurs.

Rachid resservit du champagne à l'Irlandais :

– Vous nous dites donc que la sécurité des hauts responsables britanniques est mal assurée ? Celle de la reine, par exemple ?

– Allons, ricana Dillon, il n'y a pas si longtemps que la reine s'est réveillée un beau matin à Buckingham Palace en trouvant un intrus assis sur son lit. Et il y a combien de temps – six ans, non ? – que l'IRA a bien failli avoir Margaret Thatcher et tout le cabinet britannique dans un hôtel de Brighton, pendant la conférence annuelle du parti conservateur ?... (Il posa son verre et alluma une nouvelle cigarette.) Les Angliches sont très vieux jeu. Ils veulent qu'un policier porte un uniforme, comme ça ils peuvent le reconnaître. Ils n'aiment pas qu'on leur dise ce qu'ils ont à faire, et ça s'applique aussi aux ministres qui ne craignent pas d'aller à pied de leurs ministères au Parlement.

— Quelle chance pour nous autres, observa Makeev.

— Exactement, approuva Dillon. Ils y ont même été mollo-mollo avec les terroristes, jusqu'à un certain point en tout cas. Pas comme les services français. Bon Dieu !... Si jamais les gusses du Service Action m'étaient tombés sur le paletot, je me serais retrouvé étendu vite fait à poil avec des électrodes branchées sur mes couilles avant d'avoir fait «ouf». Remarquez bien qu'il leur arrive, à eux aussi, de se planter...

— Vous faites allusion à quoi ? demanda le colonel.

— Vous avez encore les canards de l'après-midi ?

— Bien sûr. Je les ai lus, dit Aroun. C'est sur mon bureau, Ali.

Rachid revint avec *Le Monde*.

— Page sept, ordonna Dillon. Lisez en entier. Ça va vous intéresser.

Il reprit du champagne pendant que Rachid lisait tout haut la dépêche :

L'ancien Premier ministre de Grande-Bretagne, Mme Margaret Thatcher, passera la nuit au château de Champs-sur-Marne, où elle est l'hôte du président François Mitterrand. Ils auront de nouveaux entretiens dans la matinée. Mme Thatcher quittera la France demain, à quatorze heures, à bord d'un appareil de la RAF qui se posera sur la base de l'armée de l'air de Creil.

— Incroyable, non, qu'ils aient laissé publier une nouvelle comme celle là ?... Mais je vous garantis que vous la retrouverez demain matin dans les grands journaux de Londres.

Chacun se tut, puis Aroun lâcha :

— Vous ne nous proposez pas de...

— Vous avez sûrement des cartes Michelin, dit Dillon à Rachid. Apportez-les.

Le capitaine se leva sans attendre.

— Bon Dieu, Sean, protesta Makeev, même vous...

— Et pourquoi pas ? répliqua froidement Dillon. Il ajouta, à l'adresse d'Aroun :

— Vous voulez frapper fort, non ?... Alors Margaret Thatcher ferait votre affaire, ou bien sommes-nous en train de jouer à la belote ici ?

Avant que Michel Aroun n'ait eu le temps de répliquer, Rachid revenait avec quelques cartes. Il en déploya une sur la table et tous se penchèrent, sauf Makeev qui demeura près de la cheminée.

– Là, Champs-sur-Marne, nous y sommes, montra Rachid. Vingt-cinq kilomètres de Paris. Et voilà l'aérodrome de Creil, à quarante kilomètres plus au nord.

– Avez-vous une carte à plus grande échelle.

– Oui.

Rachid déplia l'une de celles qu'il avait apportées.

– Très bien, le félicita Dillon. Il apparaît clairement qu'il n'y a qu'une seule route possible entre Champs-sur-Marne et Creil et là, à huit kilomètres de la base, à côté de Compans, elle croise une voie ferrée. C'est parfait.

– C'est parfait pour quoi ? s'étonna Aroun.

– Parfait pour une embuscade. Voyez-vous, je sais comment cela se passe en général. Il y aura une voiture, peut-être deux, et l'escorte. Disons une demi-douzaine de motards.

– Mon Dieu ! souffla Aroun.

– Eh oui, commenta Rachid. Il n'a pas besoin de grand-chose pour agir. Et ça pourrait marcher. C'est rapide, très simple. Du gâteau, comme disent les Français.

Aroun se tourna, suppliant, vers Makeev qui haussa les épaules.

– Il parle sérieusement, Michel. Vous avez dit que c'était ce que vous vouliez. Alors décidez-vous.

Michel Aroun respira à fond.

– C'est bon, concéda-t-il.

– Excellent, se réjouit Dillon. (Il prit sur la table un bloc et un crayon, et écrivit rapidement.) Voilà les coordonnées de mon compte numéroté à Zurich. Vous y ferez transférer un million de livres demain à la première heure.

– Comme avance ? s'étonna Rachid. Est-ce que ça n'est pas un peu trop demander ?

– Non, mon cher. C'est vous et vos amis qui demandez beaucoup, et les règles du jeu ont changé. En plus, quand ma mission aura été menée à bien, je veux toucher un autre million.

– Écoutez…, commença Rachid.

Mais Aroun levait une main apaisante :

– Je suis d'accord, monsieur Dillon, et je trouve que vous n'êtes pas cher. Et maintenant, que pouvons-nous faire pour vous ?

– Il me faut des frais de mission. J'imagine qu'un homme

comme vous garde à portée de main de confortables sommes de cet argent maudit.

– Très confortables, concéda Aroun avec le sourire. Combien ?

– Si ce sont des dollars, disons qu'il m'en faut vingt mille.

– Parfait.

D'un mouvement du menton, Aroun fit signe à Rachid qui, faisant pivoter un grand tableau monté sur d'invisibles charnières, découvrit un coffre-fort encastré dans le mur.

– Et moi, Sean, qu'est-ce que je peux faire pour vous ? demanda Makeev.

– Mon vieil entrepôt, rue Fizeau. On s'en est déjà servi. Vous avez toujours la clef ?

– Toujours.

– L'essentiel de ce qu'il me faut est planqué là, mais pour ce travail, j'aimerais assez disposer d'une mitrailleuse légère. Avec un affût tripode bien stable. Une Heckler & Koch, ou une M 60... N'importe quoi dans le même genre m'ira. (Dillon regarda sa montre.) Il est huit heures. Je voudrais l'avoir là-bas à dix heures.

– Pas de problème.

Rachid revenait avec un petit attaché-case :

– Vingt mille dollars. En billets de cent, malheureusement.

– Y a-t-il un risque qu'on puisse en déterminer la provenance ? s'inquiéta l'Irlandais.

– Impossible, trancha Aroun.

– Très bien. Et puis je prendrai aussi les cartes.

Il traversa la pièce et s'engagea dans l'escalier en colimaçon qui menait au vestibule. Aroun, Rachid et Makeev lui emboîtèrent le pas.

– C'est vraiment tout, monsieur Dillon ? s'enquit Michel Aroun, anxieux. Il n'y a rien de plus que nous puissions faire ?... Vous n'aurez pas besoin d'aide ?...

– Quand ça m'arrive, je m'adresse au Milieu, répondit Dillon. En règle générale, on peut davantage faire confiance aux truands honnêtes qui ne s'intéressent qu'à l'argent qu'aux militants fanatisés. Pas toujours, mais presque. Ne vous faites pas de soucis. Vous aurez de mes nouvelles, d'une manière ou d'une autre. Et maintenant, je m'en vais.

Rachid leur ouvrit la porte. L'averse de pluie et de neige fondue continuait de plus belle. Dillon assura sa casquette :

– C'est vraiment un temps de chien.

– Juste un petit point à éclaircir, monsieur Dillon, glissa le capitaine. Qu'est-ce qui se passera si ça tourne mal ?... Je veux dire : vous aurez eu votre million d'avance, mais nous...

— Mais vous n'aurez rien obtenu ?... N'y pensez plus, mon vieux. J'ai déjà réfléchi à une cible de remplacement. J'aurai toujours sous la main le nouveau Premier ministre de Grande-Bretagne, ce jeune M. John Major. Je suis convaincu que sa tête sur un plateau conviendrait tout aussi bien à votre patron de Bagdad.

L'Irlandais sourit de toutes ses dents, puis il s'enfonça dans la nuit pluvieuse après avoir claqué la porte derrière lui.

Chapitre deux

Pour la seconde fois de la soirée, Dillon marqua un temps d'arrêt devant la façade du Chat Noir. Le bistrot était pratiquement désert. Une jeune femme et un jeune homme étaient attablés dans un coin et se tenaient les mains, une bouteille de vin posée devant eux. L'accordéoniste jouait en sourdine, tout en parlant au barman derrière son comptoir : c'étaient les frères Jalbert, malfrats de deuxième ordre du Milieu parisien. Leurs activités avaient souffert d'un ralentissement sévère depuis que Pierre, le barman, avait perdu une jambe, trois ans plus tôt, dans un accident de voiture après un hold-up.

Quand Dillon poussa la porte et entra, Gaston Jalbert, celui qui tenait l'accordéon, s'arrêta :

— Tiens, m'sieur Richard, vous v'là déjà d'retour.

L'Irlandais serrait les mains tendues :

— Salut, Gaston. Salut, Pierre.

— Tenez, je me souviens encore de ce petit air que vous chantez toujours. Vous savez bien, ce machin irlandais.

Il exécuta quelques mesures sur son clavier.

— C'est très bien, le félicita Dillon. T'es un vrai artiste.

Le jeune couple se leva et sortit. Dans la glacière, sous le zinc, Pierre prit une demi-bouteille de champagne :

— Du champ'comme d'habitude, je suppose, m'sieur Richard ?... C'est pas une grande marque, mais on est pauvres, nous autres.

— Continue comme ça et tu vas me faire pleurer, grinça Dillon.

– Et qu'est-ce qu'il y aurait pour votre service ? demanda Pierre Jalbert.

– Oh, je voulais seulement vous proposer à tous les deux une petite affaire dans vos cordes. (Du regard, Dillon montrait la porte.) Alors, ça serait peut-être une bonne idée si on était sûrs d'être tranquilles.

Gaston posa son instrument sur le zinc et s'en fut descendre le rideau de fer et tirer le verrou, puis il reprit place sur son tabouret :

– Bon, alors ?

Dillon ouvrit son attaché-case, en sortit une carte Michelin et montra les liasses de billets :

– Vous pouvez toucher le gros lot aujourd'hui, les gars. J'ai là vingt mille dollars. Dix mille tout de suite et dix mille si l'affaire marche.

– Nom de Dieu ! s'écria Gaston.

Pierre restait méfiant :

– Et qu'est-ce qu'on aurait à faire pour tout ce fric ?

L'expérience avait appris à Dillon qu'il était toujours payant de se tenir aussi près que possible de la vérité. Il déploya la carte Michelin sur le comptoir :

– J'ai été engagé par l'Union corse pour régler un petit problème. Disons qu'il s'agit de concurrence déloyale.

– Je vois…, souffla Pierre. Et il faudrait qu'on vous aide à éliminer la concurrence.

– Exactement. Les hommes en question passeront par cette route, là, en direction de Creil, demain, un peu après quatorze heures. Je veux les coincer ici, au passage à niveau, près de Compans.

– Et vous avez l'intention de faire comment ?

– Une petite embuscade des familles. Vous êtes toujours dans le transport, tous les deux ?… Je veux dire que vous maquillez toujours les voitures et les camions que vous chouravez ?

– Vous l'savez bien. Vous nous en avez assez acheté.

– Une paire de camionnettes, ça serait trop vous demander ?

– Non. Mais quoi d'autre ?

– On va faire un tour là-bas ce soir. (L'Irlandais consulta sa montre.) On partira à onze heures. On pourrait être rentrés pour minuit et demi.

Le gros Pierre secouait la tête :

– Dites donc, on peut tomber sur du dur. Moi, j'suis trop vieux pour la riflette.

– C'est pas croyable, s'étonna Dillon. Tu as descendu combien de gusses, quand tu faisais partie de l'OAS ?

– J'étais plus jeune à ce moment-là.

– Bon, vieillir, ça peut arriver à tout le monde, j'imagine. Mais il n'y aura pas de riflette. Pour vous deux, ça se passera si vite que vous n'aurez même pas le temps d'allumer une clope. C'est dans la poche. (Il prit dans l'attaché-case une dizaine de liasses et les disposa sur le zinc.) Dix mille dollars, tout de suite… Marché conclu ?

La cupidité, comme d'habitude, fut la plus forte, et le gros Pierre s'empara de l'argent :

– OK, mon pote. Marché conclu.

– Très bien. Je reviendrai à onze heures.

Dillon referma l'attaché-case, et Gaston déverrouilla pour lui la porte et le rideau de fer.

Puis l'accordéoniste s'en revint au comptoir :

– Alors, qu'est-ce que tu en penses ?

Pierre Jalbert servait deux cognacs :

– Je crois que notre ami M. Richard est un menteur de première.

– Mais c'est aussi un type sacrément dangereux. Alors, qu'est-ce qu'on fait ?

– On attend. On verra bien. À la tienne.

Dillon fit à pied le chemin jusqu'à son entrepôt de la rue Fizeau, passant d'un trottoir à l'autre et se glissant parfois dans l'ombre pour s'assurer qu'on ne le filait pas. Il avait appris depuis longtemps que le grand problème, avec les groupes révolutionnaires, c'est qu'ils sont déchirés par les luttes de factions et infestés d'indicateurs. En ce qui concernait l'IRA, le phénomène avait pris les proportions d'une maladie à l'état endémique. C'est pourquoi, comme il l'avait expliqué à Aroun, l'Irlandais préférait s'adresser à des malfrats quand il lui fallait se faire aider de quelque manière que ce soit. « Des truands honnêtes, qui font ça pour le fric », avait-il dit au Franco-Irakien. Malheureusement, ça n'était pas toujours absolument vrai. Et quelque chose lui avait paru suspect dans le comportement de Pierre Jalbert.

Une portière se découpait dans le large double vantail de l'entrepôt. Il l'ouvrit et se glissa à l'intérieur. Au rez-de-chaussée, il y avait deux voitures, une Renault 25 et une Ford Escort, et une moto BMW, du type de celles qu'utilisent la police et la gendarmerie françaises, recouverte d'une bâche. Il vérifia que tout était en ordre, puis grimpa l'étroit escalier de bois qui menait à l'appartement aménagé dans le grenier. Ce n'était pas son seul domicile : il avait aussi la péniche amarrée sur la Seine. Mais, à l'occasion, l'entrepôt se révélait bien utile.

Sur la table, dans le petit living-room, on avait déposé un sac de voyage en toile. Dessus, un morceau de papier annonçait seulement : « Conformément à votre commande. » Dillon sourit et défit la fermeture Éclair. Le sac contenait une kalachnikov PK, du modèle le plus récent. On avait replié l'affût tripode et démonté le canon, pour faciliter la manutention. L'arme était accompagnée de deux boîtes de cartouches. L'Irlandais sortit d'un placard une couverture, qu'il fourra dans le sac. Il le referma, assura le Walther dans la ceinture de son jean et redescendit l'escalier, son sac à la main.

Une fois dans la rue Fizeau, un sentiment d'excitation s'empara de lui, comme à chaque fois que la chasse était ouverte. C'était le moment le plus intense. Il tourna dans la rue Labrouste, héla un taxi qui passait et demanda au chauffeur de le conduire au Chat Noir.

Ils quittèrent Paris dans deux camionnettes Renault, toutes deux identiques, sauf que l'une était blanche et l'autre noire. Gaston ouvrait la marche. Dillon avait pris place à côté de lui, sur le siège du passager. Pierre Jalbert suivait. Le froid était toujours aussi vif et la neige mêlée à la pluie continuait de tomber. L'Irlandais et Gaston échangèrent quelques mots, puis Dillon se laissa aller contre son dossier et ferma les paupières pour que son conducteur le croie endormi.

Juste avant Compans, la fourgonnette dérapa.

— Bordel de merde ! jura Gaston en luttant avec le volant pour reprendre le contrôle de son véhicule.

— Mollo, lui recommanda Dillon. Ce n'est pas le moment de nous foutre dans un fossé. On est où ?

— On arrive au carrefour pour Creil. On n'en a plus pour longtemps maintenant. (De la neige couvrait les bas-côtés, mais la chaussée était seulement détrempée.) Putain de temps !... Regardez-moi ça !

— Pense à tous ces jolis biftons de cent dollars, ricana l'Irlandais. Ça te maintiendra en forme.

La neige cessa et le ciel s'éclaircit, découvrant la lune en son deuxième quartier. Un peu plus loin on apercevait, en bas d'une côte, les feux rouges d'un passage à niveau automatique et la maison du garde-barrière, désaffectée. Les vitres avaient été remplacées par des planches et, devant, les pavés se poudraient de neige.

– Gare-toi là, ordonna Dillon.

Gaston Jalbert obtempéra et coupa le contact. Derrière, son frère rangeait sa fourgonnette, s'extrayait de la cabine avec difficulté, à cause de sa prothèse, et venait les rejoindre.

Debout, Dillon observait le passage à niveau, à quelques mètres d'eux :

– Parfait. Donne-moi les clefs.

Gaston lui passa le trousseau. L'Irlandais ouvrit le hayon. Le sac était là. Les deux frères Jalbert regardèrent Dillon tirer le zip, sortir la kalachnikov, visser le canon avec des gestes précis et installer l'arme de telle sorte qu'elle pointât vers l'arrière, puis introduire la bande de cartouches dans la culasse et la replier dans la boîte-chargeur.

– Ça a l'air d'une méchante bête, observa Pierre Jalbert.

– Oui. Il y a moitié de cartouches normales de 7, 2 millimètres, moitié de traceuses et de perforantes. Une fois, j'en ai vu une mettre en morceaux une jeep pleine de paras anglais.

– Ah bon ? souffla Pierre Jalbert. (Son frère allait parler, mais il lui prit le bras pour qu'il se taise.) Et qu'est-ce qu'il y a dans l'autre boîte ?

– Des munitions supplémentaires.

Dillon sortit du sac la couverture, en recouvrit la mitrailleuse et referma le hayon. Puis il se mit au volant et déplaça la fourgonnette de quelques mètres, afin que l'arme puisse prendre le passage à niveau en enfilade. Il sauta du véhicule et ferma la portière à clef. À nouveau, les nuages obscurcissaient la lune et la pluie, de plus en plus mêlée de neige, s'était remise à tomber.

– Alors, vous la laissez là ? demanda Pierre Jalbert. Qu'est-ce qui se passera si un petit curieux se pose des questions ?

– Tiens donc…

Dillon s'agenouilla devant le pneu droit, sortit la lame d'un canif et transperça enveloppe et chambre à air. On entendit un sifflement et la roue se dégonfla rapidement.

Gaston Jalbert hocha la tête :

– Pas con, ça. Les petits fouinards croiront à une crevaison.

– Mais nous, qu'est-ce qu'on va avoir à faire ? s'enquit son frère. Vous avez prévu quoi ?

– C'est simple. Toi, Gaston, tu te pointes avec la Renault blanche juste après deux heures. Tu bloques la route, mais pas la voie ferrée. Tu sautes de ta tire, tu verrouilles les portières et tu files. Après ça, tu as intérêt à foutre le camp. (Il se tourna vers Pierre Jalbert.) Toi, tu le suivras avec une voiture, tu l'embarques au passage. Et vous rentrez sur Paris, tout droit.

— Et vous, vous ferez quoi ?

— Je serai déjà sur place. J'attendrai dans la fourgonnette. Et pour mon retour, je me démerderai. Maintenant, on retourne à Paris. Vous me déposerez au Chat Noir, et ça s'arrête là. On ne se reverra plus.

— Et pour le reste du fric ? demanda Pierre Jalbert, en s'installant au volant de la Renault blanche, pendant que Gaston et Dillon s'asseyaient sur la banquette.

— Vous l'aurez, ne vous cassez pas la tête. Je tiens toujours parole. Et j'attends de mes amis qu'ils tiennent la leur. C'est une question d'honneur, les gars. Allez, on y va.

Il ferma à nouveau les paupières et se laissa aller contre son dossier. Pierre Jalbert lança un coup d'œil significatif à son frère, mit le contact et démarra.

Il était à peine une heure et demie quand ils regagnèrent le Chat Noir. Il y avait un box derrière le bistrot. Gaston ouvrit la porte pour que son frère puisse garer la fourgonnette.

— Je file, dit Dillon.

— Vous voulez pas venir boire un verre avec nous ? Gaston pourrait vous raccompagner après.

L'Irlandais eut un mince sourire :

— Personne ne m'a jamais raccompagné chez moi.

Il tourna les talons et s'engagea à grandes enjambées dans une petite rue.

— Suis-le, et ne l'paume pas, ordonna Pierre Jalbert à son frère.

— Pourquoi tu veux qu'j'le filoche ?

— Parce que je veux savoir où il crèche, voilà pourquoi, Gaston, frérot. Cette affaire pue comme du poisson pourri. Alors remue-toi le cul.

Dillon passait d'une rue à l'autre, selon sa méthode habituelle pour déjouer les filatures. Mais Gaston, qui connaissait toutes les ficelles du métier, n'eut aucune peine à le suivre, tout en restant à bonne distance. L'Irlandais avait d'abord eu l'intention de regagner l'entrepôt de la rue Fizeau, mais, en s'arrêtant pour allumer une cigarette, il jeta un coup d'œil derrière lui et crut déceler un mouvement. Il ne s'était pas trompé : Gaston Jalbert venait de se jeter sous un porche pour éviter d'être repéré.

Pour Dillon, le moindre soupçon valait mise en garde. Durant toute la soirée, Pierre Jalbert lui avait inspiré un certain sentiment de méfiance. Il tourna à gauche et se dirigea vers les bords de Seine. Il doubla une longue file de camions aux pare-brise couverts de neige et entra dans un hôtel miteux. De ceux dont la clientèle se compose de prostituées et de chauffeurs de poids lourds de passage.

Le veilleur de nuit, un vieillard qui avait gardé son manteau et son écharpe pour se protéger du froid, avait les yeux larmoyants. Il posa le livre qu'il lisait et les essuya :

— Monsieur ?

— Je viens de Dijon avec un chargement. Je pensais repartir ce soir, mais mon bahut est tombé en carafe. Il me faut un lit.

— Ça fera soixante francs, monsieur.

— Vous rigolez, protesta Dillon. Je mettrai les voiles dès l'aube.

Le vieillard haussa les épaules :

— Bon. Pour quarante francs, je peux vous donner la chambre dix-huit, au deuxième étage. Mais le lit n'a pas été fait.

— On change les draps quand ?... Tous les mois ? ricana l'Irlandais.

Il versa quarante francs, prit sa clef, et monta l'escalier.

La chambre était plus crasseuse encore qu'il ne l'avait imaginé, même à peine éclairée seulement par l'ampoule du couloir. Il verrouilla sa porte, s'avança prudemment dans la pénombre, et jeta un coup d'œil discret par la fenêtre. De l'autre côté de la rue, derrière un arbre, on bougeait : la silhouette de Gaston Jalbert s'éloignait le long du quai.

— Oh, merde, murmura Dillon.

Il alluma une cigarette et s'étendit sur le lit pour réfléchir en contemplant le plafond.

Au Chat Noir, en attendant le retour de son frère, Pierre Jalbert parcourait *France-Soir* pour passer le temps. Soudain, il nota la note brève concernant les entretiens de François Mitterrand avec Margaret Thatcher. Une nausée lui tordit l'estomac. Saisi d'horreur, il relut le court article. Au même instant, Gaston revenait :

— Tu parles d'une nuit !... Je suis gelé jusqu'au trognon. Sers-moi du raide.

— Tiens. (Pierre lui versa un ballon de cognac.) Et tu ferais mieux de lire ce petit machin pendant que tu bois.

37

Gaston obtempéra et s'étrangla à moitié.

— Nom de Dieu!... Mais c'est elle qui est à Champs-sur-Marne!...

— Ouais. Et elle partira pour Creil à deux heures. À ton avis, il lui faudra combien de temps pour arriver au passage à niveau? Vingt minutes?... Une demi-heure?...

— Bordel de merde, non!... On est cuits. C'est plus notre rayon, Pierre. S'il réussit son coup, on aura toute la flicaille de France sur le dos.

— Mais il réussira pas. Je savais bien qu'il nous montait un turbin. Je l'ai jamais trouvé blanc-bleu, ce mec. Tu l'as bien filoché, au moins?

— Ouais. Il s'est vaguement baladé pendant un moment, et il a fini par échouer dans la taule du vieux François, sur le quai là-bas. Je l'ai vu qui prenait une carrée. (Il frissonna, et sanglota presque.) Mais qu'est-ce qu'on va foutre, maintenant?... C'est la fin du monde. On va se retrouver en cabane jusqu'à perpète.

— T'en fais donc pas. Si on le baise, on court pas le moindre risque. Y en a qui ne seront pas trop contents. On pourrait même peut-être bien empocher une petite récompense. Tu te rappelles du numéro personnel de l'inspecteur Savarin?

— T'es louf. Il sera couché.

— Bien sûr qu'il sera au pieu, pauvre cloche. Bien enroulé dans sa Bobonne, comme tout poulet qui se respecte. Mais on va quand même le sortir des plumes.

L'inspecteur Jules Savarin lança une bordée de jurons quand le téléphone sonna sur sa table de nuit. Il était seul, car son épouse avait décidé d'aller passer une semaine à Lyon, chez sa mère. Le policier avait eu une dure soirée : deux vols à main armée et une tentative de viol sur la voie publique. Il venait à peine de s'endormir.

Il se saisit du combiné.

— Savarin à l'appareil.

— C'est moi, inspecteur. Pierre Jalbert.

L'inspecteur regarda son réveil :

— Bon Dieu! Jalbert, il est deux heures et demie du matin!

— Je sais, monsieur l'inspecteur, je sais. Mais j'ai quelque chose de très spécial pour vous.

— C'est ce que tu me dis toujours. Alors, ça peut sûrement attendre demain.

— Pas cette fois, monsieur l'inspecteur. Ce que j'ai pour vous, ça fera de vous le flic le plus célèbre de ce putain de pays. On vous a jamais mis sur un coup pareil.

– Allez, accouche. Et vite.

– C'est au sujet de la mère Thatcher. Elle passe la nuit à Champs-sur-Marne et elle partira demain à deux heures pour Creil, non?... Je pourrais vous parler d'un homme qui a l'intention de l'empêcher de monter dans son avion.

L'inspecteur Savarin ne s'était jamais réveillé aussi vite :

– Où tu es? Au Chat Noir?

– Oui.

– Je serai chez toi dans une demi-heure.

Il raccrocha violemment, sauta du lit et se mit en devoir de s'habiller.

Au même instant, Dillon décidait d'abandonner son refuge provisoire. Si Gaston l'avait suivi jusqu'au garni, cela pouvait simplement vouloir dire que les deux frères avaient envie d'en savoir un peu plus à son sujet. Mais, d'un autre côté...

Il quitta sa chambre à pas de loup, referma la porte, trouva l'escalier de service et descendit sur la pointe des pieds. L'escalier donnait sur une cour lépreuse, au bout de laquelle un passage étroit menait à la rue. Il traversa, remontant à nouveau une longue file de poids lourds, et jeta son dévolu sur un camion à cabine avancée, à quelque cinquante mètres de l'hôtel, qui lui offrirait une bonne vue sur les environs. Il prit son couteau dans sa poche et commença à faire levier sur la fenêtre du côté passager. En quelques minutes, il avait dégagé un intervalle suffisant pour pouvoir y introduire ses doigts et exercer une pression. Quelques secondes plus tard, il pouvait se glisser derrière le volant.

L'Irlandais jugea plus prudent de ne pas fumer et se carra dans son siège, col relevé, mains dans son caban. Sa veille commençait. Vers trois heures et demie, quatre voitures banalisées s'arrêtèrent devant l'hôtel. Huit hommes en surgirent. Tous en civil, ce qui n'était pas dépourvu de signification.

– C'est le Service Action, où j'y perds mon latin, souffla Dillon.

Gaston Jalbert sortit à son tour de la dernière voiture et échangea quelques mots avec les huit nouveaux venus qui s'engouffrèrent dans le garni. L'Irlandais n'éprouvait aucune colère. Il se sentait seulement heureux d'avoir vu juste. Il descendit de la cabine, se faufila le long du quai pour retrouver la protection d'une ruelle et se mit en route vers l'entrepôt de la rue Fizeau.

Pendant des années, les services spéciaux français avaient été connus sous les initiales célèbres du SDECE. Mais, au début de la présidence de François Mitterrand, on avait changé leur nom en Direction Générale de la Sécurité Extérieure (DGSE), pour tenter d'améliorer l'image de marque d'un organisme qui passait pour se montrer peu regardant sur le choix des fins et des moyens. Il est vrai aussi que peu de ses homologues s'étaient acquis une telle réputation d'efficacité.

La DGSE avait conservé la répartition du SDECE en cinq sections, elles-mêmes divisées en de nombreux services. La plus célèbre, ou la plus redoutée – comme on voudra –, était la Section Cinq, plus connue sous l'appellation de Service Action. C'était elle qui avait réussi à venir à bout de l'OAS.

Bien qu'il ait servi dans les parachutistes, tant en Indochine qu'en Algérie, le colonel Max Thernoud avait participé à cette rude bataille. C'était un homme élégant, de soixante et un ans, à la chevelure argentée. Peu avant cinq heures du matin, il avait retrouvé son bureau du premier étage au quartier général de la DGSE, boulevard Mortier. Ses lunettes d'écaille sur le nez, il compulsait le rapport qui se trouvait devant lui sur sa table de travail. Le colonel avait eu l'intention de passer la nuit dans sa résidence secondaire, à une soixantaine de kilomètres de Paris. Il venait tout juste d'arriver. L'inspecteur Savarin, plein de respect, demeurait silencieux.

Le colonel retira ses lunettes demi-lunes :

– Je déteste ces petites heures de la nuit. Ça me rappelle Diên Biên Phu, quand nous attendions la fin. Vous me resservez un café, mon vieux, s'il vous plaît ?

Savarin prit la tasse de l'officier et la remplit d'un breuvage noir et épais à la cafetière électrique posée sur une console :

– Qu'est-ce que vous en pensez, mon colonel ?

– Ces frères Jalbert, vous croyez qu'ils nous ont franchement tout dit ?

– Absolument, mon colonel Je les pratique depuis des années. Le gros Pierre a fait partie de l'OAS, et il imagine que ça lui donne une certaine classe. Mais ce ne sont en réalité que des demi-sel. Ils ne se débrouillent bien que dans le maquillage des bagnoles volées.

– Et une affaire pareille, c'est trop gros pour eux ?

– J'en suis sûr. Sinon, ils ne m'auraient pas avoué qu'ils avaient déjà vendu des voitures à ce Richard.

— Des voitures du genre douteux ?
— Oui, mon colonel.
— Je suis convaincu qu'ils vous ont dit la vérité. Il y a dix mille dollars de manque à gagner qui parlent en leur faveur. Mais ce bonhomme, ce Richard... Vous êtes un policier d'expérience, inspecteur. Combien de temps avez-vous passé sur le turf ?
— Quinze ans, mon colonel.
— Donnez-moi votre avis.
— S'il faut en croire les Jalbert, c'est son signalement qui est intéressant, parce qu'il ne correspond à rien. Notre homme est petit, pas plus d'un mètre soixante-cinq. Des cheveux blonds, couleur des yeux néant. Gaston m'a dit que, la première fois qu'il l'avait vu, il avait pris ce type pour un minable, mais que le bonhomme, dans leur bistrot, avait à moitié tué deux gars deux fois plus gros que lui en moins de cinq minutes.

Le colonel Thernoud fit jouer son briquet :
— Continuez.
— Pierre Jalbert dit aussi que son français est trop bon.
— Ça veut dire quoi, ça ?
— Il ne sait pas trop. Mais il a toujours pensé qu'il y avait quelque chose qui ne collait pas chez ce bonhomme.
— Vous voulez dire qu'il n'est pas français ?
— Tout à fait. Nous avons deux indices significatifs en ce sens. D'abord, il sifflote toujours le même petit air. Gaston l'a retenu, parce qu'il est musicien. Il prétend que Richard lui a dit une fois que c'était une mélodie irlandaise.
— Très intéressant, en effet.
— Et il y a aussi autre chose encore. Pendant qu'il remontait la mitrailleuse à l'arrière de la Renault, près de Creil, il a dit à nos deux amis que c'était une kalachnikov. Et qu'il n'y avait pas que des balles blindées dans les bandes... Mais aussi des traceuses et des perforantes, et j'en passe. Il leur a même confié qu'il avait vu un de ces engins venir à bout d'une jeep pleine de paras anglais. Pierre Jalbert n'a pas osé lui demander où.
— Alors, vous sentez la main de l'IRA là-dedans, inspecteur ? Vous en avez fait quoi ?
— J'ai demandé aux gens de chez vous de sortir leurs galeries de portraits. Les Jalbert sont en train de les regarder, à la minute où je vous parle.
— Parfait. (Le colonel se leva et remplit à nouveau sa tasse.) Ce séjour inattendu dans un garni ? Qu'est-ce que vous en pensez ? Vous croyez qu'il était sur ses gardes ?

— Peut-être, mais ça n'est pas évident... Je veux dire... Qu'est-ce que nous avons là, mon colonel ? Un tueur professionnel, qui monte le plus gros coup de sa vie. Il peut juste avoir pris des précautions extraordinaires, rien que pour éviter d'être suivi jusqu'à sa vraie destination. En fait, *moi*, mon colonel, je n'accorderais pas une once de confiance aux Jalbert brothers. Alors pourquoi lui se reposerait-il sur eux ?...

Le policier haussait les épaules. Le colonel Thernoud insista :

— Vous ne m'avez pas tout dit, inspecteur. Videz votre sac.

— Notre gusse, je le sens mal, mon colonel. Je trouve que c'est un drôle de paroissien. On ne peut pas exclure qu'il soit allé dans ce boui-boui uniquement parce qu'il soupçonnait que Gaston le filait, et qu'il voulait savoir pourquoi. Les Jalbert étaient-ils seulement animés par le démon de la curiosité, ou était-ce autre chose ?...

— Autrement dit, vous pensez que, quand les gens de chez nous sont arrivés sur place, il était déjà dans la rue, à contempler le spectacle ?

— C'est bien possible. Il ne savait peut-être pas que Gaston le suivait. S'installer à l'hôtel n'était peut-être qu'une précaution de sa part. Une vieille habitude datant de la Résistance, nos anciens utilisaient ce truc.

Le colonel Max Thernoud hocha la tête :

— Bon... Voyons si vos deux zigotos en ont fini. Faites-les venir.

Savarin sortit du bureau un instant pour aller chercher les frères Jalbert. Les deux malfrats restèrent plantés les bras ballants, l'air dépité.

— Eh bien ? aboya Thernoud.

— Pas de bol, mon colonel. On l'a reconnu dans aucun de vos bouquins.

— C'est bon, trancha le colonel Attendez en bas. On va vous raccompagner. On reviendra vous chercher plus tard.

— Mais pourquoi, mon colonel ? demanda Pierre Jalbert.

— Pour que votre frère Gaston puisse aller à Creil avec votre fourgonnette, et que vous le suiviez dans votre voiture, conformément aux consignes de votre ami Richard. Maintenant, filez. Je vous ai assez vu. (Les Jalbert prirent leurs cliques et leurs claques.) Nous ferons naturellement passer la bonne dame par une autre route, Savarin, mais c'est bien dommage de décevoir notre ami Richard.

— S'il se présente au rendez-vous, mon colonel.

– On ne sait jamais. Il ne faut rien exclure. Vous vous êtes bien débrouillé, inspecteur. Je crois que je vais réquisitionner vos compétences pour notre maison, mon cher Savarin. Ça ne vous dérangerait pas ?

Le policier rougit d'émotion. Ça ne le dérangeait pas le moins du monde.

– J'en serais très honoré, mon colonel.

– C'est bon. Dépêchez-vous d'aller prendre une douche et un petit déjeuner. On se verra tout à l'heure.

– À tout à l'heure, mon colonel.

Thernoud jeta un coup d'œil à sa montre, et eut un petit rire.

– 5 heures et quart... Savez-vous ce que je m'en vais faire, inspecteur ?... Je vais appeler nos collègues britanniques, à Londres. Et je n'hésiterai pas à tirer du sommeil du juste un de mes très vieux amis. Si quelqu'un peut nous aider à trouver la solution de notre énigme, c'est bien lui.

Les départements principaux de la Direction générale du Service de Sécurité de Sa Gracieuse Majesté occupent un large immeuble de briques rouges et blanches, sur Park Lane, non loin de l'hôtel Hilton. Bien des services moins huppés sont logés en différents endroits de l'agglomération londonienne. Le numéro confidentiel qu'appelait le colonel Thernoud était celui de la section connue sous l'appellation de Groupe Quatre, hébergé au troisième étage du ministère de la Défense. Le groupe avait été créé en 1972, pour faire face au terrorisme et à la subversion sur l'ensemble du territoire des îles Britanniques. Il n'avait de comptes à rendre qu'au Premier ministre. Depuis sa mise sur pied, un seul chef avait présidé à ses destinées, le général de brigade Charles Ferguson.

Le général dormait paisiblement dans son appartement de Cavendish Square quand le téléphone se mit à sonner et l'arracha au sommeil.

– Oui, Ferguson, aboya-t-il immédiatement, pleinement réveillé, sûr que la communication était importante.

– C'est Paris, mon général, annonça une voix anonyme. Priorité numéro un. Le colonel Thernoud.

– Passez-le-moi, et brouillez.

Ferguson se redressa sur ses oreillers. À soixante-cinq ans, il arborait des cheveux gris en bataille et un confortable double menton.

– Charles ? demanda Thernoud en anglais.

– Mon cher Max... Qu'est-ce qui me vaut le plaisir de vous

entendre à une heure aussi peu chrétienne?... Vous avez de la chance que je sois encore au bout du fil. Nos maîtres essaient de se passer de moi, et du Groupe Quatre, du même coup.
– Quelle connerie!...
– Je sais. Mais le directeur général, au cours des années, n'a jamais très bien supporté mon statut de franc-tireur. Que puis-je pour vous, Max?
– Mme Thatcher passe la nuit au château de Champs-sur-Marne. Nous disposons de tuyaux sur un complot en vue de la descendre quand on l'emmènera cet après-midi à la base aérienne de Creil.
– Bonté divine!
– On a pris toutes les dispositions nécessaires, je vous rassure tout de suite. On fera prendre à cette bonne Mme Thatcher une route plus sûre. Mais j'espère encore que le bonhomme en question se présentera au rendez-vous, encore que j'en doute. On l'attendra quand même cet après-midi, à tout hasard.
– Qui est-ce? Quelqu'un que nous connaissons?
– D'après ce que disent nos informateurs, on a toutes les raisons de soupçonner que c'est un Irlandais, même si son français est assez bon pour laisser croire que c'est un vrai natif de l'Hexagone. Mais je dois vous dire que les gens dont je vous parle ont passé en revue nos galeries de portraits de l'IRA sans le moindre succès.
– Vous avez un signalement?
Le colonel Thernoud donna au général Ferguson les quelques éléments obtenus des frères Jalbert :
– Ça ne fait pas grand-chose à vous mettre sous la dent, j'en ai bien peur.
– Je vais demander qu'on vérifie tout ça sur ordinateur, lâcha le général, et je vous rappellerai. Mais racontez-moi votre histoire. (Thernoud lui révéla ce qu'il avait pu apprendre.) Mon petit vieux, il vous a filé entre les pattes. Je suis prêt à vous parier un dîner au Savoy, la prochaine fois que vous viendrez ici.
– Je m'en doutais bien, râla Thernoud. Il est particulier, celui-là.
– Nous tenons à jour en permanence vos dossiers sur l'IRA, et vous me dites qu'il ne figure pas dans vos galeries de portraits?
– C'est cela même. Et pourtant, en matière d'IRA, les experts, c'est vous, non?... Alors qu'est-ce qu'on fait?...
– Mon cher Thernoud, vous vous trompez. Le meilleur expert ès IRA, vous l'avez sous la main, à Paris. C'est Martin

Brosnan, le fameux Irlando-Américain. Après tout, il a appartenu à leurs groupes paramilitaires jusqu'en 75. J'ai cru comprendre qu'il était maintenant professeur de philosophie politique à la Sorbonne.

– Vous avez raison, Charles. Je l'avais oublié.

– C'est devenu quelqu'un de très respectable. Il écrit des livres et il vit, plutôt bien, de l'argent que sa mère lui a laissé quand elle est morte à Boston, il y a quelques années. Si vous avez une énigme de ce genre sur les bras, Brosnan est sûrement l'homme qui peut la résoudre.

– Merci du conseil, dit Thernoud. Mais on va d'abord voir ce qui se passera à Creil cet après-midi. Je vous rappellerai, Charles.

Le général raccrocha, pressa un bouton sur sa table de nuit et se leva. Quelques minutes plus tard, son valet, un ancien Gurkha, arrivait, une robe de chambre passée sur son pyjama.

– Nous avons une urgence, Kim. J'appelle le capitaine Tanner pour lui dire de venir ici, et je prends mon bain. Tu serviras le breakfast dès qu'elle sera là.

Le Népalais se retira. Le général s'empara du téléphone et composa un numéro.

– Allô, Mary ?... Ferguson à l'appareil. Je vous veux chez moi, à Cavendish Square, dans une heure. Oh... Et puis mettez-vous en tenue. Nous avons ce machin au ministère de la Défense, à onze heures. Vous leur faites toujours de l'effet quand vous arborez toutes vos peintures de guerre.

Ferguson reposa le combiné et s'en fut à son cabinet de toilette. Il se sentait pleinement réveillé et d'humeur joyeuse.

À six heures et demie, un taxi vint prendre Mary Tanner qui l'attendait sur le perron de son appartement de Lowndes Square. Comme tout le monde, le chauffeur fut impressionné en voyant son uniforme du Women's Royal Army Corps[1]. Au-dessus de la poche gauche, elle arborait l'insigne des pilotes de l'aviation de l'armée de terre ; au-dessous, on remarquait le ruban de la George Medal, décoration attribuée en récompense d'un acte de courage exceptionnel, et ceux des médailles commémoratives du service actif en Ulster et de la participation aux opérations de maintien de la paix des Nations unies à Chypre.

Elle était plutôt petite, avec des cheveux noirs coupés court. À vingt-neuf ans, elle avait déjà pris part à un grand

---

1. WRAC : les formations féminines de l'armée de terre britannique. *(N. d.T.)*

nombre d'activités opérationnelles. Fille de médecin, diplômée de littérature anglaise de l'université de Londres, elle avait voulu essayer l'enseignement, et s'en était trouvée fort malheureuse. Elle était alors entrée dans l'armée. Elle avait accompli une bonne part de sa carrière au sein de la police militaire : à Chypre, d'abord, puis au cours de trois opérations en Irlande. C'est là, à Derry, que s'était déroulé l'incident qui lui avait valu la George Medal et qui avait attiré sur elle l'attention de Ferguson. Elle en gardait la marque indélébile d'une cicatrice sur la joue gauche. Depuis deux ans, elle servait comme aide de camp du patron du Groupe Quatre.

Elle paya son taxi et se hâta de grimper jusqu'à l'appartement du premier étage, dont elle ouvrit la porte avec sa propre clef. Assis sur un canapé, près de la cheminée, dans son élégant salon, le général Ferguson, une serviette coincée dans son col, commençait de déguster les œufs à la coque que Kim lui avait servis.

— Vous êtes juste à l'heure, remarqua-t-il. Qu'est-ce que vous prendrez ?

— Du thé, s'il vous plaît, Kim. De l'Earl Grey. Et puis des toasts et du miel.

— Surveillez votre ligne.

— Même pour vous, général, il est vraiment très tôt pour des plaisanteries sexistes !... Mais dites-moi plutôt ce qui nous tombe dessus.

Sans cesser de manger, Ferguson lui expliqua ce qui était en train de se passer en France. Quand Kim lui apporta son thé, elle prit place en face du général, attentive. Et, le récit achevé, elle interrogea :

— Ce Brosnan... je n'ai jamais entendu parler de lui, je crois ?...

— Il n'est pas de votre époque, ma belle. Il doit avoir dans les quarante-cinq ans, aujourd'hui. Je garde un dossier sur lui, dans mon bureau. Il est né à Boston, dans une de ces familles américaines scandaleusement riches. Sa mère venait de Dublin. Il a commencé par se conduire comme un gentil garçon, et il a bien réussi à Princeton, où il a obtenu ses diplômes. Et puis il a tout gâché en s'engageant comme simple soldat pour aller au Viêt-nam. Dans les commandos aéroportés... C'était en 66, je crois. Quand il s'est retrouvé libérable, il était sergent, et sacrément décoré.

— Oui. Mais ça n'a rien de particulier, tout ça.

— Si. Il aurait pu couper au Viêt-nam en restant à l'université, mais il ne l'a pas fait. Et puis il avait choisi de servir comme homme du rang. Pour quelqu'un de sa classe sociale, ce n'était pas rien.

— Vous n'êtes qu'un vieux snob, général… Qu'est-ce qui lui est arrivé, après ça ?

— Il est allé à Dublin, au Trinity College. Je vous signale en passant qu'il est protestant, alors que sa mère était catholique pratiquante. En août 69, il a voulu rendre visite à l'un de ses oncles, du côté maternel… Un curé de Belfast… Vous vous souvenez de ce qui est arrivé ?… Comment toute cette histoire a commencé ?…

— Des voyous orangistes qui voulaient faire griller du calotin, non ?…

— Oui. La police locale s'est tourné les pouces, ou à peu près. Ces connards ont fichu le feu à l'église de l'oncle de Brosnan, et ils ont essayé de se lancer dans Falls Road. Une poignée de combattants de l'IRA, munis de quelques fusils et de quelques pistolets, ont monté un barrage. Quand l'un d'eux a été abattu, Brosnan s'est emparé de son arme. Par pur instinct, j'imagine… Je veux dire : à cause des réflexes acquis au Viêt-nam… Vous voyez ?…

— Et c'est à ce moment-là qu'il a pris parti ?

— Parfaitement. Mais vous devez vous rappeler qu'en ces jours lointains, il y avait une foule d'hommes comme lui qui choisissaient leur camp… Des fervents défenseurs des libertés irlandaises, et ainsi de suite…

— Désolée, général. Mais moi, j'ai vu trop de sang dans les rues de Derry pour couper encore dans ce genre de balançoire.

— Oh, je n'essaie pas d'enjoliver le tableau. Pendant sa belle époque, il a aligné quelques crânes sur son tableau de chasse. Mais toujours en première ligne, il faut lui reconnaître cela. Il est devenu assez célèbre. Il y avait une photographe de presse française, Anne-Marie Audin. Au Viêt-nam, il lui avait sauvé la peau après un accident d'hélicoptère. Une histoire très romantique… Elle a débarqué à Belfast et Brosnan l'a emmenée passer une semaine dans la clandestinité. Elle en a tiré un superbe reportage pour *Life*. Le vaillant combat des Irlandais… Vous voyez le genre.

— Et après ?

— En 75, il a fait un saut en France pour négocier un achat d'armes. En fait, c'était un piège, et la police française l'attendait de pied ferme. Malheureusement pour lui, il a descendu l'un des policiers. Ça lui a valu une peine de réclusion à perpétuité. Il a pu s'évader en 79, grâce à mes bons soins, je dois le dire.

— Tiens... Et pourquoi?...

— Là encore, à cause de quelqu'un d'avant votre époque... Un terroriste, un certain Frank Barry... Il avait fait ses débuts en Ulster avec un groupe dissident, les Fils d'Erin... Et puis il a rejoint les réseaux extrémistes du continent. Un talent diabolique, je dois dire. Il a essayé d'avoir Lord Carrington, à l'époque secrétaire au Foreign Office, pendant un voyage officiel à Paris. Les Français ont étouffé l'affaire, mais Mme Thatcher était furieuse. Elle m'a donné l'ordre exprès de liquider ce Barry, à n'importe quel prix.

— Ah, je comprends, maintenant. Vous aviez besoin de la coopération de Brosnan?

— Vous savez ce qu'on dit : rien ne vaut un éléphant pour chasser l'éléphant... Et il a eu sa peau, pour nous.

— Et ensuite?

— Il est retourné à Dublin et il a soutenu une thèse de doctorat.

— Et cette Anne-Marie Audin?... Il l'a épousée?

— Pas que je sache. Mais elle lui a obtenu une sacrée faveur. Sa famille est l'une des plus riches de France, elle dispose d'une formidable influence politique. Et Brosnan avait reçu la Légion d'honneur pour ce qu'il avait fait pour elle au Viêt-nam. Quoi qu'il en soit, on a exercé les pressions qu'il fallait, sur qui il fallait et, il y a cinq ans, ça a porté ses fruits. Le président Mitterrand a gracié Brosnan. Son casier est de nouveau vierge.

— C'est pour ça qu'il est à la Sorbonne, maintenant? J'imagine qu'il est le seul enseignant à avoir descendu un policier?

— Oui... Enfin, après la guerre, il y en avait deux ou trois qui se trouvaient dans le même cas... À cause de la Résistance...

— Peut-être... Mais un tigre est toujours un tigre, non?

— Oh, femme de peu de foi... Non, comme je vous l'ai dit, vous trouverez son dossier dans mon bureau si vous voulez en savoir davantage. (Il lui passa un feuillet de fax.) Voilà le signalement de notre mystérieux inconnu. Ça ne nous donne pas beaucoup d'éléments, mais interrogez quand même l'ordinateur.

Le capitaine Mary Tanner prit congé.

Kim apportait le *Times*. Le général Ferguson parcourut

rapidement les gros titres. En page deux, il repéra tout de suite la dépêche concernant Mme Thatcher qui avait paru la veille dans le monde.

— Mon cher Max, murmura-t-il, je vous souhaite bien du plaisir.

Il se resservit une tasse de café.

Chapitre trois

À Paris, l'air de la matinée s'était franchement radouci et, à l'heure du déjeuner, les nuages avaient pratiquement déserté le ciel. Les rayons du soleil éclairaient aussi la campagne. Il ne restait plus que quelques plaques de neige sur les haies, ici et là. Dillon, empruntant les petites routes secondaires, se dirigeait vers Creil. Monté sur la BMW de l'entrepôt, il avait revêtu la tenue des motards des CRS : le casque, les épaisses lunettes et un pistolet-mitrailleur MAT 49 porté en bandoulière sur le surtout de caoutchouc bleu sombre.

Faire le déplacement était, bien entendu, pure folie. Mais l'Irlandais n'avait pu résister au plaisir d'assister au spectacle qui allait se dérouler. Il abandonna sa moto près de l'entrée d'une ferme et, après avoir consulté la carte, il s'engagea à pied sur un sentier qui traversait un petit bois, puis se cacha derrière un muret de pierre, en haut de la colline. Sur la route, en contrebas, à quelque deux cents mètres, il avait sous les yeux le passage à niveau et la fourgonnette Renault noire, toujours à l'endroit où ils l'avaient laissée la veille. Il n'y avait pas trace de présence humaine. Au bout d'un quart d'heure, un train passa.

L'Irlandais consulta sa montre : quatorze heures quinze. Il prit ses jumelles Zeiss et les braqua sur l'intersection de la départementale et de la voie ferrée : la fourgonnette Renault blanche arrivait et manœuvrait pour bloquer la route. Elle était suivie d'une Peugeot, d'un modèle déjà ancien, peinte en pourpre et blanc, conduite par Pierre Jalbert, qui effectua un demi-tour pendant que Gaston courait pour rejoindre son frère.

— Tout à fait charmant, murmura Dillon alors que la Peugeot s'éloignait à toute allure. On n'attend plus que l'arrivée de la cavalerie.

Il alluma une cigarette.

Environ dix minutes plus tard, un gros camion bâché dut freiner sec, incapable d'avancer davantage. Sur les bâches, on lisait : *Steiner Electronique*.

— Électronique mon cul ! ricana l'Irlandais.

À travers la toile, de l'intérieur même du camion, une mitrailleuse lourde ouvrit le feu, déchiquetant la fourgonnette noire. Après la dernière rafale, Dillon sortit de sa poche un petit détonateur à télécommande de plastique noir, dont il activa la pile et déploya l'antenne.

Une douzaine d'hommes, en treillis noir et casques anti-émeutes, armés de carabines automatiques, sautèrent du camion. Alors qu'ils s'approchaient du véhicule déchiqueté par les balles, Dillon pressa le bouton du détonateur. La charge à autodestruction renfermée dans la seconde boîte — celle dont il avait dit à Pierre Jalbert qu'elle contenait des munitions supplémentaires — explosa instantanément. Le véhicule se désintégra et les tôles de la carrosserie s'élevèrent dans les airs, avec un mouvement extrêmement lent. Plusieurs hommes en noir gisaient au sol. D'autres couraient à la recherche d'un abri.

— Eh bien voilà, messieurs, dit Dillon à haute voix. Bon appétit.

Il reprit le sentier du petit bois, dégagea la BMW de sa béquille, enfourcha la selle et démarra.

Rue Fizeau, Dillon ouvrit la double porte de l'entrepôt, remonta sur la moto pour la garer à l'intérieur et s'apprêtait à refermer le vantail quand la voix de Joseph Makeev l'interpella depuis l'appartement :

— Ça a foiré, si je comprends bien.

Dillon prit le temps d'enlever son casque.

— Oui, j'en ai peur. Les frères Jalbert m'ont vendu.

Comme il arrivait en haut de l'escalier, le Russe le félicita :

— Votre camouflage, ça me plaît beaucoup. Pour les gens, un policier est un policier. Il n'a pas de signalement particulier.

— Exactement. Il y a déjà un moment de ça, j'ai travaillé pour un Irlandais de grande classe, un certain Frank Barry. Vous avez entendu parler de lui ?

— Je pense bien !... C'était un véritable Carlos.

— Il était meilleur que Carlos. Il s'est fait descendre en 79. Je n'ai jamais su par qui. Il s'habillait souvent en motard des CRS. Mais être en postier, ça n'est pas mal non plus. Personne ne remarque jamais un postier.

Il suivit Makeev dans le living.
— Racontez-moi tout, ordonna le Russe.
Dillon le mit au courant des événements :
— Se servir de ces deux-là comportait un risque, et ça a mal tourné. C'est vraiment tout ce que je peux en dire.
— Et maintenant ?
— Comme je vous l'ai dit hier soir, je vous trouverai une cible de remplacement. Vous comprenez, il y a tout ce bel argent... Il faut tout de même que je pense à mes vieux jours.
— Ça, c'est des conneries, Sean. Vous vous foutez bien de vos vieux jours. C'est l'action qui vous excite.
— Vous avez peut-être raison, concéda Dillon en allumant une cigarette. Mais il y a une chose dont moi, je suis bien sûr. C'est que je ne m'avoue jamais battu. Je penserai à quelque chose pour vous et je réglerai mes comptes.
— Ces Jalbert ?... Ils en valent franchement la peine ?
— Oh oui ! siffla Dillon. C'est une question d'honneur, Joseph.
Makeev soupira :
— Bon... Eh bien, je m'en vais voir Aroun pour lui transmettre les mauvaises nouvelles. Je vous recontacterai.
— Soit ici, soit à la péniche, sourit l'Irlandais. Ne vous en faites pas, Joseph. Je n'ai jamais échoué. Jamais quand j'avais accepté une mission.
Makeev descendit l'escalier raide, et ses pas éveillèrent tous les échos de l'entrepôt. La porte claqua derrière lui.
Dillon, sifflotant doucement, s'en revint à son salon.

— Mais enfin, je ne comprends pas, râlait Aroun. Ils n'en ont pas dit un mot à la télévision.
— Et ils n'en diront rien. (Makeev se tourna vers les larges baies donnant sur l'avenue Victor-Hugo.) Officiellement, il ne s'est jamais rien passé. C'est comme ça que les Français vont traiter cette affaire. L'idée que Mme Thatcher puisse avoir couru le moindre risque en territoire français serait considérée comme un déshonneur national.
Aroun blêmissait de colère :
— Il a foiré, votre bonhomme, Makeev. Beaucoup de bla-bla, mais au bout, il n'y a rien du tout. J'ai eu raison de ne pas transférer ce matin un million de dollars sur son compte à Zurich.
— Mais, Michel, vous aviez donné votre parole !... Et, de toute façon, il peut appeler la banque n'importe quand pour savoir si l'argent a bien été viré.
— Mon cher Makeev, mes avoirs dans cette banque

représentent cinq cents millions de dollars à peu près. Quand Rachid lui a laissé entendre, tout à l'heure, que je pourrais confier mes fonds à l'un de ses concurrents, le directeur général n'a pas reculé devant l'éventualité d'une petite supercherie : si Dillon téléphone pour s'informer de la situation, on lui confirmera que le dépôt a bien été effectué.

– Nous avons affaire là à un homme très dangereux, observa Makeev. Si jamais il s'aperçoit de quoi que ce soit...

– Et qui le lui dira?... Pas vous, j'en suis convaincu. Et de toute façon, à la fin, nous le paierons bel et bien, mais seulement s'il est capable d'arriver à un résultat.

Rachid servit à Aroun une tasse de café et questionna le Russe :

– Quand il nous a promis une cible de remplacement, il a mentionné le Premier ministre britannique. Qu'est-ce qu'il a l'intention de faire ?

– Il nous recontactera quand il aura pris sa décision.

– Des mots, tout ça, cracha Aroun, rien que des mots.

– Non, Michel, répliqua Joseph Makeev. Vous vous trompez de A jusqu'à Z.

Martin Brosnan occupait un appartement situé au premier étage d'un immeuble du quai Montebello, face à l'île de la Cité, avec une vue superbe sur Notre-Dame. Même à pied, l'endroit était proche de la Sorbonne, ce qui l'arrangeait parfaitement.

Quatre heures avaient à peine sonné quand il arriva près de chez lui. C'était un homme de haute stature, aux épaules larges, vêtu d'un trench-coat de coupe démodée. Malgré ses quarante-cinq ans, il n'y avait pas un fil d'argent dans les cheveux noirs qu'il portait beaucoup trop longs, ce qui lui donnait l'air de quelque guerrier du XVIe siècle. Martin Aodh Brosnan... Aodh signifie Hugues en gaélique. Ses hautes pommettes et ses yeux gris trahissaient son sang irlandais.

Le froid s'était fait plus mordant et il frissonnait en se hâtant le long des façades du quai Montebello. Il avait hérité de ses parents l'ensemble du pâté de maisons. Des échafaudages avaient été dressés jusqu'à la hauteur du quatrième étage, où des travaux étaient en cours.

À l'instant où il s'apprêtait à franchir la lourde porte cochère de l'immeuble, une voix l'appela :

– Martin !

Il leva les yeux et découvrit Anne-Marie Audin, penchée sur la balustrade du balcon.

– D'où sors-tu ? demanda-t-il, stupéfait.
– De Cuba. Je débarque à l'instant.

Il grimpa l'escalier quatre à quatre, mais elle avait déjà ouvert la porte d'entrée au moment où il atteignait le palier. Il la prit dans ses bras, et la souleva jusqu'au vestibule.

– C'est merveilleux de te voir. Pourquoi Cuba ?

Elle l'embrassa sur les deux joues et l'aida à se débarrasser de son imperméable.

– Oh, j'avais un contrat assez juteux pour le *Time*. Viens à la cuisine. Je vais te faire du thé.

Depuis des années, le thé était pour elle un sujet de moquerie permanent car, particularité étonnante chez un Américain, il n'avait jamais pu supporter le café. Il alluma une cigarette, prit place devant la table et regarda évoluer cette femme suprêmement élégante, aux cheveux courts aussi foncés que les siens, qui avait le même âge que lui et qui paraissait douze années de moins.

– Tu es superbe, lui dit-il alors qu'elle lui apportait la théière.

Il goûta le thé et l'approuva.

– Remarquable. Exactement comme tu as appris à le faire en 71, dans le South Armagh, quand Liam Devlin et moi nous t'avons montré sur le terrain ce que c'était vraiment que l'IRA.

– Comment va le vieux bandit ?

– Il habite toujours à Kilrea, dans la banlieue de Dublin. Il fait de temps en temps un cours au Trinity College. Il affirme qu'il a soixante-dix ans, mais c'est un mensonge éhonté.

– Il ne vieillira jamais, celui-là.

– Oui. Tu es vraiment magnifique. Pourquoi ne nous sommes-nous pas mariés ?

Pendant des années, la question avait fait partie de leurs rites. Ce n'était plus qu'une plaisanterie. À une époque, ils avaient été amants, mais cela faisait longtemps qu'ils étaient seulement amis. Pour autant, leurs rapports n'en sortaient pas moins de l'ordinaire. Il se serait fait tuer pour elle. Et cela avait bien failli arriver dans une rizière au Viêt-nam, le jour même où ils avaient fait connaissance.

– Maintenant que nous en avons fini avec tout ça, parle-moi de ton nouveau livre, demanda-t-elle.

– C'est un essai sur la philosophie du terrorisme. Très ennuyeux... Il n'y aura pas beaucoup de gens pour en acheter un exemplaire.

– C'est dommage. Un livre écrit par un expert aussi qualifié que toi.

53

— Ça n'a pas beaucoup d'importance. Même s'ils connaissent enfin leurs vrais motifs, les gens n'agiront pas de manière différente.

— Cynique... Allons, viens, buvons quelque chose de sérieux. (Du réfrigérateur, elle tira une bouteille de Krug.) Pas millésimé, j'espère ?

— Tu me connais.

Ils allèrent s'installer dans le grand salon aux proportions majestueuses. Une glace au cadre doré surmontait la cheminée de marbre et des plantes vertes apportaient une note de verdure. Il y avait un piano à queue, des canapés aux coussins en désordre et une grande quantité de livres. Anne-Marie avait laissé les croisées entrouvertes, et Brosnan s'en approcha pendant qu'elle ouvrait la bouteille et remplissait deux coupes. À cet instant, on sonna à la porte.

Quand Brosnan ouvrit, il se trouva face à Thernoud et à Savarin, que suivaient les deux frères Jalbert.

— Professeur Brosnan ? Je suis le colonel Thernoud.

— Je sais parfaitement qui vous êtes. Le Service Action, n'est-ce pas ?... De quoi s'agit-il ?... Mon passé maudit serait-il en train de me rattraper ?...

— Pas vraiment, mais nous avons cependant besoin de votre aide. Je vous présente l'inspecteur Savarin, ainsi que Gaston et Pierre Jalbert.

— Eh bien, entrez donc, lâcha Brosnan, intéressé malgré lui.

Thernoud donna l'ordre aux frères Jalbert de rester dans le vestibule, tandis que Savarin et lui même suivaient Brosnan dans le salon. Anne-Marie Audin, à leur vue, fronça imperceptiblement les sourcils. On fit les présentations. Thernoud s'inclina pour un baisemain :

— Très honoré, madame. Je compte depuis longtemps au nombre de vos admirateurs.

— Martin ? demanda-t-elle, inquiète. Tu n'es pas impliqué dans quoi que ce soit ?

— Bien sûr que non. Et, maintenant, dites-moi ce que je puis faire pour vous, mon cher colonel ?

— Il s'agit d'un problème qui relève de la sûreté de l'État, professeur. Et j'hésite à vous en dire davantage devant Mme Audin, qui est une journaliste de renom.

Elle sourit :

— Je serai d'une totale discrétion. Vous avez ma parole, colonel.

– Nous sommes venus ici, reprit Thernoud, sur la suggestion du général Ferguson, de Londres.
– Ce vieux démon ?... Et pourquoi vous a-t-il donc suggéré de venir me voir ?
– Parce que vous êtes expert pour tout ce qui touche à l'IRA. Je vais vous expliquer. (Il procéda à un rapide récit des événements.) Voyez-vous, professeur, conclut-il, les frères Jalbert ont passé en revue toute notre galerie de portraits des membres de l'IRA sans le reconnaître et le général Ferguson n'a pas eu plus de succès avec le signalement que nous lui avons fourni.
– Là, c'est un vrai problème, commenta Brosnan.
– Mon cher professeur, cet homme n'est pas n'importe qui. Il doit avoir une personnalité peu commune pour avoir tenté un coup pareil. Mais nous n'en savons pas davantage sur lui, sauf qu'il est irlandais et qu'il parle un français impeccable.
– Bien. Alors, que voulez-vous que je fasse ?
– Que vous parliez avec les Jalbert.
Brosnan lança un coup d'œil à Anne-Marie. Il haussa les épaules :
– C'est bon. Faites-les entrer. (Il s'assit sur un canapé et commença de boire son champagne, tandis que les frères Jalbert se tenaient debout devant lui, gauches et gênés.) Alors, quel âge a-t-il, votre bonhomme ?
– C'est difficile à dire, monsieur, répondit Pierre Jalbert. Il peut en changer. C'est comme s'il était plusieurs personnes à la fois. Enfin, je dirais quand même la trentaine bien sonnée.
– Et son signalement ?
– Petit, et les cheveux blonds.
– Il paie pas de mine, renchérit Gaston. Nous deux avec mon frère, on le prenait pour un minable, mais un soir, dans notre bistrot, il a tué à moitié un mec baraqué comme une armoire à glace.
– Parfait. Il est petit, blond, la trentaine bien sonnée, et il sait se battre. Qu'est-ce qui vous fait penser qu'il est irlandais ?
– Eh bien, pendant qu'il remontait la kalachnikov, il nous a raconté comme ça qu'il en avait vu une mettre en bouillie une jeep pleine de paras anglais.
– Et c'est tout ?
Pierre Jalbert plissait le front. Brosnan prit la bouteille de Krug dans le seau et Gaston reprit :
– Y a quelque chose d'autre. Il arrête pas de siffloter un drôle de petit air... Assez bizarre... Je me suis débrouillé pour

l'accompagner à l'accordéon. Il m'a dit que c'était un air irlandais.

Le visage de Brosnan s'était figé. Il demeurait immobile, la bouteille dans une main, et sa coupe dans l'autre.

— Et puis, il aime bien ce truc-là, monsieur, dit encore Pierre Jalbert.

— Le champagne ?

— Oui, tous les champagnes. Mais celui qu'il préfère, c'est le Krug.

— Comme celui-ci, non millésimé ?

— Oui, monsieur. Il nous a dit qu'il aimait mieux les assemblages.

— C'est ce que ce salopard a toujours préféré.

Anne-Marie posa la main sur le bras de Brosnan :

— Tu le connais, Martin ?

— J'en suis presque convaincu. (Il se tourna vers Gaston.) Vous pourriez nous jouer cet air au piano ?

— Je vais essayer, monsieur.

Gaston Jalbert souleva le couvercle, effleura doucement les touches puis, d'un seul doigt, esquissa une mélodie.

— J'en ai assez entendu, trancha Martin Brosnan. C'est une vieille chanson irlandaise, « The lark in the clean air[1] ». Et vous n'êtes pas sortis de l'auberge, messieurs, parce que l'homme que vous recherchez, c'est Sean Dillon.

— Dillon ? intervint le colonel. J'y suis. Celui que quelqu'un a appelé un jour l'homme aux mille visages ?

— C'est un peu exagéré, sourit Brosnan, mais ce n'est pas faux.

On renvoya les frères Jalbert chez eux. Anne-Marie et Brosnan prirent place sur un canapé, face à Thernoud et à Savarin qui griffonnait des notes.

— Sa mère est morte à sa naissance, raconta Brosnan. Je crois que c'était en 52. Son père était électricien. Il a émigré à Londres pour que Dillon puisse recevoir une meilleure éducation. Il a un formidable talent d'acteur, vous savez. Je dirais même du génie. Sous vos yeux, il peut se transformer, voûter ses épaules, et prendre quinze années d'un coup. C'est stupéfiant.

— Alors, vous l'avez bien connu ? demanda Thernoud.

— Oui, à Belfast, pendant une sale période. Mais, avant ça,

---

1. « L'alouette dans le ciel clair ». La mélodie vient d'une vieille chanson gaélique, *An Tailluir*, « Le tailleur ». *(N.d.T.)*

il avait obtenu une bourse à l'Académie royale d'art dramatique. Il n'y est resté qu'une année. Ils n'avaient rien à lui apprendre. Il a tenu un ou deux petits rôles au National Theatre. Pas grand-chose. Il était encore très jeune, vous comprenez. Et puis, en 71, son père, qui était rentré à Belfast, a été tué par une patrouille de l'armée britannique. Au milieu d'un échange de tirs... Un accident.

— Et Dillon l'a pris très à cœur ?

— Oui, on peut dire ça. Il a proposé ses services à l'IRA provisoire. Il leur a plu. Il était intelligent, doué pour les langues. Ils l'ont envoyé passer quelques mois en Libye, dans un de ces camps d'entraînement au terrorisme. Une formation rapide à l'emploi des armes et des explosifs... Ça lui a suffi. Il n'a jamais fait marche arrière. Dieu seul sait combien d'hommes il a tués.

— Et il travaille encore pour l'IRA ?

Brosnan secoua la tête :

— Non, plus depuis des années. Oh, il se considère toujours comme un combattant de la cause. Mais il pense que l'état-major est un ramassis de vieilles barbes, et ils n'arrivaient plus à le tenir. Il aurait tué le pape s'il l'avait jugé nécessaire. Il n'était que trop content de se livrer à des actions parfaitement impopulaires. Selon la rumeur, il aurait été mouillé dans l'affaire Mountbatten[1].

— Et depuis ?

— Beyrouth, les Palestiniens... Il a beaucoup travaillé pour l'OLP. La plupart des groupes terroristes ont eu recours à ses services. (Le regard froid de Brosnan s'éclaira.) C'est un sacré problème que vous avez sur les bras.

— Pourquoi, exactement ?

— Il a voulu utiliser une paire de truands comme les Jalbert. C'est ce qu'il fait toujours. Je vous accorde que cette fois-ci, ça n'a pas marché, mais il connaît bien la faiblesse de tous les mouvements révolutionnaires. Ils sont infestés de têtes brûlées et d'informateurs. Vous l'avez appelé l'homme aux mille visages, et vous n'avez pas eu tort. Je doute fort que vous trouviez une seule photo de lui dans n'importe quel fichier. Et si vous en dénichiez une, elle ne vous servirait à rien.

---

1. En 1978, alors qu'il séjournait dans sa propriété d'Irlande, l'amiral Lord Mountbatten, oncle de la reine Elizabeth, a été assassiné par des militants d'un groupe dissident de l'IRA, l'INLA (Irish National Liberation Army), qui avaient placé une bombe sur son bateau. *(N.d.T.)*

– Mais pourquoi fait-il cela ? intervint Anne-Marie Audin. Ça ne correspond plus à aucune motivation politique.

– Parce qu'il aime ça, trancha Brosnan. Il est accro, c'est comme une drogue. Ne l'oubliez pas, il est acteur. Mais, là, il joue pour de vrai, et il est très bon.

– J'ai comme l'impression que vous ne l'aimez pas beaucoup, releva Thernoud. Sur le plan personnel, j'entends.

– Eh bien, il y a longtemps, il a essayé de nous tuer, un de mes meilleurs amis et moi. Ça répond à votre question ?

– C'est en effet une bonne raison. (Thernoud se leva, imité par Savarin.) Nous devons partir. Je veux pouvoir communiquer tout cela au général Ferguson aussi vite que possible.

– Parfait, dit Brosnan.

– Je pense que nous pouvons compter sur votre aide dans cette affaire, professeur ?

Brosnan eut un regard pour Anne-Marie, dont les traits demeuraient de marbre :

– Écoutez-moi bien, mon cher colonel. Je suis tout à fait disposé à discuter encore avec vous, si ça peut vous rendre service, mais je refuse d'être impliqué personnellement. Vous savez ce que j'ai été, mon colonel. Quoi qu'il puisse arriver, je ne retournerai pas à cette vie-là. Je l'ai juré à quelqu'un, il y a bien longtemps.

– Je comprends parfaitement, professeur. (Il s'inclina vers Anne-Marie.) Ça a été un plaisir pour moi, madame.

– Je vous raccompagne.

Quand elle revint au salon, Martin Brosnan avait ouvert la fenêtre. Il fumait une cigarette et regardait la Seine.

Il la prit par la taille :

– Ça va ?

– Oh oui, ça va très bien.

Elle posa la tête sur sa poitrine.

Le général Ferguson était assis près du feu, dans son salon de Cavendish Square. La sonnerie du téléphone retentit.

Mary Tanner alla répondre dans le bureau. Elle revint au bout d'un moment :

– C'était Downing Street. Le Premier ministre veut vous voir.

– Quand ?

– Tout de suite.

Ferguson replia ses lunettes de lecture et se leva :

– Appelez la voiture. Vous viendrez avec moi et vous m'attendrez.

Le capitaine Tanner donna des ordres brefs par téléphone, puis :
— À votre avis, de quoi s'agit-il, général ?
— Je n'en sais rien. On va peut-être m'annoncer ma mise à la retraite, ou votre mutation pour des tâches plus classiques. Ou bien c'est pour cette histoire en France. On doit avoir mis le Premier ministre au courant, maintenant. De toute façon, allons-y, et nous verrons bien.

On vérifia leurs identités aux barrières de sécurité à l'entrée de Downing Street. Mary Tanner resta dans la voiture pendant que le général franchissait « la porte la plus célèbre du monde ». L'ambiance était bien plus calme que la dernière fois où il s'était rendu à la résidence des Premiers ministres de Sa Majesté. Une fête de Noël offerte par Mme Thatcher pour son personnel battait son plein dans la salle des Colonnes : préposés, secrétaires, dactylos. C'était typique d'elle tout ça : la face cachée de la Dame de Fer, en quelque sorte.

Ferguson regrettait son départ. Et il ne pouvait retenir quelques soupirs attristés en suivant un jeune attaché le long du grand escalier orné des copies des portraits de grands hommes d'État, Peel, Wellington, Disraeli et bien d'autres. Dans le couloir du premier étage, le jeune attaché frappa à une porte et l'ouvrit :
— Le général Ferguson, monsieur le Premier ministre.

À sa dernière visite dans ce bureau, des touches de féminité se décelaient partout. Aujourd'hui, les choses avaient changé. Le général nota un peu plus d'austérité, à peine marquée. Dehors, le jour tombait rapidement, et John Major, d'un stylo étonnamment véloce, annotait un rapport :
— Désolé de vous faire attendre, général. Je n'en ai que pour une minute.

Cette formule courtoise surprit Ferguson : les chefs d'État ou de gouvernement, il le savait d'expérience, ne respectent pas toujours les règles de politesse élémentaires. John Major apposa sa signature sur le document, le mit de côté, et s'appuya contre le dossier de son fauteuil : cheveux gris, lunettes à monture d'écaille, c'était le plus jeune Premier ministre britannique du XXe siècle. Presque inconnu de l'opinion publique quand il avait succédé à Margaret Thatcher, la manière dont il avait géré les affaires du Royaume-Uni dans la crise du Golfe lui avait d'ores et déjà assuré une stature d'homme d'État.

— Asseyez-vous, général. Mon emploi du temps est serré.

C'est pourquoi j'irai droit au fait. Cette affaire concernant Mme Thatcher, en France... C'est évidemment tout à fait fâcheux.

— Tout à fait, monsieur le Premier ministre. Remercions la Providence que cela ait bien tourné.

— Oui. Mais il me paraît qu'il s'est davantage agi d'une question de chance que d'autre chose. Je me suis entretenu avec le président Mitterrand, et nous sommes convenus, lui et moi, qu'il était de l'intérêt de tous, compte tenu notamment de la situation dans le Golfe, d'imposer un silence absolu sur cette histoire.

— Et la presse, monsieur le Premier ministre ?

— La presse ne saura rien, trancha John Major. Je crois avoir compris que les Français ne sont pas parvenus à arrêter l'auteur présumé de l'attentat manqué ?

— Je le crains bien, si j'en crois mes dernières informations. Mais le colonel Thernoud, du Service Action, se tient en contact permanent avec moi.

— J'ai parlé avec Mme Thatcher, et c'est elle qui a attiré mon attention sur votre existence. Si je comprends bien, la section des services de renseignements connue sous le nom de Groupe Quatre a été mise sur pied en 72. Le Groupe dépend directement du Premier ministre. Il est chargé de cas particuliers de terrorisme et de subversion. Exact ?

— Exact.

— Ce qui signifie que vous avez servi sous les ordres de cinq Premiers ministres, y compris moi-même ?

— Ce n'est pas tout à fait juste, monsieur le Premier ministre. Depuis quelque temps, nous avons un petit problème.

— Oh, je suis parfaitement au courant. Nos responsables de la sécurité n'ont jamais apprécié l'existence de votre Groupe, général. Ils trouvent que cela ressemble par trop à l'armée privée du Premier ministre. Et cela les a conduits à penser qu'un changement de direction au 10 Downing Street constituait une bonne occasion de se débarrasser de vous.

— Je crains que ce ne soit vrai, monsieur le Premier ministre.

— Eh bien, ce n'était pas une bonne occasion, et ça ne le sera pas. Je l'ai confirmé personnellement au directeur général des services de sécurité. Le problème est réglé.

— Vous m'en voyez ravi, monsieur le Premier ministre.

— Bien. À l'évidence, votre mission prioritaire est de traquer et d'abattre celui, quel qu'il soit, qui se cache derrière cette affaire. Si c'est quelqu'un de l'IRA, c'est à nous de nous en charger, ne croyez-vous pas ?

— Tout à fait.
— Bon. Je vous laisse à vos devoirs, général. Tenez-moi informé de tout événement significatif, par des rapports personnels et secrets.
— Cela va de soi, monsieur le Premier ministre.

Comme par magie, la porte du bureau s'ouvrit et le jeune assistant qui l'avait accueilli apparut pour raccompagner Ferguson.

Avant même que le général n'eût atteint le seuil, John Major s'était déjà replongé dans ses dossiers.

La limousine démarra. Mary Tanner se pencha pour fermer l'écran qui séparait les passagers du chauffeur.
— Qu'est-ce qui s'est passé ?... De quoi s'agissait-il ? demanda-t-elle.
— Oh, cette histoire en France, lâcha Ferguson, d'un ton curieusement détaché. Vous savez, il faut reconnaître qu'il sait ce qu'il veut, notre nouveau maître.
— Oh, voyons, général ! Je veux dire : vous ne croyez pas que nous aurions besoin d'une alternance, après toutes ces années de gouvernement conservateur ?
— Je vous adore en porte-parole du peuple travailleur, ricana le général. Votre cher vieux papa – qu'il repose en paix – n'était que professeur de chirurgie à Oxford, tandis que madame votre mère ne possède que la moitié du Herfordshire !... Quant à votre appartement de Lowndes Square, qu'est-ce qu'il vaut, hein ?... Un million de livres, diriez-vous ?... Mais enfin, pourquoi faut-il donc que les gosses de riches aient cette fâcheuse tendance à se vouloir à tout prix d'extrême gauche ?... Tout en insistant, bien entendu, pour ne dîner qu'au Savoy...
— Vous exagérez de façon scandaleuse !
— Plus sérieusement ma chère, j'ai servi aussi bien des Premiers ministres travaillistes que des Premiers ministres conservateurs. La couleur politique du personnage importe peu. Quand ils étaient Premiers ministres, le marquis de Salisbury, ou Gladstone, ou Disraeli, ont affronté les mêmes problèmes que ceux auxquels nous devons faire face aujourd'hui. Les Féniens[1], les anarchistes... Les bombes dans les rues de Londres... Sauf que c'était alors de la dynamite, pas du Semtex. Et combien y a-t-il eu de tentatives d'attentats contre

---

1. Révolutionnaires irlandais qui luttaient dans les années 1850-1880 pour l'indépendance de leur pays. *(N.d.T.)*

la reine Victoria ?... (Le général laissait son regard errer sur la circulation dans Whitehall alors qu'ils approchaient du ministère de la Défense.) Rien ne change...

– Très bien. Fin de la conférence. Mais dites-moi vraiment ce qui s'est passé, exigea Mary Tanner.

– Eh bien, nos affaires reprennent, voilà tout. J'ai bien peur d'avoir à annuler votre retour dans les rangs de la police militaire.

– Je vous déteste ! cria-t-elle en lui sautant au cou.

Situé au troisième étage, à l'angle de la façade arrière du ministère de la Défense, le bureau du général Ferguson donnait sur Horse Guards Avenue et offrait aussi une vue sur Victoria Embankment, avec la Tamise à l'arrière-plan. À peine avait-il pris place devant sa table de travail que Mary Tanner surgit en trombe.

– Un fax de Thernoud. En code. Je l'ai passé au décodeur. Et je suis sûre que ça ne va pas vous plaire du tout.

Le message rapportait l'essentiel de l'entretien du colonel avec Martin Brosnan, les éléments concernant Dillon... Tout.

– Seigneur Dieu ! souffla Ferguson. Ça n'aurait pas pu être pire. C'est comme un fantôme, ce Dillon. On en vient presque à se demander s'il existe. Pour ce qui est de l'action terroriste internationale, il est aussi dangereux que Carlos, mais l'opinion publique, et même les médias, ignorent tout de lui. Et nous, nous n'avons pas grand-chose.

– Nous disposons quand même d'un avantage, général.

– Tiens... Lequel ?

– Brosnan.

– C'est vrai. Mais voudra-t-il nous aider ? (Le général se leva et alla à la fenêtre.) L'an dernier, j'ai essayé d'obtenir de Martin Brosnan qu'il fasse quelque chose pour moi. Il m'a répondu qu'il n'y toucherait pas, même avec des pincettes. (Ferguson sourit.) C'est à cause de son amie, vous comprenez, cette Anne-Marie Audin. Elle est terrifiée à l'idée qu'il redevienne ce qu'il était autrefois.

– Oui, cela je peux le comprendre.

– Mais laissons tomber pour l'instant. Nous ferions mieux de préparer un rapport au Premier ministre sur ce qui vient de nous arriver de Paris. Et que ce soit court !

Mary se saisit de son stylo et prit des notes sous la dictée du général. Quand il eut fini, elle s'enquit :

– Autre chose, général ?

– Je ne crois pas. Faites taper ça. Deux exemplaires seulement. Un pour notre dossier, un autre pour le Premier ministre. Faites-le immédiatement parvenir à Downing Street par motard. Avec le tampon *Pour le Premier ministre. Personnel et secret.*

Mary Tanner tapa elle-même le brouillon du rapport, puis elle l'apporta à la salle de dactylo et de photocopie. Il y en avait une à chaque étage du ministère et les employés qui y étaient affectés bénéficiaient tous des habilitations de sécurité maximales. Quand elle entra, la photocopieuse ronronnait. L'homme qui se tenait devant la machine avait passé la cinquantaine. En manches de chemise, il portait des lunettes à monture d'acier de style militaire.

– Salut, Gordon, dit-elle. Une priorité numéro un. Votre frappe des grands jours. Et un exemplaire pour notre dossier personnel. Vous pouvez me faire ça tout de suite ?

– Bien sûr, capitaine Tanner. (Il jaugea d'un coup d'œil la longueur du texte.) Ça sera prêt dans un quart d'heure. Je vous l'apporterai.

Elle s'en alla. Il s'installa devant sa machine à écrire, respirant profondément pour reprendre le contrôle de lui-même au fur et à mesure qu'il découvrait le rapport. *Pour le Premier ministre. Personnel et secret.* Gordon Brown avait servi pendant vingt-cinq ans au Deuxième Bureau de l'armée. Une carrière honorable, si elle n'avait rien d'exceptionnel, l'avait conduit au grade d'adjudant, à l'attribution du MBE [1] et à l'offre d'un emploi au ministère de la Défense le jour où il prendrait sa retraite. Tout avait bien marché jusqu'à ce qu'un cancer emporte sa femme, l'année précédente. Ils n'avaient pas eu d'enfant, et Gordon Brown s'était retrouvé seul, dans un univers sans âme, à l'âge de cinquante-cinq ans.

Et puis le miracle s'était produit.

Au ministère, les cartons d'invitation aux diverses manifestations organisées par les ambassades abondaient. Il en prenait souvent un ou deux, au hasard. Cela lui donnait quelque chose à faire. Et c'est ainsi qu'au vernissage d'une exposition de peinture, à l'ambassade d'Allemagne, il avait rencontré Tania Novikova, sténodactylo à l'ambassade d'URSS.

Ils s'entendaient si bien !… À trente ans, elle n'était pas particulièrement belle. Mais quand, à la fin de leur second rendez-

---

1. *Member of the British Empire* : décoration attribuée en récompense de services civils ou militaires. *(N.d.T.)*

vous, elle l'avait entraîné dans le lit de son appartement de Camden, ç'avait été pour lui comme une révélation. Gordon Brown n'avait jamais connu un tel plaisir sexuel. Sur-le-champ, il fut comme envoûté.

Et c'est ainsi que tout avait commencé : d'abord les questions sur son travail... Comment ça se passait... Ce qu'il faisait... Et ce qu'on racontait au ministère... Puis elle l'avait laissé tomber. Il ne la voyait plus, et il était incapable de penser à autre chose qu'à elle, comme s'il avait perdu la tête. Il avait fini par l'appeler au téléphone, chez elle. Elle s'était montrée froide, distante... Et, soudain, elle lui avait demandé s'il avait fait récemment des choses intéressantes.

Il savait parfaitement ce qui était en train de lui arriver. Mais cela n'avait plus d'importance. Il avait tapé une série de rapports sur la restructuration des forces armées britanniques en fonction des changements qui se produisaient en URSS. Quoi de plus facile que d'en tirer une copie supplémentaire ?... Quand il lui apporta sa moisson, dans son appartement, tout recommença, et elle le conduisit à nouveau vers des paroxysmes de plaisir comme il n'en avait jamais connu.

À partir de ce moment-là, il aurait fait n'importe quoi pour elle. Il se mit à prendre des copies clandestines de tout ce qui pourrait éventuellement intéresser sa maîtresse.

Pour le Premier ministre. Personnel et secret. Quelle reconnaissance lui en aurait-elle ?... Il acheva sa frappe et tira deux copies de plus. L'une des deux était pour lui : il en conservait un dossier dans l'un des tiroirs de la commode de sa chambre. L'autre était destinée à Tania Novikova qui, bien entendu, n'appartenait pas à l'ambassade soviétique en qualité de sténodactylo, mais au titre de capitaine du KGB.

Gaston Jalbert ouvrit la porte du garage qui se trouvait derrière le Chat Noir, pendant que son frère Pierre se mettait au volant de la vieille Peugeot bicolore. Gaston s'assit sur la banquette arrière et ils démarrèrent.

— Tu sais, Pierrot, lança Gaston, j'ai réfléchi. Il se passera quoi s'ils arrivent pas à l'alpaguer, l'Irlandais ? Il va vouloir avoir notre peau.

— Tu racontes des conneries, frangibus ! répliqua Pierre. Il s'est sûrement tiré depuis belle lurette. Il est quand même pas con au point de rester dans le coin après ce qui lui est arrivé, hein ?... Bon, alors allume-moi une clope et ferme-la. On va se taper un bon petit dîner, et après on ira faire un tour au Zanzibar. Ils ont toujours les deux sœurs suédoises qui font un strip d'enfer.

Il était à peine huit heures, mais, dans ce quartier, les rues étaient calmes, presque désertes. Par ce froid, les gens préféraient rester chez eux. Au moment où la voiture allait déboucher sur une petite place, un motard de la police surgit derrière eux et alluma ses clignotants.

– On a un flic au cul, s'inquiéta Gaston.

Le motard arriva à leur hauteur, anonyme avec son casque et ses grosses lunettes, et leur fit signe de s'arrêter.

– Ça doit être un message de Savarin, dit Pierre en garant la voiture le long du trottoir.

– Peut-être qu'ils l'ont coincé, se réjouit Gaston.

Le motard s'arrêta lui aussi, mit la moto sur sa béquille et s'approcha de la Peugeot. Gaston ouvrit sa portière et se pencha à l'extérieur.

– Alors, ils l'ont baisé, ce salaud ?

De la poche de son surtout de caoutchouc sombre, Dillon sortit le Walther au mufle garni d'un silencieux Carswell et lui logea deux balles dans la région du cœur. Puis il repoussa ses lunettes sur son front et se tourna vers Pierre, qui essaya de se reculer :

– C'est vous ?

– Oui, Pierre. C'est juste une question d'honneur.

Le Walther aboya deux fois encore. Dillon le remit dans son manteau, enfourcha la BMW et embraya. Il neigeait un peu, maintenant, et la place était toujours aussi tranquille. Ce ne fut qu'une demi-heure plus tard que deux îlotiers en patrouille, maudissant le froid, découvrirent les deux cadavres.

L'appartement de Tania Novikova se trouvait près de Bayswater Road, non loin de l'ambassade soviétique. Pour elle, la journée avait été dure et elle avait prévu de se coucher tôt. Juste avant dix heures et demie, on sonna à la porte d'entrée. Elle était en train de se sécher au sortir d'un bon bain qui l'avait détendue. Elle s'enroula dans une robe de chambre et descendit au rez-de-chaussée.

La vacation de Gordon Brown s'était achevée à dix heures. Il mourait d'impatience de la voir, et, comme toujours à Londres, il avait eu mille difficultés pour trouver une place où garer sa Ford Escort. Debout devant la porte, il appuyait nerveusement sur le bouton de la sonnette, au comble de l'excitation. Quand elle ouvrit et découvrit qui était son visiteur, elle fut prise de colère et l'attira à l'intérieur :

— Gordon, je t'avais dit de ne jamais venir ici, sous aucun prétexte !

— Mais c'est très spécial, plaida-t-il. Regarde ce que je t'ai apporté.

Dans le living-room, elle s'empara de la grande enveloppe de papier bulle, déchira le rabat et en sortit le rapport. *Pour le Premier ministre. Personnel et secret.* Au fur et à mesure qu'elle lisait, la fièvre s'emparait d'elle. « Incroyable, pensait-elle, que ce demeuré m'ait apporté un document pareil ! » Les mains de Gordon se glissaient sous sa robe de chambre et remontaient vers ses seins. Elle sentait la force de son désir.

— C'est du bon matériau, n'est-ce pas ? demanda-t-il.

— Excellent, Gordon. Là, tu t'es conduit comme un gentil garçon.

— C'est vrai ? (Il la serrait plus fort.) Alors, je peux rester ?

— Oh, Gordon, comme c'est dommage... Je suis de service cette nuit.

— Je t'en prie, chérie. (Il tremblait comme une feuille.) Juste quelques minutes...

Elle n'ignorait pas qu'il lui fallait le satisfaire. Elle posa le rapport sur la table et le prit par la main :

— Un quart d'heure, Gordon. C'est tout ce que je peux te donner. Après, il faudra que tu t'en ailles.

Elle l'emmena dans sa chambre.

Dès qu'elle eut réussi à se débarrasser de lui, elle s'habilla en hâte, se demandant quoi faire. Tania Novikova était une communiste convaincue, tendance dure. C'était ainsi qu'elle avait été élevée et c'est ainsi qu'elle mourrait. Plus encore, elle avait servi au sein du KGB avec une loyauté absolue. Le KGB l'avait nourrie, formée, et lui avait donné la place qu'elle occupait dans la société. Curieusement pour une jeune femme, elle se sentait proche de la Vieille Garde. Gorbatchev et ceux qui prônaient la Glasnost ne lui inspiraient que mépris. Malheureusement, il avait beaucoup de partisans à l'intérieur même du KGB et son patron à l'ambassade de Londres, le colonel Youri Gatov, en faisait partie.

Comment réagirait-il devant un tel rapport ? se demandait-elle en s'élançant à pied dans la rue. Et comment réagirait Gorbatchev lui-même à la nouvelle de l'attentat manqué contre Mme Thatcher ? Il serait probablement aussi scandalisé que le Premier ministre britannique, et il y avait gros à parier que le colonel Gatov éprouverait les mêmes sentiments. Alors, que faire ?...

Pendant qu'elle arpentait le trottoir verglacé de Bayswater Road, il lui vint soudain à l'esprit que quelqu'un serait sans doute très intéressé. Et pas seulement parce qu'il partageait les mêmes convictions qu'elle : parce qu'il se trouvait lui-même au cœur de l'action. À Paris. C'était son ancien patron, le colonel Joseph Makeev...

Elle avait pris sa décision. Makeev saurait quel parti tirer de cette information. Elle tourna dans Kensington Palace Gardens et pénétra dans l'ambassade d'URSS.

Par hasard, Makeev s'était ce soir-là attardé à son bureau. Sa secrétaire entra et annonça :

— Un appel de Londres sur la ligne brouillée. Le capitaine Novikova.

Makeev s'empara du téléphone :

— Tania !... (Il mit dans ce prénom une nuance d'affection, car ils avaient été amants pendant les deux années qu'elle avait passées sous ses ordres à Paris.) Qu'est-ce que je peux faire pour toi ?

— Je crois comprendre qu'un incident affectant l'Empire s'est produit chez toi dans la journée, camarade colonel...

Il s'agissait d'une vieille formule convenue du KGB, employée depuis des années. On l'utilisait toujours pour faire allusion à toute tentative d'assassinat perpétrée contre l'une ou l'autre des plus hautes autorités britanniques.

Makeev fut immédiatement en alerte :

— C'est exact. Mais, comme d'habitude, officiellement, rien ne s'est passé.

— Tu avais un intérêt dans cette affaire ?

— Tout à fait, oui.

— Je t'envoie tout de suite un fax en code. Si tu as des consignes à me donner, j'attendrai dans mon bureau.

Tania Novikova reposa le combiné. Elle disposait de sa propre machine à coder, sur une table. Elle s'assit devant l'écran et commença de taper rapidement tous les détails du rapport livré par Gordon Brown, vérifiant qu'elle n'avait rien omis. Elle ajouta au message l'indicatif personnel de Makeev et appuya sur la touche « émission ». Quelques minutes plus tard, arriva de Paris le signal « bien reçu ». Elle se leva, alluma une cigarette et alla patienter devant la fenêtre.

Totalement brouillé, le message était parvenu à la salle de télécommunications et de codage de l'ambassade d'URSS à Paris. Impatient, Makeev avait guetté son arrivée. L'opérateur lui passa les feuillets. Il les introduisit dans la machine à décoder et composa son indicatif. Il était si pressé d'en prendre connaissance qu'il commença à le lire dans le couloir qui menait à son bureau, aussi excité que l'avait été Tania Novikova dès qu'il repéra le *Pour le Premier ministre. Personnel et secret.* Il s'assit et relut le texte d'un bout à l'autre, puis il attrapa son téléphone rouge.

— Tu t'es très bien débrouillée, Tania. Cette affaire, c'était mon bébé.
— Je suis enchantée.
— Gatov est au courant ?
— Non, camarade colonel.
— Parfait. Inutile de l'informer.
— Je peux faire quelque chose d'autre ?
— Je pense bien. Soigne ton contact. Dès que tu as du nouveau, tu me préviens immédiatement. Mais j'aurai peut-être davantage pour toi. J'ai un ami qui va venir à Londres. Justement l'ami dont parle ton message.
— J'attends de tes nouvelles.
Elle raccrocha, très soulagée, et descendit à la cafétéria.

À Paris, Makeev demeura un moment devant sa table de travail, le front plissé. . Soudain, il prit le téléphone et appela Dillon. Il fallut un certain temps avant que l'Irlandais ne prenne la communication :
— Qui est à l'appareil ?
— Sean, c'est Joseph. J'arrive tout de suite... C'est de la plus haute importance.
Le colonel Makeev reposa l'écouteur, enfila son manteau et sortit.

Chapitre quatre

Martin Brosman avait décidé de passer la soirée au cinéma avec Anne-Marie et de l'emmener ensuite dans un petit restaurant de la rue du Mont-Thabor, l'Auberge de France. C'était l'un de ses préférés, car, en dépit de son nom, l'établissement possédait aussi Carr's, un pub comme à Dublin ou à Cork, et proposait à ses clients une carte de spécialités irlandaises. La salle n'était pas trop bondée. Ils en étaient au dessert quand le colonel Thernoud fit son entrée, suivi de l'inspecteur Savarin.

— Il neige à Londres, il neige à Bruxelles et il neige à Paris, déplora-t-il.

De la manche, il brossa son manteau et le déboutonna.

— Dois-je déduire de votre intrusion que vous m'avez fait suivre ? grinça Brosnan.

— Pas du tout, professeur. Nous nous sommes présentés à votre domicile, et c'est votre concierge qui nous a dit que vous étiez au cinéma. Elle a été assez gentille pour nous donner les noms de trois ou quatre restaurants où vous pourriez souper. C'est le deuxième que nous visitons.

— Vous feriez mieux de vous asseoir et de prendre du café et du cognac, leur conseilla Anne-Marie Audin. Vous avez l'air gelés.

Les deux hommes se débarrassèrent de leur manteau et, d'un signe de la main, Brosnan appela le garçon qui se hâta de prendre la commande.

— Madame, déclara galamment le colonel Thernoud, je suis désolé de gâcher votre soirée, mais ce que j'ai à vous dire est de la plus haute importance. Un incident tout à fait fâcheux...

— Préparons-nous au pire, soupira Brosnan.

— Il y a deux heures environ, les corps des deux frères Jalbert ont été retrouvés dans leur voiture, sur une petite place proche du Chat Noir, par deux agents qui faisaient leur ronde, lâcha Savarin.

— Assassinés, vous voulez dire ? insista Anne-Marie.

— Oui, madame. Abattus.

— Deux balles dans le cœur chacun ? demanda Brosnan.

— Eh bien, oui, professeur. C'est ce que le médecin légiste a pu nous dire dès le début de l'autopsie. Nous n'avons pas assisté à la suite. Mais comment le saviez-vous ?

— Ça, c'est du Dillon tout craché. Et vous reconnaîtrez comme moi, mon cher colonel, la signature d'un vrai professionnel. Ne jamais se contenter d'une seule balle... Toujours tirer deux fois pour que l'adversaire ne risque pas de vous abattre dans un ultime réflexe...

Thernoud avala quelques gorgées de café :

— Et vous vous attendiez à cela, professeur ?
— Oh oui. Tôt ou tard, il fallait bien qu'il ait leur peau. C'est un homme étrange. Il respecte toujours sa parole, il n'a jamais rompu ses engagements, et il exige le même comportement de ceux auxquels il a affaire. C'est ce qu'il appelle une question d'honneur. En tout cas, il était comme ça autrefois.
— Puis-je vous poser une question ? intervint Savarin. J'ai passé quinze ans dans des commissariats. Et j'ai eu mon lot d'assassins, croyez-moi. Pas seulement des gangsters, pour qui le meurtre fait partie du métier, mais aussi de pauvres bougres qui avaient tué leur femme parce qu'elle les trompait. Mais ce Dillon, c'est autre chose. Je peux comprendre qu'il ait rejoint l'IRA parce que son père avait été victime de soldats britanniques. Mais tout ce qui s'est passé depuis cela ? Depuis vingt ans ? Tous ces meurtres, et même pas dans son propre pays ? Pourquoi ?...
— Je ne suis pas psychiatre, répliqua Brosnan. Les psychiatres vous sortiront tous les noms savants que vous voulez, en commençant par psychopathe et tout le reste. J'ai connu des hommes comme lui au Viêt-nam, quand j'étais dans les Forces spéciales. Certains étaient des types formidables. Mais une fois qu'ils avaient commencé à tuer... on avait l'impression que c'était comme une drogue, ils en devenaient intoxiqués. L'étape suivante, c'était de se mettre à tuer sans nécessité... De tuer sans la moindre émotion. Là-bas, au Viêt-nam, c'était comme si ces gens étaient devenus... comment pourrais-je vous expliquer cela ?... oui, des machines...
— Et vous pensez que c'est ce qui est arrivé à Dillon ? interrogea Thernoud.
— Ça m'était arrivé à moi, colonel, riposta Brosnan, très sombre.

Il y eut un silence.
— Nous devons absolument le coincer, professeur, reprit le colonel.
— Je sais.
— Alors, vous allez nous aider à le traquer ?

Anne-Marie, le visage angoissé, posa la main sur le bras de Brosnan. Dans une sorte de fureur désespérée, elle se tourna vers les deux hommes :
— C'est votre travail, ça !... Pas celui de Martin.

Martin tenta de l'apaiser :
— Tout va bien. Ne te fais pas de souci. (Il se tourna vers Thernoud.) Tous les conseils que je pourrais vous donner, toutes

les informations qui vous seraient utiles, oui. Mais aucune intervention personnelle. Je suis désolé, colonel, mais il ne saurait en être autrement.

— Vous nous avez pourtant bien dit, releva Savarin, qu'il avait essayé de vous tuer. Vous et un de vos amis.

— C'était en 74. Lui et moi, nous étions sous les ordres de cet ami. Un certain Devlin. Liam Devlin. C'était ce qu'on pourrait appeler un révolutionnaire à l'ancienne. Il pensait qu'on pouvait encore mener la lutte comme autrefois... Une armée clandestine affrontant les troupes régulières... Un peu comme la Résistance, ici, en France, pendant la guerre... Il n'aimait pas les bombes, les attentats aveugles, ce genre de choses...

— Que s'est-il passé, à cette époque ? insista l'inspecteur.

— Dillon a désobéi aux consignes. La voiture qui aurait dû sauter au passage d'une patrouille de police a tué une demi-douzaine de gosses. Devlin et moi, nous nous sommes lancés à sa poursuite. Il a essayé de nous éliminer.

— Sans succès, à ce que je vois.

— Eh bien, nous n'étions pas vraiment des enfants de chœur, riposta Brosnan. (Sa voix avait pris, presque imperceptiblement, une nuance nouvelle : plus dure, plus cynique.) Il m'a laissé avec un pruneau dans l'épaule. Je lui en avais logé un dans le bras. C'est à ce moment-là qu'il s'est évanoui dans la nature, sur le continent.

— Et vous ne l'avez plus revu ?

— J'ai passé plus de quatre années en prison, à partir de 75. À Saint-Martin-de-Ré... Vous avez oublié mon histoire, inspecteur. Lui, il a travaillé avec un certain Frank Barry, un autre ancien de l'IRA qui s'était joint aux groupes terroristes européens. Un vrai dur, ce Barry. Vous vous souvenez de lui ?

— Je m'en souviens très bien, professeur, confirma Thernoud. Je me rappelle aussi qu'il avait essayé d'assassiner Lord Carrington, le secrétaire au Foreign Office, au cours d'une visite officielle en France, en 79. Dans des circonstances analogues à celles de notre récente affaire.

— Dillon a probablement tenté d'imiter sa méthode. Il avait toujours eu une sorte de vénération pour Barry.

— Ce Barry que vous avez vous-même tué, pour le compte de nos collègues britanniques, si je suis bien informé.

— Excusez-moi, jeta Anne-Marie.

Elle se leva et se dirigea vers les toilettes.

— Nous l'avons bouleversée, déplora Thernoud.

— Elle s'inquiète toujours pour moi, colonel. Elle a peur qu'un jour, les circonstances ne me remettent une arme dans les mains et que je ne retombe là d'où je suis venu.

— Oui, c'est ce que j'ai vu, mon cher professeur. (Thernoud se leva et remit son manteau.) Nous avons assez abusé de votre temps. Présentez, je vous prie, mes excuses à Mme Audin.

— Vos cours à la Sorbonne, professeur… Vos étudiants doivent vous adorer… Je suis persuadé que votre amphi est toujours plein, remarqua Savarin.

— Toujours.

Brosnan les regarda partir. Anne-Marie revenait. La fatigue se lisait sur son visage.

— Je suis désolé de tout ça, ma chérie, s'excusa-t-il.

— Tu n'y es pour rien. Je crois que je vais rentrer à la maison.

— Tu ne veux pas revenir chez moi ?

— Pas ce soir. Demain, peut-être.

Le maître d'hôtel apporta l'addition, que Brosnan régla avec une carte de crédit, puis il les aida à mettre leurs manteaux et les reconduisit à la porte. Dehors, la neige s'étalait sur l'asphalte.

Anne-Marie frissonna :

— Tu as changé, Martin. Tu as changé depuis que tu leur as parlé. Tu as commencé à redevenir celui d'avant.

— Tu le crois vraiment ?

Mais il savait qu'elle ne se trompait pas.

— Je prends un taxi.

— Laisse-moi t'accompagner.

— Non. Je préfère rentrer seule.

Il l'observa qui s'éloignait, puis tourna les talons.

Il se demandait où était Dillon, et ce qu'il préparait.

La péniche de Dillon était amarrée quai Saint-Bernard, en compagnie de quelques vedettes de croisière aux cabines recouvertes d'un taud pour se protéger de l'hiver. L'intérieur en était étonnamment luxueux, avec un long carré lambrissé d'acajou, deux banquettes confortables, un poste de télévision. Au-delà du carré, de part et d'autre de la coursive, il y avait sa cabine, avec un divan et une petite salle de douche, ainsi que la cuisine, exiguë mais équipée de la manière la plus moderne : rien de ce que peut désirer un bon cuisinier n'y manquait. Il s'y trouvait, attendant que siffle la bouilloire, quand il entendit des pas résonner sur le pont. Il ouvrit un tiroir, et y prit un Walther qu'il arma et glissa dans sa ceinture, contre ses reins. Makeev s'engageait dans la descente et pénétrait dans

le carré. Le Russe secoua la neige de son manteau et l'enleva :
— Quelle fichue soirée !... Un temps de cochon !...
— Ce serait pire à Moscou, fit valoir Dillon. Du café ?
— Volontiers.

Du bar contre la cloison, Makeev sortit une bouteille de cognac et se servit un verre. Dillon revenait, une tasse dans chaque main :
— Eh bien, qu'est-ce qui se passe ?
— Pour commencer, mes sources m'ont appris que les frères Jalbert avaient passé l'arme à gauche. Était-ce bien raisonnable ?
— Moi, je vous dirais que ça leur pendait au nez. Et ensuite ? Que s'est-il passé d'autre ?
— Oh, un de vos vieux amis, du temps de votre sombre jeunesse, a refait surface. Un certain Martin Brosnan.

L'Irlandais resta un instant figé de stupeur :
— Sainte Mère de Dieu... Martin ? Martin Brosnan ?... Mais d'où sort-il ?
— Il habite ici même, à Paris. De l'autre côté de la Seine, quai Montebello. Dans le pâté de maisons qui fait face à Notre-Dame. Une porte cochère très ouvragée... À dix minutes ou un quart d'heure à pied d'ici. Vous ne pouvez pas vous tromper. Il y a un échafaudage devant la façade. Sans doute des travaux en cours.
— Que voilà une description détaillée... Et pourquoi donc ?
— J'y ai fait un saut en venant ici.
— Oui. Mais qu'est-ce que tout ça a à faire avec moi ?

Makeev lui dressa un tableau complet de la situation : le colonel Thernoud, Savarin, Tania Novikova à Londres, et le reste.
— Enfin, conclut-il, nous savons au moins ce que veulent nos petits amis.
— Cette Novikova pourrait m'être utile. Est-ce qu'elle jouera le jeu avec nous ?
— Aucun doute là-dessus. Je l'ai eue sous mes ordres pendant quelques années. Une jeune femme très douée... Comme moi, elle n'est pas enchantée des changements qui se produisent chez nous. Son patron, c'est différent. Le colonel Youri Gatov. À fond pour le changement. Un de la bande des modernistes.
— Oui, reprit l'Irlandais, elle pourrait être importante pour moi.
— Je dois comprendre que vous voulez partir pour Londres ?
— Quand je serai fixé, je vous le ferai savoir.

– Et Brosnan ?
– Je pourrais le croiser dans la rue sans qu'il me reconnaisse.
– Vous en êtes sûr ?
– Joseph, je pourrais vous croiser, vous, et vous ne me reconnaîtriez pas. Vous n'avez jamais observé un de mes changements à vue, hein ?... Vous êtes venu en voiture ?
– Bien sûr que non. En taxi. J'espère que j'en trouverai un pour rentrer.
– Je prends ma veste et je fais un bout de chemin avec vous.

Il passa dans sa cabine, pendant que Makeev, reprenant son manteau, se resservait un cognac. Sur un bruit léger, le Russe se retourna : Dillon était là, en caban et casquette à visière, voûté d'une étrange façon. Même les contours de son visage paraissaient changés. Il faisait quinze ans de plus. Tout son corps exprimait une personnalité différente.

– Mon Dieu, c'est stupéfiant, murmura Makeev.

Dillon se redressa et sourit :

– Joseph, mon ami, si j'avais poursuivi ma carrière dans le théâtre, je serais aujourd'hui un prince de la scène. Venez, allons-y.

La neige ne déposait qu'une couche impalpable sur le sol, les bateaux-mouches parcouraient la Seine et Notre-Dame, sous le feu des projecteurs, flottait dans la nuit. Dillon et Makeev atteignirent le quai Montebello sans avoir vu le moindre taxi.

– Nous voilà chez Brosnan, dit Makeev. Il est propriétaire de tout le pâté de maisons. À ce qu'il semble, sa maman lui a laissé un bien bel héritage.

– Vraiment ?

L'Irlandais scrutait l'échafaudage et le Russe reprit :

– C'est l'appartement du premier étage, là, au coin.

– Il vit seul ?

– Il n'est pas marié. Mais il a une petite amie, Anne-Marie Audin…

– La photographe ?... Je l'ai vue une fois, il y a longtemps. En 71, à Belfast. Brosnan et Liam Devlin, qui était mon patron à l'époque, lui avaient dévoilé tous les secrets de l'IRA.

– Vous l'aviez rencontrée ?

– Non, pas personnellement. Ils vivent ensemble ?

– Apparemment pas. (Un taxi tournait sur le quai et roulait dans leur direction. Makeev leva le bras.) On se revoit demain.

Le véhicule s'éloignait. Dillon s'apprêtait à s'en aller quand il vit surgir Brosnan, qu'il reconnut sur-le-champ.

– Enfin, vous voilà, Martin. Cher vieux salopard…, murmura-t-il pour lui-même.

Brosnan s'engouffra dans la porte cochère. L'Irlandais, souriant, continua son chemin en sifflotant.

À Cavendish Square, le général Ferguson s'apprêtait à se mettre au lit quand le téléphone sonna.

– J'ai de mauvaises nouvelles, annonça Thernoud. Il a descendu les frères Jalbert.

– Bon Dieu de bon Dieu ! cracha le général. Il ne perd pas son temps, celui-là, hein ?…

– Je suis allé voir Brosnan et je lui ai demandé de collaborer avec nous. Je dois avouer qu'il a refusé. Il a proposé de nous conseiller, mais il ne veut en aucun cas participer personnellement à notre enquête.

– Quelle connerie ! siffla Ferguson. Quand le bateau coule, tout le monde se met aux pompes. Et le nôtre, de bateau, donne déjà sacrément de la bande.

– Qu'est-ce que vous suggérez, Charles ?

– Je pense que cela ne nous ferait pas de mal si je venais le voir moi-même. Je ne sais pas encore exactement quand. Il faut que je prenne mes dispositions. Peut-être cet après-midi. Je vous tiendrai au courant.

– Ce serait parfait, mon général. Vous m'en verriez ravi.

Le général Ferguson médita quelques minutes, puis il appela Mary Tanner chez elle :

– J'imagine que, comme moi, vous aviez prévu une soirée tranquille, après vous être levée si tôt ce matin ?

– Disons que cela faisait partie de mes intentions, général. Y aurait-il du nouveau ?

Il lui confia les informations les plus récentes :

– Je pense que cela serait une bonne idée de traverser la Manche demain et d'échanger quelques mots avec Thernoud avant d'aller voir Brosnan. Il faut absolument lui faire comprendre à quel point la situation est grave.

– Et vous voulez que je vienne avec vous, général ?

– Bien entendu. Je n'oserais même pas entrer dans un restaurant parisien sans bénéficier de la merveilleuse connaissance du français que vous a donnée votre éducation de gosse de riche. Appelez le responsable des transports au ministère et dites-lui que je veux que le Lear soit prêt à décoller dès l'aube.

– Je m'en occupe. Rien d'autre ?

– Non. On se retrouve au bureau demain matin. N'oubliez pas votre passeport.

Le général raccrocha, alla se coucher et éteignit sa lampe de chevet.

De retour à la péniche, Dillon mit de l'eau à chauffer. Il versa dans un bol un peu de Bushmills, du jus de citron, du sucre, y ajouta l'eau bouillante et s'installa dans le carré, buvant à petites gorgées le *toddy*[1] brûlant. «Seigneur Dieu! pensait-il. Martin Brosnan... Après toutes ces années...» Sa mémoire le ramenait à l'époque où il avait combattu aux côtés de l'Américain et de Liam Devlin, son vieux chef. Devlin, la légende vivante de l'IRA... À cette époque excitante, où l'on affrontait face à face l'armée britannique. Rien, jamais, ne vaudrait cette époque-là.

Il y avait une pile de journaux sur la table, le *Daily Mail*, le *Daily Express*, le *Times* et le *Daily Telegraph*. Il les avait achetés au cours de l'après-midi dans un des kiosques de la gare de Lyon. Naturellement, il s'intéressait aux pages de politique intérieure ou internationale. Toutes développaient les mêmes thèmes : la crise du Golfe, les attaques aériennes contre Bagdad, l'inévitable déclenchement de la bataille terrestre... Il y avait aussi des photos. Le Premier ministre, John Major, posait devant le 10 Downing Street... La presse britannique écrivait des choses incroyables. On mettait en question le dispositif de sécurité, on spéculait sur l'éventualité d'attaques lancées par des terroristes arabes. Les journalistes poussaient la complaisance jusqu'à publier des cartes, et même des plans des environs immédiats de Downing Street. D'autres photos représentaient le Premier ministre et les principaux membres du gouvernement se hâtant pour la réunion quotidienne du cabinet de guerre. Londres... C'était là qu'il fallait frapper, sans aucun doute.

Dillon acheva son *toddy*, rangea soigneusement les journaux et alla se coucher.

À peine arrivé à son bureau, le général Ferguson s'empressa de dicter un nouveau rapport succinct au Premier ministre pour l'informer des derniers développements et l'avertir de son départ pour Paris. Mary Tanner emporta le brouillon à la salle des dactylos. L'employée qui avait assuré la vacation de la fin de nuit,

---

1. Le *toddy* est un grog dans lequel le rhum est remplacé par du whisky. Les Irlandais lui prêtent toutes sortes de vertus préventives et curatives. *(N.d.T.)*

Alice Johnson, une veuve de guerre dont le mari avait été tué aux Malouines, terminait son service. Elle se mit immédiatement à la frappe du texte, et s'apprêtait à le passer à la photocopieuse quand Gordon Brown arriva. Ce jour-là, il devait remplir une vacation fractionnée, de dix heures à seize heures et de dix-huit à vingt-deux heures. Il posa sa serviette et enleva son veston :

– Partez quand vous voulez, Alice. Rien de particulier ?

– Seulement ce rapport pour le capitaine Tanner. C'est pour Downing Street. Je lui ai dit que je le lui apporterais.

– Je le lui apporterai à votre place, Alice. Vous pouvez y aller.

Elle lui confia les deux exemplaires du document et commença à dégager sa table de travail. Pour Brown, il n'était pas question, cette fois-ci, de tirer des copies supplémentaires, mais il pouvait au moins prendre connaissance de la substance du texte, ce qu'il fit en parcourant le long couloir qui l'amenait chez Mary :

– Voilà votre rapport, capitaine Tanner. Voulez-vous que je fasse monter un motard ?

– Non merci, Gordon. Je m'en chargerai moi-même.

– Rien d'autre, capitaine ?

– Non, je déblaie le terrain. Le général Ferguson et moi, nous partons pour Paris. (Elle consulta sa montre.) Il faut que je me dépêche. Nous devons être à Gatwick à onze heures.

– Bon. J'espère que vous vous amuserez bien.

Quand il revint à la salle de dactylo, Alice Johnson était encore là.

– Dites-moi, Alice, ça vous ennuierait de rester une seconde de plus ?... Il y a un truc imprévu qui me tombe dessus. Je vous revaudrai ça.

– Mais bien sûr, Gordon. Je vous attends.

Brown enfila son veston, descendit à la cafétéria et s'enferma dans l'une des cabines de téléphone publiques. Tania Novikova n'était encore chez elle qu'à cause de l'heure tardive à laquelle elle avait quitté l'ambassade la nuit précédente.

– Je t'avais dit de ne pas m'appeler ici, maugréa-t-elle. C'est moi qui t'appellerai.

– Il faut que je te voie. Je suis libre à une heure.

– Impossible.

– Il y a un nouveau rapport. Sur la même histoire.

– Je vois. Tu as fait une copie ?

– Non, je n'ai pas pu. Mais je l'ai lu.

– Qu'est-ce que ça raconte ?

— Je te le dirai à l'heure du déjeuner.

Elle comprit qu'il lui fallait resserrer son emprise sur lui, et le contrôler sévèrement.

— Ne me fais pas perdre mon temps, Gordon, je suis très occupée, jeta-t-elle d'une voix glaciale et dure. Je pense qu'il vaut mieux que je raccroche. Je te rappellerai. Ou peut-être pas.

Il fut immédiatement pris de panique :

— Non !... Je vais tout te dire. Il n'y avait pas grand-chose. Simplement que les deux truands français qui étaient dans le coup ont été assassinés, sans doute par le nommé Dillon. Et puis le général Ferguson et le capitaine Tanner partent pour Paris, à bord du Lear, vers midi.

— Pour quoi faire ?

— Ils espèrent convaincre ce Martin Brosnan de les aider.

Tania se radoucit :

— C'est bon. Tu t'es bien débrouillé, Gordon. Je te vois cet après-midi chez toi, à cinq heures. Apporte ton tableau de service pour les prochaines semaines.

Brown, plein d'espoir, regagna son poste de travail.

Le vol sur Paris de Mary Tanner et du général Ferguson se déroula dans les meilleures conditions, et leur avion se posa à Roissy-Charles de Gaulle quelques minutes après treize heures. À quatorze heures, on les introduisait dans le bureau du colonel Thernoud, au quartier général de la DGSE, boulevard Mortier.

Le colonel serra le général dans ses bras :

— Charles, vieux sauvage, il y avait si longtemps !

Ferguson fit semblant de se dégager :

— Max, je me méfie de vos mamours à la française. La prochaine fois, vous allez m'embrasser sur les deux joues ! Voilà Mary Tanner, mon aide de camp.

Mary portait un tailleur pantalon signé Giorgio Armani, d'un brun soutenu, et de fines bottines de chez Manolo Blahnik. Des boucles d'oreilles ornées de diamants et une petite Rolex de plongée, en or, complétaient l'ensemble. Pour une jeune femme qui ne passait pas pour particulièrement jolie, elle était d'une beauté à couper le souffle. Et le colonel Thernoud, qui savait reconnaître quelqu'un qui avait de la classe, lui baisa la main :

— Capitaine Tanner, votre réputation vous a précédée.

— En bien, j'espère, répondit-elle dans un français presque sans accent.

— Bon, coupa Ferguson. Maintenant que nous avons accompli les formalités, venons-en au fait. Brosnan ?...

– Je l'ai eu au téléphone ce matin. Il est d'accord pour nous recevoir chez lui à trois heures. Nous avons juste le temps de déjeuner en vitesse. Nous avons ici une excellente cantine. Tout le monde s'y retrouve, même le directeur général. (Il ouvrit la porte.) Suivez-moi, je vous prie. Ça n'est peut-être pas le meilleur restaurant de Paris, mais c'est certainement le moins cher.

Dans le carré de la péniche, Dillon se versa une coupe de Krug, et se plongea dans l'examen d'un plan à grande échelle de Londres. Autour de lui, il avait punaisé sur les lambris tous les articles, dépêches et reportages concernant le 10 Downing Street, l'action de John Major et la guerre du Golfe. Il y avait aussi un grand nombre de photos du Premier ministre britannique, dont les yeux semblaient fixer l'Irlandais. On aurait dit qu'ils le guettaient.

– Moi aussi j'ai l'œil sur vous, mon pote, ricana Dillon.

Ce qui attirait le plus son attention, c'étaient ces réunions quotidiennes du cabinet de guerre. «Tous ces salauds, se disait-il, tous rassemblés au même endroit et au même moment!» Quelle cible!... De quoi refaire le coup de Brighton, où l'IRA avait bien failli liquider la totalité du gouvernement britannique. Oui, mais le 10 Downing Street? À priori, ce n'était pas possible. Certains parlaient maintenant de «Fort Thatcher», depuis que la Dame de Fer avait fait renforcer la sécurité.

Du pont de la péniche lui venait un bruit de pas. Négligemment, il tira un tiroir de la table, révélant la présence d'un revolver Smith & Wesson calibre 38, puis le referma en voyant entrer Makeev.

– J'aurais pu vous téléphoner, expliqua le Russe, mais j'ai préféré vous voir en tête en tête.

– Qu'est-ce qui se passe?

– Tenez, je vous ai apporté des clichés que j'ai fait prendre de Brosnan. Et elle, c'est son amie, Anne-Marie Audin.

– Excellent. Quoi d'autre?

– J'ai eu de nouveau un contact avec Tania Novikova. Il semble que le général Ferguson et son aide de camp, le capitaine Mary Tanner, aient fait un saut à Paris. Ils étaient attendus à Gatwick à onze heures, heure locale. Je parie qu'ils sont avec Thernoud en ce moment même.

– Tiens donc... Et pourquoi?

– Le véritable but de leur voyage, c'est de rencontrer

Brosnan. Pour le persuader de participer activement à votre recherche.

Dillon eut un sourire glacé :

— Vraiment ?... Martin commence à me causer de sérieux embarras. Il se pourrait que je doive y mettre bon ordre.

De la tête, Makeev désignait l'alignement des coupures de presse.

— C'est votre collection d'art privée ?

— Non. J'essaie seulement de mieux faire connaissance avec le bonhomme. Vous voulez boire quelque chose ?

— Non merci. (Soudain, Makeev se sentit mal à l'aise.) Il faut que j'y aille. Je garde le contact.

Le Russe descendit. Dillon se resservit du champagne, en but quelques gorgées, puis, subitement, il reposa sa coupe, alla jusqu'à la cuisine et versa le restant de la bouteille dans l'évier. « Un vrai gâchis, se reprocha-t-il, mais tant pis, je préfère. » Il revint dans le carré, alluma une cigarette et examina encore une fois les coupures. Mais il ne pouvait détacher sa pensée de Martin Brosnan. Il prit les clichés que Makeev lui avait apportés et les punaisa eux aussi.

Anne-Marie s'affairait dans la cuisine de l'appartement du quai Montebello. Assis à son bureau, Martin Brosnan préparait son prochain cours. On sonna à la porte. Elle s'empressa, s'essuyant les mains à un torchon :

— Ça doit être eux. Je vais leur ouvrir. Toi, n'oublie pas ta promesse.

D'un doigt léger, elle lui effleura le cou. Des voix s'élevèrent dans le vestibule et elle revint, précédant Mary Tanner, Ferguson et Thernoud.

— Je vais faire du café, lança Anne-Marie.

Ferguson s'avançait, la main tendue :

— Mon cher Martin !... Depuis quand ne nous sommes-nous pas vus... ?

— C'est ahurissant, riposta Brosnan. Nous ne nous rencontrons que quand vous avez quelque chose à me demander.

— Martin Brosnan... Quelqu'un que vous ne connaissez pas encore, Martin... Mon aide de camp, le capitaine Mary Tanner.

Brosnan, en un coup d'œil, détailla la jeune femme : fluette, cheveux bruns, cicatrice sur la joue gauche. Elle lui plut.

— Vous n'avez pas trouvé un travail plus glorieux que ce que ce vieux sagouin a à vous offrir ? demanda-t-il.

Bizarrement, elle se trouvait un peu intimidée par cet homme de quarante-cinq ans, aux cheveux ridiculement longs, dont le visage portait les stigmates d'une existence mouvementée.

– Vous savez, il y a la crise. Ces temps-ci, on prend ce qu'il y a.

– Très bien, coupa Ferguson. Le numéro de music-hall est terminé. Venons-en à nos petites affaires. (Thernoud resta près de la fenêtre, tandis que le général et Mary s'asseyaient sur le canapé en face de Brosnan.) Max m'a dit qu'il vous avait parlé hier soir, après le meurtre des frères Jalbert ?

Anne-Marie revenait avec le plateau du café.

– C'est exact, confirma Brosnan.

– Il m'a dit aussi que vous refusiez de nous aider.

– C'est forcer le trait. Ce que je lui ai dit, c'est que j'étais prêt à tout, sauf à participer personnellement à votre enquête. Et si vous êtes venus pour essayer de me faire changer d'avis, vous perdez votre temps.

– Vous êtes d'accord avec lui, madame Audin ? interrogea Ferguson pendant qu'Anne-Marie servait le café.

– Général, Martin a réussi à échapper à cette existence-là il y a bien longtemps. Et je ne tiens pas à l'y voir retourner, quelle qu'en soit la raison.

– Mais vous, vous comprendrez sans peine qu'un homme comme Dillon doit être arrêté à tout prix.

– Alors, que d'autres l'arrêtent !… Pourquoi Martin, grands dieux ?… (Sa voix vibrait d'émotion et de colère.) C'est votre boulot. À vous et aux gens comme vous. C'est comme ça que vous gagnez votre vie, non ?

Le colonel Thernoud vint prendre sa tasse :

– Mais le Pr Brosnan se trouve dans une position tout à fait particulière par rapport au problème auquel nous avons à faire face. Vous devez l'admettre, madame. Il a connu Dillon de très près… Il a combattu à ses côtés pendant des années. Pour nous, son aide n'a pas de prix.

– Je ne veux pas le revoir avec une arme à la main, colonel, et c'est ce qui arriverait sûrement. S'il s'engageait de nouveau sur cette voie-là, je ne sais que trop comment cela se terminerait.

Bouleversée, elle s'enfuit dans la cuisine. Mary Tanner la suivit et ferma la porte derrière elle. Le dos à l'évier, bras croisés comme pour se tenir elle-même, Anne-Marie affichait sur son visage toute la détresse du monde :

– Ils ne voient rien, hein ?… Ils ne peuvent pas comprendre ce que j'essaie de leur dire.

– Moi, si, répliqua Mary avec simplicité. Moi, je comprends très précisément ce que vous voulez dire.

Anne-Marie commença de sangloter doucement et Mary Tanner la prit dans ses bras.

Brosnan ouvrit la fenêtre et sortit sur le balcon. Il s'accouda à l'échafaudage et inspira de grandes goulées d'air frais. Le général Ferguson vint le rejoindre :

– Je suis désolé que nous ayons bouleversé Anne-Marie comme ça.

– Mais non, vous n'êtes pas désolé. Vous ne voyez que le but que vous poursuivez, général. C'est ce que vous avez toujours fait.

– Martin, celui-là, c'est un vrai dur.

– Je le sais mieux que vous. Cette fois, il vous a fourré dans un sacré guêpier. Il faut que je me trouve une clope.

Il rentra à l'intérieur. Le colonel Thernoud s'était assis près de la cheminée. Brosnan prit un paquet de cigarettes, marqua un temps d'hésitation et entrouvrit la porte de la cuisine : Anne-Marie et Mary, assises face à face de chaque côté de la table, se tenaient les mains.

– Ça va aller, souffla Mary. Mais laissez-nous un peu tranquilles.

Brosnan regagna le balcon. Il alluma une cigarette et s'appuya contre la balustrade :

– Votre aide de camp, général... ce n'est pas n'importe qui. La cicatrice sur la joue gauche... Un éclat, je dirais. Qu'est-ce qui lui est arrivé ?

– Elle était en opérations, à Londonderry, dans la police militaire. Un gusse de l'IRA convoyait une voiture piégée. Il a eu une panne. Il a laissé la bagnole sur le bas-côté et il s'est tiré à toutes jambes. Malheureusement, c'était devant une maison de retraite. Mary est montée dans la bagnole, elle a desserré le frein à main et elle s'est démerdée pour que l'engin descende la pente jusqu'à un terrain vague. Ça a sauté au moment où elle essayait de s'éloigner.

– Bonté divine !...

– Oui, je vous accorde qu'en l'occurrence, on peut invoquer le Très-Haut. Quand elle est sortie de l'hôpital, elle a reçu une sévère réprimande pour violation des consignes. Elle a aussi reçu la George Medal, pour le courage dont elle avait fait preuve. C'est après cela que je l'ai voulue auprès de moi.

– Ne vous fiez pas à l'eau qui dort, soupira Brosnan.

Il jeta son mégot. Mary Tanner arrivait :

– Elle va s'étendre dans votre chambre.

– Très bien. Rentrons. (Ils regagnèrent le salon et il alluma une nouvelle cigarette.) Reprenons. Qu'est-ce que vous avez à dire ?

Ferguson se tourna vers Mary :

– C'est votre tour, ma chère.

– J'ai dépouillé tous les dossiers et interrogé tous les ordinateurs. (Elle fouilla dans son sac et en sortit un cliché.) C'est le seul portrait de Dillon que nous ayons pu trouver. Il provient d'une photo de groupe de l'Académie royale d'art dramatique. Elle a été prise il y a vingt ans. Un de nos hommes l'a agrandie.

L'épreuve était floue, elle avait du grain. Et le visage était totalement anonyme. Les traits d'un jeune homme comme un autre…

Brosnan rendit le tirage à Mary :

– Inutile. Je ne le reconnais même pas moi-même.

– Oh, mais c'est bien lui. Le type qui est à sa droite était devenu une vedette de la télévision. Il est mort, maintenant.

– C'est Dillon qui l'a tué ?

– Non. Un cancer de l'estomac. Mais quelqu'un de chez nous l'avait contacté en 81 et il avait confirmé que c'était bien Dillon qui était à côté de lui sur la photo.

– C'est le seul portrait que nous avons de lui, grinça le général. Et ça ne nous sert foutrement à rien.

– Vous saviez qu'il avait passé son brevet de pilote ? reprit Mary Tanner. Et qu'il avait le droit de prendre des passagers ?

– Non, je ne savais pas.

– S'il faut en croire nos informateurs, il a passé ses examens au Liban, il y a quelques années.

– Mais pourquoi donc les gens de chez vous se sont-ils intéressés à lui en 81 ?

– Ça, c'est un point intéressant. Vous avez bien dit au colonel Thernoud qu'il s'était mouillé avec le commandement de l'IRA, qu'il avait laissé tomber et qu'il avait rejoint les réseaux du terrorisme international ?

– Absolument.

– Il semble qu'ils l'aient engagé en 81. Ils avaient des problèmes avec leurs unités combattantes en Angleterre. Un peu trop d'arrestations, vous voyez… Par l'un de nos mouchards en Ulster, nous avons appris que Dillon opérait à Londres. On lui a attribué trois ou quatre attentats… En tout cas, deux voitures piégées et l'assassinat de nos informateurs, qu'on avait réinstallés à Maida Vale.

— Et nous n'avons jamais réussi ne serait-ce qu'à l'apercevoir, ajouta le général.

— Oh, vous n'aviez aucune chance, répliqua Brosnan. Laissez-moi vous le répéter : c'est un acteur de génie. Il peut changer de personnage, rien que par le jeu des attitudes. Il faut le voir pour le croire. Alors, imaginez ce que cela peut donner quand il se maquille et qu'il se teint les cheveux. Vous vous souvenez qu'il ne mesure qu'un mètre soixante-cinq. Eh bien, je l'ai vu s'habiller en femme et tromper les patrouilles à pied, à Belfast.

Mary Tanner, penchée en avant, ne perdait pas un mot des propos de Brosnan :

— Continuez.

— Vous voulez que je vous donne une autre raison pour laquelle vous ne l'attraperez jamais ?... Il a mis au point toute une série de fausses identités. Il se teint les cheveux, utilise tous les artifices de maquillage qu'il faut et se fait prendre en photo pour ses faux papiers et ses faux passeports. Il en a toute une collection et, quand il en a besoin, il se donne l'apparence du personnage qui correspond au document falsifié.

— Ingénieux, remarqua Thernoud.

— Absolument. C'est pour cela que vous n'obtiendrez aucun résultat en faisant passer sa photo dans la presse ou à la télévision. Où qu'il aille, il disparaît de la surface. S'il opérait à Londres et qu'il ait eu besoin de quoi que ce soit — d'aide, d'armes, je ne sais pas... —, il se sera simplement fait passer pour un truand banal et il se sera adressé au Milieu.

— Vous voulez dire qu'il n'aurait eu aucun contact avec les réseaux de l'IRA ? demanda Mary Tanner.

— J'en doute fort. Peut-être avec quelqu'un qui vivrait dans la clandestinité depuis des années et en qui il aurait confiance. Mais des gens comme ça, il n'y en a pas des masses.

Le colonel Thernoud demeurait perplexe :

— Il y a un sujet que nous n'avons pas encore abordé. Pour qui travaille-t-il maintenant ?

— En tout cas, pas pour l'IRA, trancha Mary. Nous avons interrogé notre ordinateur et nous nous sommes en plus connectés avec celui de la RUC[1] et avec celui de l'état-major

---

1. *Royal Ulster Constabulary* : les forces de police propres à l'Irlande du Nord. (*N.d.T.*)

de l'armée, à Lisburn. Pas la moindre trace de tentative d'attentat contre Mme Thatcher.

– Oh, je le crois volontiers, dit Brosnan. Encore qu'on ne puisse jamais être tout à fait sûr.

– Évidemment, on peut penser aux Irakiens, intervint Ferguson. Saddam aimerait énormément faire sauter la terre entière, en ce moment.

– C'est vrai. Mais n'oubliez pas, rappela Brosnan, le Hezbollah, l'OLP, la Colère d'Allah et quelques autres du même tonneau. Dillon a travaillé pour chacun d'eux.

– Oui, mais contacter nos sources dans toute cette nébuleuse prendrait du temps, et je crois que nous n'en avons pas beaucoup devant nous.

– Vous pensez que Dillon va recommencer, général ? interrogea Mary Tanner.

– Je n'ai aucune certitude, ma chère, mais j'ai passé pas mal d'années dans ce métier. J'ai toujours fait confiance à mon instinct, et mon instinct me dit que ce n'est pas fini.

– Là, je ne peux plus vous aider, coupa Brosnan. J'ai fait tout ce que je pouvais pour vous.

Il se leva.

– Tout ce que vous étiez disposé à faire, vous voulez dire, observa le général.

Tout le monde gagna le vestibule et Brosnan ouvrit la porte.

– Vous repartez pour Londres, je pense ?

– Oh, je ne sais pas encore. Je crois que nous allons nous offrir un petit extra pour jouir des délices de Paris. Je ne suis pas descendu au Ritz depuis qu'on l'a restauré.

– Ça ne va pas arranger notre note de frais, fit Mary. (Elle tendit la main.) Au revoir, professeur. J'ai été heureuse de pouvoir mettre un visage sur votre nom.

– Et moi, j'ai été ravi de faire votre connaissance, capitaine. (Il eut pour Thernoud un mouvement de tête un peu sec.) Colonel...

Il referma.

Quand il revint au salon, Anne-Marie sortit de la cuisine. La pâleur avait envahi son visage tendu :

– Alors, tu as pris une décision ?

– Je leur ai apporté toute l'aide que j'ai pu. Maintenant, ils sont partis. Point final.

Elle ouvrit un tiroir de sa table de travail. Il contenait toutes sortes de crayons, stylos-billes, enveloppes, papier à lettres, timbres. Mais il renfermait aussi un pistolet Browning 9 mm.

Une des armes de poing les plus puissantes du monde. Celle qui a la préférence du SAS.

Sans dire un mot, elle referma le tiroir et le regarda calmement :

— Je vais aller me faire du café.

Elle se leva et se dirigea vers la cuisine.

— C'est fichu, remarqua Thernoud dans sa voiture. Il ne fera rien de plus.

— Je n'en suis pas persuadé, répliqua Ferguson. Mais nous en reparlerons ce soir, au Ritz. Vous dînerez avec nous, j'espère ? huit heures, ça vous va ?

— Tout le plaisir sera pour moi. Il me semble que le Groupe Quatre est bien plus généreux sur les frais de représentation que mon pauvre service.

— Mais non. C'est notre chère Mary, ici présente, qui nous régale. L'autre jour, elle m'a mis sous le nez un petit bout de plastique que venait de lui envoyer l'American Express.

Une carte platine !... Vous vous rendez compte, Max ?

— Allez au diable ! gronda la jeune femme.

Le colonel Thernoud se renversa contre son dossier et rit à gorge déployée.

Tania Novikova se brossait les cheveux en sortant de la salle de bains de l'appartement de Gordon Brown, à Camden. Celui-ci était en train de passer une robe de chambre :

— Il faut vraiment que tu t'en ailles ?

— Oui, absolument. Viens dans le salon. (Elle enfila son manteau.) Tu ne viens plus à Bayswater. Tu ne me téléphones plus. Ce tableau de service que tu m'as montré... Pourquoi tout un mois de vacations fractionnées ?

— Personne n'aime ça, surtout ceux qui ont une famille. Moi, ça ne me dérange pas. Donc, j'ai été d'accord. Et puis ça paie davantage.

— Ça veut dire que tu finis à treize heures et que tu recommences à dix-huit heures ?

— Oui...

— Tu as un répondeur téléphonique interrogeable à distance ?

— Oui.

— Parfait. On restera en contact comme ça.

Elle se dirigeait vers la porte. Il lui prit le bras :

— Mais quand est-ce qu'on se revoit ?

— Gordon, c'est difficile en ce moment. On doit être prudents. Si tu n'as rien de mieux à faire, rentre chez toi l'après-midi. Je ferai ce que je pourrai.

Il l'embrassa goulûment :

— Chérie…

Elle le repoussa :

— Il faut que je parte, Gordon.

Dans la rue, il régnait toujours un froid coupant. Elle remonta son col.

— Mon Dieu, ce qu'il ne faut pas faire pour notre Sainte Mère la Russie…, murmura-t-elle.

Elle tourna le coin de la rue et fit signe à un taxi qui passait.

Chapitre cinq

L'anticyclone de Sibérie avait jeté ses griffes sur l'Europe tout entière. Il faisait de plus en plus froid. Trop froid même pour que la neige puisse encore tomber.

Il était presque huit heures, et Brosnan remettait quelques bûches dans la cheminée.

Anne-Marie, étendue sur le canapé, s'étira et se carra dans les coussins :

— Alors, nous restons ici pour dîner ?

— Oui, je crois. Il fait un temps de cochon.

— Bon. Je vais voir ce qu'il y a dans la cuisine.

Il alluma la télévision pour le journal de vingt heures : toujours des raids aériens sur Bagdad, mais pas encore d'opérations terrestres. Il coupa le son. Anne-Marie arrivait pour s'emparer de son manteau :

— Comme d'habitude, ton réfrigérateur est presque vide. Sauf si tu as l'intention de me concocter un souper composé d'un fromage assez avancé, d'un seul œuf et d'un demi-berlingot de lait, il faut que je fasse un saut chez le Marocain du coin.

— Je t'accompagne.

— Ne sois pas bête. Ce n'est pas la peine que nous soyons deux à nous geler.

Elle lui envoya un baiser. Brosnan ouvrit la fenêtre et sortit sur le balcon. Grelottant, il alluma une cigarette. Il la guettait. Quand elle émergea de la porte cochère, il l'interpella, théâtral :

– Au revoir, mon amour !… La séparation est un si doux chagrin !…
– Idiot ! riposta-t-elle. Rentre avant d'attraper une pneumonie.

Elle tourna à l'angle du quai, marchant avec prudence sur le trottoir verglacé, et disparut. Brosnan se hâta de regagner la chaleur de la cheminée, mais, par inadvertance, il laissa la croisée ouverte.

Dillon avait dîné tôt, dans un café où il avait ses habitudes. Il était à pied et, pour revenir à la péniche, son chemin l'amenait à passer devant l'appartement de Brosnan. Sur le trottoir d'en face, il marqua une pause. Malgré son caban et son bonnet de laine rabattu sur les oreilles, il avait froid. Pendant un moment, se battant vigoureusement les flancs, il resta à observer les fenêtres illuminées de l'appartement.

Quand Anne-Marie Audin apparut par la porte cochère, il la reconnut instantanément et se rejeta dans l'ombre. Le quai était silencieux, la circulation presque inexistante. Et il put ainsi entendre la théâtrale apostrophe de Brosnan. Il en tira la conclusion complètement fausse qu'elle partait pour toute la soirée. À peine avait-elle tourné le coin qu'il traversa vivement. Il vérifia dans sa ceinture le jeu du Walther, s'assura, d'un coup d'œil circulaire, que personne ne risquait de le surprendre, et commença d'escalader l'échafaudage.

Mary Tanner appelait Brosnan au téléphone :
– Le général Ferguson vous fait demander s'il pourrait vous revoir demain matin, avant de repartir pour Londres.
– Ça ne servirait pas à grand-chose.
– Bon. Mais c'est oui ou c'est non ?
– Eh bien… s'il le faut…
– Je comprends… Vraiment, je comprends… Anne-Marie va mieux ?
– Oh, c'est une dure… Elle a couvert plus de guerres qu'un évêque n'en pourrait bénir. C'est pourquoi j'ai toujours trouvé son attitude étrange quand c'est moi qui suis concerné par des histoires de ce genre.
– Seigneur ! soupira Mary. Il y a réellement des moments où vous, les hommes, vous êtes incroyablement stupides. Elle vous aime, professeur. C'est aussi simple que ça. À demain matin.

Brosnan reposa le combiné. Il y eut un courant d'air glacé. Dans la cheminée, les flammes grandirent. Il se retourna : Sean

Dillon se tenait devant la fenêtre, le Walther dans la main gauche.

— Que Dieu bénisse tous ceux qui habitent cette maison, dit-il pieusement.

La petite épicerie du coin, comme beaucoup de magasins de ce genre de nos jours, appartenait à un Marocain, M. Ahmed. Quand Anne-Marie entrait dans sa boutique, il déployait toute sa faconde, la suivant, chargé de son panier, à travers les rayons. Elle choisit du pain de campagne, du lait, des œufs, du brie et une quiche.

— Préparée par mon frère Ali, de ses propres mains, précisa M. Ahmed. Deux minutes au micro-ondes, et ce sera parfait.

Elle rit :

— Il ne nous manque plus qu'une grosse boîte de caviar et du saumon fumé pour lui tenir compagnie.

Il emballa ses emplettes avec soin :

— Je les mets sur la note de M. Brosnan, comme d'habitude.

— Merci.

M. Ahmed lui tint la porte ouverte :

— C'est toujours un plaisir, madame.

Elle repartit vers le quai Montebello, d'humeur joyeuse, sans savoir pourquoi.

— Ciel ! Martin, les années ne vous ont pas changé. (Avec ses dents, Dillon enleva son gant de sa main droite et chercha dans sa poche un paquet de cigarettes. Brosnan n'était qu'à un mètre du tiroir et du Browning. Il esquissa un mouvement.) Pas sage, ça ! (Dillon eut un geste du Walther.) Asseyez-vous sur le bras du canapé, les mains derrière la nuque.

Brosnan s'exécuta :

— Vous vous amusez bien, Sean.

— Je suis comme ça. Et comment va ce vieux bougre de Liam Devlin, ces temps-ci ?

— En pleine forme. Toujours à Kilrea, près de Dublin, mais vous le savez sûrement déjà.

— C'est un fait.

— Le coup de Creil... Mme Thatcher... Drôlement foireux, Sean. Je veux dire, de s'acoquiner avec une paire de malfrats comme les Jalbert... Vous commencez vraiment à perdre la main.

— Vous le pensez ?

— Oui. J'imagine qu'il y avait un gros magot à la clef ?

— Un très gros.
— J'espère pour vous que vous aviez reçu votre argent à l'avance.
— Très drôle…

Dillon avait de la peine à cacher son agacement.
— Quelque chose m'intrigue. Qu'est-ce que vous voulez encore de moi, après toutes ces années ?
— Oh, je sais tout sur vous, Martin. Comment ils vous pompent des tuyaux sur moi… Thernoud, le colonel du Service Action, ce vieux salopard de Ferguson, et la fille qui lui sert de bras droit, ce capitaine Tanner… Rien que je ne sache. J'ai les amis qu'il faut, vous voyez, Martin. Le genre de gens qui peuvent avoir accès à toutes les informations.
— Ah bon ?… Et ils ont été contents de vous, quand vous avez raté Mme Thatcher ?
— Ce n'était qu'un coup d'essai, rien d'important. Je leur ai promis une cible de remplacement. Vous connaissez les règles du jeu.
— Je les connais, en effet. Et je sais aussi que l'IRA ne verse jamais un sou pour exécuter un contrat. Elle ne l'a jamais fait.
— Qui vous a dit que je travaillais pour l'IRA ? grinça Dillon. Ces jours-ci, ça ne manque pas, ceux qui ont envie de casser du Britiche.

Brosnan comprit alors, ou crut comprendre :
— Bagdad ?
— Désolé, Martin. Mais vous allez rejoindre votre Créateur où vous aurez tout loisir de vous poser cette question.
— Simple hypothèse de ma part, Sean. Un gros coup pour Saddam Hussein… Pour lui, cette guerre ne sent pas bon. Il a absolument besoin de marquer un point.
— Ciel ! Vous tirez toujours de ces conclusions !…
— Le président Bush se calfeutre à Washington, alors ça ne vous laisse que les Anglais. Vous avez loupé la femme la plus célèbre du monde, à qui le tour maintenant ?… Le Premier ministre, à Londres ?
— Là où vous allez, mon vieux, ça n'a pas d'importance.
— Mais j'ai raison, non ?

Dillon, furieux, explosa :
— Allez vous faire foutre, Brosnan !… Vous avez toujours été trop malin !…
— Vous ne réussirez jamais un truc comme ça, affirma Martin.
— C'est ce que vous croyez ?… À moi de vous prouver que vous avez tort.

– Décidément, vous commencez vraiment à perdre la main, Sean. Ce coup foireux contre Mme Thatcher, ça m'a rappelé un ratage de ce cher vieux Frank Barry, en 79, quand il a essayé d'avoir Lord Carrington, alors secrétaire au Foreign Office, pendant que sa voiture traversait Versailles. Je suis assez surpris que vous ayez repris le même scénario. Mais c'est vrai que vous avez toujours pensé que Barry était quelqu'un de très spécial, hein ?

– C'était le meilleur.

– Mais à la fin, il s'est quand même retrouvé mort.

– Oui. Et celui qui l'a eu lui a sûrement tiré dans le dos.

– C'est faux, rétorqua Brosnan. Nous étions face à face, je m'en souviens.

– C'est vous qui avez tué Frank Barry ? souffla Dillon.

– Il fallait bien que quelqu'un le fasse. C'est en général ce qui arrive aux chiens enragés. Je travaillais pour Ferguson, à propos.

– Salopard !...

Dillon leva le Walther et soigneusement visa.

Anne-Marie ouvrait la porte et entrait avec ses achats à la main. Dillon fit volte-face.

– Attention ! cria Brosnan en se jetant au sol.

Dillon fit feu deux fois en direction du canapé.

Anne-Marie hurla, non de peur mais de rage. Elle laissa tomber ses sacs et se rua sur l'Irlandais, qui essaya de l'éviter. Il recula jusqu'à la fenêtre. Elle lui laboura le visage de ses ongles. Il jura et la repoussa violemment.

Anne-Marie partit en arrière et bascula par-dessus la rambarde du balcon.

Brosnan était parvenu à ouvrir le tiroir. D'une main, il balaya la lampe, plongeant la pièce dans l'obscurité. Il attrapa le Browning. Dillon tira trois coups, très vite, et bondit vers la porte. Brosnan tira à son tour, trop tard. La porte claquait. Il se redressa, courut au balcon. Un étage plus bas, le corps d'Anne-Marie gisait sur le trottoir.

Il retraversa le salon, le vestibule, ouvrit la porte à la volée et descendit l'escalier quatre à quatre.

Il atteignit le trottoir. Pas trace de Dillon, mais le concierge était agenouillé à côté d'Anne-Marie :

– Il y avait un homme avec un pistolet, monsieur le professeur. Il est parti par là-bas.

– Tant pis. (Brosnan s'assit par terre.) Appelez le Samu, et vite.

La neige tombait maintenant à gros flocons. Il la serra contre lui.

Mary Tanner, Ferguson et Thernoud passaient une soirée des plus agréables dans la grandiose salle à manger du Ritz. On avait déjà débouché la seconde bouteille de Louis Roederer Cristal et le général se sentait d'humeur guillerette :
– Qui donc a dit que, quand un homme se lasse du champagne, c'est qu'il est las de la vie ?
– Certainement un Français, répondit Thernoud.
– C'est probable. Mais je pense que le moment est venu de boire à la santé de notre amphitryon. (Il leva sa coupe.) À vous, Mary, ma chérie.

Elle allait répondre, quand elle vit dans la grande glace murale l'inspecteur Savarin en conversation avec le maître d'hôtel à l'entrée de la salle :
– Il me semble qu'on vous demande, colonel.

Thernoud lança un coup d'œil circulaire :
– Qu'est-ce qui se passe ?

Il se leva, se fraya un chemin à travers les tables et s'approcha de l'inspecteur. Les deux hommes s'entretinrent brièvement, lançant des coups d'œil à la dérobée vers Mary et Ferguson.
– Je ne sais pas ce que vous en pensez, général, dit la jeune femme, mais j'ai un mauvais pressentiment.

Avant que Ferguson n'ait pu répliquer, Thernoud revenait, le visage grave :
– Je crains d'apporter de très mauvaises nouvelles.
– Dillon ? lança le général.
– Il a rendu visite à Brosnan tout à l'heure.
– Qu'est-ce qui est arrivé ? Brosnan n'est pas blessé ?
– Oh non. Il y a eu un échange de coups de feu. Dillon a pu s'enfuir. (Thernoud soupira profondément.) Mais Anne-Marie Audin est à l'Hôtel-Dieu. D'après ce que m'a dit Savarin, ça se présente plutôt mal.

Quand ils arrivèrent à la salle d'attente du second étage, ils trouvèrent Brosnan marchant de long en large et tirant nerveusement sur sa cigarette. Ses yeux étincelaient, exprimant une fureur que Mary Tanner n'avait jamais vue.

Elle fut la première à s'approcher de lui.
– J'ai beaucoup de peine.
– Que s'est-il passé ? interrogea Ferguson.

Brosnan le leur dit en peu de mots. Au moment où il

achevait, un homme de grande taille, aux cheveux poivre et sel et qui portait une blouse de chirurgien, entra. Brosnan alla à lui :

— Comment va-t-elle, Henri ? (Il présenta le nouveau venu à ses compagnons.) Le Pr Henri Dubois, un de mes collègues de l'université.

— Pas bien, mon cher Martin, dit Dubois. Les lésions à la jambe gauche et à la colonne vertébrale ne sont pas belles à voir, mais le plus préoccupant, c'est la fracture du crâne. On est en train de la préparer. Je l'opère tout de suite.

Il repartit. Thernoud prit Martin Brosnan par l'épaule :

— Venez, mon vieux, allons prendre un café. Je crois que la nuit va être longue.

— Mais je ne bois que du thé, répliqua Brosnan, pâle comme la mort, le regard vide. Mon estomac n'a jamais pu supporter le café. Vous avez déjà entendu quelque chose de plus drôle ?.

Au rez-de-chaussée de l'hôpital se trouvait une petite cafétéria pour les visiteurs. Elle avait bien peu de clients à cette heure avancée de la soirée. Savarin était parti régler le côté policier de l'affaire. Ils s'assirent au fond, à une table dans un coin.

— Je sais que vous avez ce soir bien d'autres soucis en tête, déclara Ferguson à Brosnan, mais y a-t-il des éléments supplémentaires que vous puissiez nous dire ?... Quelque chose qu'il vous aurait dit ?

— Oui... Des masses de choses... Il est sur un contrat, et ce n'est pas pour l'IRA. On le paie pour ça, et, à l'en croire, ça représenterait beaucoup d'argent.

— Pour qui ? Vous avez une idée ?

— Quand j'ai prononcé le nom de Saddam Hussein, il s'est fichu en rogne. Je crois que c'est quelque chose que vous devriez un peu creuser. Et puis un point intéressant : il sait tout sur vous tous.

— Nous tous ? s'inquiéta Thernoud. Vous êtes sûr ?

— Absolument. Il s'en est vanté. (Brosnan s'adressait au général.) Il savait même que le capitaine Tanner et vous étiez à Paris pour me pomper des tuyaux, pour reprendre son expression. Il m'a dit qu'il avait les amis qu'il fallait. (Martin plissait le front dans son effort pour se souvenir de la phrase exacte.) Le genre de gens qui peuvent avoir accès à toutes les informations, m'a-t-il dit.

— Il vous a dit ça, vraiment ? (Ferguson se tourna vers Thernoud.) Voilà qui est inquiétant.

— Et ce n'est pas fini. Il m'a parlé de l'attentat raté contre

Margaret Thatcher comme d'un coup d'essai. Il a fait allusion aussi à un objectif de remplacement.

— Continuez, jeta Ferguson.

— Je me suis arrangé pour lui faire perdre son sang-froid en me moquant de cette opération qui avait foiré lamentablement. Je pense que vous finirez par découvrir qu'il a l'intention de s'attaquer au Premier ministre de Sa Majesté.

— C'est une certitude ? demanda Mary Tanner.

Martin Brosnan hocha la tête :

— Oui. Je lui ai tendu la perche là-dessus. Je lui ai dit qu'il n'y arriverait jamais. Il s'est excité. Il m'a affirmé qu'il allait me prouver que j'avais tort.

Le général Ferguson soupira et se pencha vers le colonel Thernoud :

— Alors, maintenant, nous savons ce qu'il mijote. Je n'ai plus qu'à aller à l'ambassade et à alerter Londres.

— Je vais en faire de même ici, renchérit Thernoud. Après tout, il faudra bien qu'il quitte ce pays à un moment ou un autre. On va prévenir la police des frontières, les ports et les aéroports. La procédure habituelle mais avec discrétion, bien entendu.

Ils se levaient, mais Brosnan intervint :

— Vous allez perdre votre temps. Vous ne pourrez pas le coincer avec votre procédure habituelle. Vous ne pouvez même pas donner le signalement de l'homme que vous recherchez.

— Peut-être avez-vous raison, Martin, souffla Ferguson. Mais nous devons quand même faire tout ce qui est en notre pouvoir, non ?

Mary Tanner suivit les deux hommes jusqu'à la porte :

— Général, si vous pouvez vous passer de moi, j'aimerais bien rester avec Martin.

— Bien sûr, ma chère. On se verra plus tard.

Elle alla au comptoir et en revint avec deux gobelets de thé.

— Je trouve les Français merveilleux, sourit-elle. Ils sont toujours persuadés que nous sommes fous de mettre du lait dans le thé.

— Il faut de tout pour faire un monde. (Il lui offrit une cigarette.) Ferguson m'a raconté d'où vous venait votre cicatrice.

Elle haussa les épaules :

— Un souvenir de notre bonne vieille Irlande...

Brosnan se creusait la tête pour trouver quelque chose à dire :

— Votre famille ?... Elle vit à Londres ?...

— Mon père était professeur de chirurgie à Oxford. Il est mort il y a quelques années. Un cancer. Ma mère est toujours en vie. Elle a une propriété dans le Herfordshire.

– Et vous avez des frères, ou des sœurs ?

– J'avais un frère. Dix ans de plus que moi... Il a été abattu à Belfast en 80. Un tireur d'élite l'a eu, depuis les Divis Flats. Il était capitaine dans les commandos des Royal Marines.

– Désolé.

– C'était il y a longtemps...

– Je suppose que ça ne vous met pas dans de très bonnes dispositions à l'égard d'un homme comme moi.

– Ferguson m'a expliqué comment vous vous êtes engagé dans l'IRA après le Viêt-nam.

– Et vous pensez que je ne suis qu'un putain d'Amerloque qui a fourré son nez dans ce qui ne le regardait pas ? (Il soupirait.) À l'époque, j'ai cru, vraiment cru, que la justice était de ce côté-là, et je n'essaierai pas de vous persuader du contraire. J'ai plongé là-dedans jusqu'au cou, pendant cinq ans. Cinq années bien longues et pleines de sang.

– Et comment voyez-vous tout ça, maintenant ?

– L'Irlande ? (Il ricanait.) Si vous voulez tout savoir, je verrais avec plaisir cette putain d'île couler au fin fond de l'océan. (Il se leva.) Venez, allons nous dégourdir les jambes.

Il la précéda dans le couloir.

Dillon, dans la cuisine de la péniche, s'occupait à faire chauffer de l'eau. Le téléphone sonna.

– Ils ont emmené Anne-Marie Audin à l'Hôtel-Dieu, annonça Makeev. Évidemment, nous avons dû rester discrets en demandant des renseignements, mais ma source m'assure que son état est considéré comme critique.

– Bordel !... Si seulement elle avait gardé ses mains dans ses poches !...

– Ça risque de faire de sacrées histoires. Je crois qu'il vaut mieux que je vienne vous voir.

– Je ne bouge pas.

L'Irlandais versa l'eau chaude dans une cuvette et passa dans sa salle de douche. Il enleva sa chemise, puis tira une mallette du placard installé sous le lavabo encastré. Tout était conforme aux prédictions de Brosnan : elle contenait une collection de faux passeports portant une photo de lui sous divers déguisements. Elle renfermait aussi une trousse à maquillage de professionnel.

Au cours des années, il avait fait de fréquents allers et retours en Angleterre, souvent en transitant par Jersey, dans les îles Anglo-Normandes. Jersey était un territoire de la Couronne. De là, un sujet britannique n'avait pas besoin de passeport pour passer en Grande-Bretagne. Il serait donc, pour commencer, un touriste français venu à Jersey pour ses vacances d'hiver. Il choisit un passeport au nom d'Henri Jacaud, vendeur de voitures à Rennes.

Pour l'accompagner, il trouva un permis de conduire, délivré à Jersey à un certain Peter Hilton, domicilié à Saint-Hélier, la capitale de l'île. À la différence des permis de conduire britanniques, ceux de Jersey portent la photo de leur titulaire. Dillon avait appris depuis bien longtemps qu'il est toujours utile d'avoir sur soi un moyen d'identification précis : les gens aiment bien pouvoir comparer un visage et un cliché. Point essentiel, les photos du passeport et du permis de conduire étaient identiques.

Il mélangea un peu de teinture noire à l'eau chaude de la cuvette et commença à en brosser avec soin ses cheveux blonds. Ça l'amusait toujours de constater à quel point changer de couleur de cheveux transforme une physionomie. Puis il les sécha et appliqua une lotion. Parmi toute une série de lunettes alignées dans le couvercle de la mallette, il choisit une paire à monture d'écaille, aux verres légèrement teintés. Il ferma les yeux, se concentrant sur le rôle qu'il allait jouer. Quand il rouvrit les paupières, c'était le reflet d'Henri Jacaud que lui renvoyait la glace. La transformation était extraordinaire. Il referma la valise, la replaça dans le placard, remit sa chemise et passa dans le carré en emportant le passeport et le permis de conduire.

Au même instant, Makeev apparaissait en haut de la descente.

– Bon Dieu ! s'écria-t-il. Pendant une seconde j'ai cru que j'avais affaire à quelqu'un d'autre !…

– Mais je suis quelqu'un d'autre, Joseph. Je suis Henri Jacaud, vendeur de voitures à Rennes, en route pour Jersey pour ses vacances d'hiver. Je vais prendre l'hydroglisseur à Saint-Malo. (Il brandit le permis de conduire.) Mais je serai aussi Peter Hilton, comptable à Saint-Hélier.

– Vous n'aurez pas besoin d'un passeport pour aller à Londres ?

– Non, pas en tant que résident à Jersey. C'est un territoire britannique. Le permis de conduire suffira à accréditer mon identité. Ça met les gens plus à l'aise. Ils ont le sentiment qu'ils savent qui vous êtes, même les flics.

– Mais qu'est-ce qui s'est passé ce soir, Sean?... Qu'est-ce qui s'est vraiment passé?

– J'avais décidé qu'il était grand temps de m'occuper de Brosnan... Allons, Joseph, il me connaît trop bien!... Il me connaît mieux que quiconque, et ça pourrait devenir dangereux pour moi.

– Je commence à le comprendre. C'est un petit futé, le professeur.

– Cela va bien plus loin que ça, Joseph. Il est capable de prévoir mes mouvements, de comprendre comment je fonctionne... Lui et moi, nous sommes des fauves de la même race. Nous avons vécu dans le même monde et, fondamentalement, les hommes ne changent pas. Peu importe ce qu'il peut croire de son côté, au fond de lui-même, il est resté celui qui était autrefois le plus redouté des tueurs de l'IRA.

– Alors vous avez décidé de l'éliminer?

– J'ai agi sur une impulsion. Je passais par là. J'ai vu cette femme qui sortait. Il l'a appelée. D'après ce que j'avais entendu, j'ai cru qu'elle partait pour la nuit. Alors j'ai tenté ma chance et j'ai grimpé à l'échafaudage.

– Et alors?

– Oh, je l'ai bien secoué...

– Mais vous ne l'avez pas tué?

Dillon se contenta de rire et passa dans la cuisine d'où il revint avec une bouteille de Krug et deux coupes. Tout en la débouchant, il ricana :

– Allons, Joseph... Se retrouver tous les deux en tête à tête après tant d'années... On avait évidemment deux ou trois choses à se dire.

– Mais vous ne lui avez pas dit pour qui vous travaillez?

L'Irlandais préféra mentir allégrement :

– Bien sûr que non!... Vous me prenez pour qui?

Il leva sa coupe. Mais le Russe n'était toujours pas rassuré :

– Je veux dire... S'il savait que vous avez déjà une cible de remplacement, que c'est Major que vous tenez dans le collimateur... (Il haussa les épaules.) Si Brosnan l'apprenait, Ferguson le saurait aussi. Ça rendrait impossible votre mission à Londres. Et je suis sûr qu'Aroun arrêterait tout, de but en blanc.

– Peut-être, mais il n'y a rien à savoir. (Dillon reprit quelques gorgées de champagne.) Alors qu'Aroun ne se fasse pas de souci. Après tout, ce second million de livres, je le veux. À propos, j'ai appelé Zurich. Le premier million a bien été viré sur mon compte.

Mal à l'aise, le Russe se tortilla sur son siège :

— Cela va de soi... Bon... Quand avez-vous l'intention de partir ?

— Demain, ou après-demain. Je verrai... Entre-temps, il y a deux ou trois petites choses que je voudrais que vous arrangiez pour moi. Cette Tania Novikova, à Londres ?... J'ai besoin d'elle.

— Pas de problème.

— Avant tout, mon père avait là-bas un cousin issu de germain. Quelqu'un qui venait de Belfast. Un certain Danny Fahy.

— De l'IRA ?

— Oui, mais en sommeil. Une couverture en acier chromé. Il sait tout faire avec ses dix doigts. Il était dans la mécanique de précision. J'ai eu recours à lui en 81, au moment où j'avais deux ou trois bricoles à faire pour l'IRA, à Londres. En ce temps-là, il habitait au 10 Tithe Street, à Kilburn. Je veux que Novikova retrouve sa trace.

— Quoi d'autre ?

— Eh bien, j'ai besoin d'un endroit où dormir. Elle pourrait s'occuper de ça aussi. Elle ne vit pas à l'ambassade, je suppose ?

— Non, elle a un appartement du côté de Bayswater Road.

— Je n'ai pas l'intention de m'y installer. En tout cas, pas de manière régulière. Elle pourrait bien être sous surveillance. Nous connaissons les mauvaises habitudes de nos amis de la Special Branch[1] de Scotland Yard, non ?

Makeev sourit :

— Ça n'est plus comme au bon vieux temps. Grâce à ce foutu Gorbatchev, c'est le grand amour, maintenant.

— Je préfère quand même planter ma tente ailleurs. Je la contacterai à son appartement, rien de plus.

— Il nous reste encore un petit ennui, releva le Russe. Pour tout ce qui est du matériel, des explosifs, de l'armement, ou je ne sais quoi, elle ne vous sera pas d'un grand secours. S'il vous faut une arme de poing, peut-être... Et encore... Comme je vous l'ai dit quand je vous ai parlé d'elle pour la première

---

1. Créée à l'origine pour combattre le terrorisme des Irlandais et des anarchistes, la *Special Branch* de Scotland Yard remplit aujourd'hui des fonctions analogues à celles de la DST française. *(N.d.T.)*

fois, son patron, ce colonel Youri Gatov, le chef du KGB à Londres, est un homme de Gorbatchev et il est dans les meilleures dispositions vis-à-vis de nos bons amis britanniques.

– Peu importe. Pour ce genre de choses, j'ai mes propres contacts. Mais j'ai besoin de davantage de fonds de roulement. Je ne peux pas m'offrir le luxe de transporter de grosses sommes d'argent dans ma valise et d'être contrôlé par la douane au départ de Jersey.

– Aroun arrangera ça.

– Alors, tout va bien. Je voudrais le revoir avant de partir. Disons demain matin. Arrangez-nous un rendez-vous, voulez-vous ?

– Très bien. (Makeev boutonnait son manteau.) Je vous tiendrai informé de la situation à l'Hôtel-Dieu. (Au bas de la descente, le Russe se retourna.) Un dernier point... Imaginons que vous réussissiez. Les Britanniques organiseront la chasse à l'homme la plus féroce que l'on ait vue depuis des siècles. Comment parviendrez-vous à quitter l'Angleterre ?

L'Irlandais sourit, très calme :

– Je crois que c'est cela qui doit se trouver maintenant au centre de ma réflexion. On se voit demain matin.

Makeev s'en allait. Dillon se versa une bonne coupe de Krug, alluma une cigarette et s'assit, sans quitter des yeux les coupures de presse punaisées au vaigrage. Il farfouilla longtemps dans une pile de magazines et en sortit finalement ce qu'il cherchait : un *Paris-Match* de l'année précédente. Michel Aroun faisait la couverture. À l'intérieur, un long papier de sept pages s'étendait complaisamment sur son style de vie et sur ses habitudes. L'Irlandais écrasa son mégot et se mit en devoir de le relire.

Il était une heure du matin. Mary Tanner était seule dans la salle d'attente. Le Pr Dubois, les traits tirés, voûté, se laissa tomber dans un fauteuil et alluma une cigarette.

– Où est Martin ? demanda-t-il.

– Apparemment, le seul parent proche d'Anne-Marie est son grand-père. Martin essaie de le joindre. Vous le connaissez ?

– Qui ne le connaît, capitaine ?... C'était l'un des industriels les plus riches et les plus puissants de ce pays. Mais il est très vieux, maintenant. Quatre-vingt-huit ans. Je l'ai eu autrefois comme patient. Il a eu hélas une attaque cérébrale l'an dernier et je ne pense pas que Martin puisse arriver à quoi que ce soit d'utile avec lui. Il vit à Neauphle-le-Château, dans la propriété familiale qu'il a appelée le château Vercors, en souvenir de la Résistance.

Brosnan revint. Il avait l'air infiniment las, mais dès qu'il aperçut le Pr Dubois, il se précipita vers lui :

— Comment va-t-elle ?

— Je ne vais pas essayer de vous raconter des histoires, mon vieux. Elle ne va pas fort. Pas fort du tout. J'ai vraiment fait tout ce qui était en mon pouvoir. Maintenant, nous n'avons plus qu'à attendre.

— Je peux la voir ?

— Non. Patientez un peu. Je vous préviendrai quand ce sera possible.

— Vous restez ?

— Oui. Je vais essayer de grappiller quelques minutes de sommeil sur le divan de mon bureau. Comment ça s'est passé avec Pierre Audin ?

— Je ne l'ai pas eu. Il a fallu que je discute avec Fournier, son secrétaire. Le vieux bonhomme partage son temps entre son lit et son fauteuil roulant. Il ne sait même plus où il habite.

— C'est bien ce que j'avais pensé, soupira Dubois. On se revoit dans la nuit.

Il partit.

— Et si vous dormiez un peu, vous aussi ? conseilla Mary à Brosnan.

Le désespoir se lisait sur son visage, mais il parvint à esquisser un sourire lugubre :

— Si ça continue comme ça, je crois que je ne dormirai jamais plus de ma vie. Tout est de ma faute, dans un sens.

— Comment pouvez-vous dire ça ?

— Et que pourrais-je dire d'autre ?... Si je n'avais pas été ce que j'ai été, rien de tout cela ne serait arrivé.

— Vous n'avez pas le droit de parler comme ça, s'insurgea-t-elle. La vie, ça ne fonctionne pas de cette façon.

Sur une tablette, le téléphone sonna. Elle répondit et lâcha quelques phrases brèves avant de raccrocher.

— C'était Ferguson, qui voulait prendre des nouvelles. (Elle posa la main sur l'épaule de Brosnan.) Allez, étendez-vous sur la banquette, et fermez les yeux. Je reste là. Dès qu'il y a du nouveau, je vous réveille.

Il obéit en maugréant. Curieusement, il plongea très vite dans un sommeil profond. Mary Tanner, assise à ses côtés, écoutait sa respiration paisible en agitant de sombres pensées.

Trois heures du matin étaient à peine passées quand le Pr Dubois revint. Comme s'il avait senti sa présence, Martin Brosnan se réveilla instantanément et se rassit :

– Quoi de neuf ?
– Elle a repris conscience.
– Je peux la voir, maintenant ?

Il était déjà debout.

– Oui, bien sûr. (Avant qu'il n'ait atteint la porte, Dubois le prit par le bras.) Ce n'est pas joli à voir, Martin. Je crois qu'il faut que vous vous prépariez au pire.

– Non ! hoqueta Brosnan. Non, ce n'est pas possible.

Il s'élança dans le couloir, ouvrit la porte de la chambre et entra. Une jeune infirmière était assise à côté du lit. Le sang paraissait s'être retiré du visage d'Anne-Marie. Sa tête était si étroitement emmaillotée de bandages qu'ont eût dit une religieuse.

– Je vais attendre dans le corridor, souffla l'infirmière.

Brosnan s'installa sur une chaise. Il prit la main d'Anne-Marie, qui ouvrit les yeux. Elle l'observa un moment, le regard vide, puis finit par le reconnaître. Elle sourit :

– C'est toi, Martin ?

Il lui baisa la main :

– Qui d'autre cela pourrait-il être ?

Derrière eux, la porte s'entrouvrit : Dubois surveillait.

– Tes cheveux... Trop longs... Ridiculement trop longs... Au Viêt-nam, dans la rizière, quand les Vietcongs me tiraient dessus... tu as surgi dans la boue comme un guerrier du Moyen Âge... Tes cheveux étaient déjà trop longs, mais tu portais un bandeau pour les retenir.

Elle ferma les yeux.

– Repose-toi, lui ordonna Brosnan, et n'essaie pas de parler.

– Mais il le faut. (Elle rouvrit les paupières.) Laisse-le filer, Martin. Promets-le-moi. Ça ne vaut pas le coup. Je ne veux pas que tu retournes dans le monde de violence où tu étais. (Elle lui serra les phalanges avec une force surprenante.) Promets-le-moi, Martin.

– Je te donne ma parole.

Immobile, elle fixait le plafond :

– Mon merveilleux Irlandais sauvage... C'est toi que j'ai toujours aimé, Martin. Personne d'autre.

À nouveau, ses yeux se fermèrent doucement. Le son du moniteur de surveillance de la tension et du rythme cardiaque changea soudain d'intensité. En une seconde, Dubois fut dans la chambre :

— Dehors, Martin. Attendez.

Il le poussa dans le couloir. Mary Tanner était là.

— Martin ? demanda-t-elle.

Il la fixa sans la voir. La porte de la chambre s'ouvrait. Dubois apparut :

— Je suis désolé, mon vieux. Il n'y a plus rien à faire.

À bord de la péniche, la sonnerie du téléphone réveilla Dillon.

— J'ai le regret de vous dire qu'elle est morte, annonça Makeev.

— C'est épouvantable. Je n'ai jamais voulu la tuer.

— Vous allez faire quoi, maintenant ?

— Je pense que je partirai cet après-midi. Je crois que c'est ce que j'ai de mieux à faire, étant donné les circonstances. Et Aroun ?

— Nous avons rendez-vous avec lui à onze heures.

— Parfait. Il est au courant de ce qui s'est passé ?

— Non.

— Laissons-le dans l'ignorance. Je vous retrouve devant chez lui, à onze heures moins cinq.

L'Irlandais raccrocha le combiné et s'adossa à ses oreillers, pensif. Anne-Marie Audin... Une mort déplorable. Jamais il n'avait accepté de tuer une femme. Si, une fois, à Derry. Une moucharde. Et elle ne l'avait pas volé. Là, c'était un accident, mais ça puait la poisse à plein nez. Au fond de lui, il se sentait inquiet.

Il écrasa sa cigarette dans le cendrier et tenta de se rendormir.

À dix heures, Mary Tanner ouvrit la porte de l'appartement de Brosnan au général Ferguson et au colonel Thernoud.

— Comment va-t-il ? demanda le général.

— Il essaie de garder l'esprit occupé. Le grand-père d'Anne-Marie ne va pas bien. Alors Martin a réglé tous les détails pour les obsèques avec son secrétaire.

— Si vite ? s'étonna Ferguson.

— Oui, cela aura lieu demain matin. Dans le caveau de famille, au cimetière de Neauphle-le-Château.

Mary conduisit les deux hommes au salon. Brosnan se tenait devant la fenêtre. Il se tourna vers les nouveaux venus, mains dans les poches, les traits pâles et tendus.

— Alors ? questionna-t-il.

– Rien à signaler, répondit Thernoud. Nous avons alerté tous les ports et tous les aéroports. Discrètement, bien entendu. (Il hésita.) Nous pensons qu'il vaut mieux garder le silence sur cette affaire. La mort de Mme Audin, j'entends.

Martin Brosnan affichait une curieuse indifférence :

– Vous ne coincerez pas Sean Dillon ici. C'est Londres qu'il faut surveiller, et le plus tôt sera le mieux. Il est probablement déjà parti pour l'Angleterre et là, vous aurez besoin de moi.

– Vous voulez dire que vous allez nous aider ? intervint le général. Vous embarquez dans notre bateau ?

– Oui.

Il alluma une cigarette, ouvrit la fenêtre et sortit sur le balcon. Mary Tanner le rejoignit :

– Vous n'avez pas le droit, Martin. Vous avez fait une promesse à Anne-Marie.

– J'ai menti, répliqua-t-il froidement. Pour qu'elle puisse s'en aller en paix. Pour moi, il n'y a plus rien dans ce monde. Rien que la nuit.

Son visage s'était figé, comme taillé dans le roc. Ses pupilles avaient un éclat sinistre. C'était le visage d'un autre homme.

– Oh, mon Dieu ! murmura la jeune femme.

– J'aurai sa peau, martela Martin Brosnan. Même si ce doit être la dernière chose que je verrai sur cette terre, je veux voir Sean Dillon mort.

Chapitre six

À onze heures moins cinq très précises, le colonel Joseph Makeev arriva avenue Victor-Hugo, devant l'immeuble de Michel Aroun. Son chauffeur avait à peine fini de se garer et de couper le contact que Dillon ouvrit la portière arrière et monta dans le véhicule.

– Ce n'est vraiment pas un jour à porter des chaussures de bottier, remarqua-t-il. Il y a de la bouillasse partout.

Il souriait.

Makeev se pencha pour fermer la vitre de séparation :

– Vous me paraissez dans une forme éblouissante, compte tenu de la situation.

— Et pourquoi ne serais-je pas en forme, je vous le demande ?... Bon... Je voulais être sûr que vous n'aviez pas parlé d'Anne-Marie Audin à Aroun.

— Mais non, voyons. Bien sûr que non.

— C'est mieux comme ça, se félicita l'Irlandais. Je ne voudrais pas que mon plaisir soit gâché. Et, maintenant, montons voir notre ami.

Rachid les attendait dans le vestibule, où une femme de chambre s'empara de leurs manteaux. Aroun les accueillit dans le gigantesque salon :

— Cette affaire de Creil, monsieur Dillon... Pour moi, c'est une déception considérable.

— Rien n'est jamais parfait sur cette planète, vous devriez le savoir, rétorqua Dillon. Je vous ai promis une cible de remplacement et j'ai bien l'intention de m'y attaquer dès que possible.

— Le Premier ministre britannique ? demanda Rachid.

— Absolument. Je pars pour Londres tout à l'heure. C'est pourquoi j'avais pensé qu'une petite conversation avant mon départ ne serait pas inutile.

Rachid lança un regard significatif à Aroun, qui répondit :

— Mais naturellement, monsieur Dillon. Que pouvons-nous faire pour vous ?

— Pour commencer, il va me falloir des disponibilités pour mon fonds de roulement. Trente mille dollars... Je veux que quelqu'un me les fournisse à Londres. Cash, cela va de soi. Le colonel Makeev pourrait mettre ça au point.

— Pas de problème, dit Aroun.

— Ensuite, il me faut régler, dans le détail, la procédure que je suivrai pour quitter l'Angleterre après l'heureuse conclusion de mon aventure.

— Vous paraissez avoir une grande confiance en vous, monsieur Dillon, dit Rachid.

— L'espoir fait vivre, mon ami. Ainsi que j'ai pu le découvrir au fil des années, la difficulté majeure dans un gros coup, ce n'est pas tant de le réussir que de parvenir à sauver sa peau ensuite. Ce que je veux dire, c'est que, si je dois me farcir John Major pour votre compte, mon problème principal sera de quitter l'Angleterre, et c'est là que vous entrez en scène, monsieur Aroun.

La femme de chambre apportait du café sur un plateau. Aroun attendit qu'elle ait fini de servir pour en savoir plus.

– Expliquez-vous, je vous prie, dit-il.

– Le pilotage des avions fait partie de mes petits talents cachés. Et j'ai cru comprendre que je le partageais avec vous... Si j'en crois ce que j'ai lu dans un vieil article de *Paris-Match*, vous avez acheté en Normandie une propriété, le château de Saint-Denis, à trente kilomètres au sud de Cherbourg, sur la côte.

– C'est vrai.

– Selon cet article, vous adorez cet endroit qui serait isolé et totalement préservé. Ce serait comme une bulle du XVIIIe siècle en plein XXe.

– Où voulez-vous en venir exactement, monsieur Dillon ? coupa Rachid.

– L'article disait encore que le domaine possède sa propre piste d'atterrissage et qu'il arrivait à M. Aroun de faire le vol depuis Paris, aux commandes de son appareil personnel.

– C'est encore vrai, confirma Aroun.

– Excellent. Voilà ce que je prévois. Quand j'approcherai du... comment dire ?... du point final, je vous préviendrai. Vous amènerez votre avion à Saint-Denis. Moi, de mon côté, je m'arrangerai pour voler depuis l'Angleterre et je vous y rejoindrai quand j'aurai achevé mon travail. À vous de combiner la suite de mon voyage.

– Mais comment ferez-vous ? s'inquiéta Rachid. Où trouverez-vous un avion ?

– Là-bas, il y a des aéroclubs en pagaille, mon cher, et des masses d'avions à louer. J'ai tout simplement l'intention de ne pas respecter mon plan de vol... De disparaître des écrans radars, si vous préférez. Vous-même, monsieur Aroun, en tant que pilote, vous devez savoir que, pour les autorités compétentes, un des principaux problèmes réside dans l'immensité de l'espace aérien qui n'est soumis à aucun contrôle. Quand je me serai posé à Saint-Denis, vous pourrez foutre le feu à mon zinc si vous le voulez. (Le regard de Dillon fixa successivement Aroun et Rachid.) Nous sommes bien d'accord ?

– Absolument, affirma Aroun. Et s'il y a autre chose que nous puissions faire...

– C'est Makeev qui vous en informera, le cas échéant. Je m'en vais, maintenant.

Il se dirigea vers l'antichambre.

Dehors, la neige s'était remise à tomber. Dillon s'attarda brièvement près de la voiture de Makeev :

— Cette fois, ça y est. Nous ne nous reverrons plus. En tout cas, plus pendant un moment.

Le colonel lui donna une enveloppe :

— Vous trouverez là-dedans l'adresse personnelle de Tania Novikova et son numéro de téléphone. (Il consulta sa montre.) Je n'ai pas réussi à la joindre ce matin. Je lui ai laissé un message pour lui demander de m'appeler à midi.

— Très bien. Moi, de mon côté, je vous téléphonerai de Saint-Malo juste avant de prendre l'hydroglisseur pour Jersey, rien que pour m'assurer que tout marche bien.

— Je vous reconduis chez vous ?

— Non merci. Je me sens d'humeur à prendre un peu d'exercice. (Dillon tendit la main au Russe.) À notre prochaine rencontre, Joseph.

— Bonne chance, Sean.

Dillon sourit :

— Ça peut toujours servir.

Il tourna les talons et s'en fut.

À midi, Tania Novikova appela Makeev sur la ligne brouillée.

— Un de mes amis te téléphonera pour te rencontrer, dit-il. Celui dont nous avons déjà parlé. Ce sera peut-être tard dans la soirée.

— Ne t'inquiète pas, camarade colonel. Je prendrai bien soin de lui.

— Dans toute ta vie, on ne t'a jamais confié une mission aussi importante, crois-moi. À propos, il pourra avoir besoin d'être hébergé provisoirement. Sois prête à l'accueillir chez toi, s'il te le demande.

— À tes ordres, camarade colonel.

— Et puis je voudrais aussi que tu essaies de me retrouver la trace d'un bonhomme.

Makeev donna à Tania Novikova tous les détails qu'il possédait sur Danny Fahy.

— Il n'y aura pas de problème, affirma-t-elle. Tu as encore autre chose, camarade colonel ?

— Oui, mon ami aime les Walther. Porte-toi bien, ma chère. Je te rappellerai.

Quand Mary Tanner pénétra dans sa suite au Ritz, le général Ferguson, assis près d'une fenêtre, buvait à petites gorgées son thé de cinq heures.

— Ah, vous voilà enfin, dit-il. Je me demandais ce qui avait bien pu vous retenir. Il faut que nous partions.

– Pour où ?
– Nous retournons à Londres.
Elle respira profondément :
– Pas moi, général. Je vais rester encore un peu.
– Rester ?...
– Oui, pour l'enterrement, demain matin à onze heures, à Neauphle-le-Château. Après tout, Brosnan va faire tout ce que vous attendiez de lui, non ? Alors, ne devons-nous pas lui manifester quelque sympathie ?
Le général leva une main apaisante :
– Je suis d'accord. Vous marquez un point. Mais moi, de toute façon, il faut que je regagne Londres. Vous, vous pouvez rester si vous voulez, et ne rentrer que demain après-midi. Je me débrouillerai pour que le Lear fasse un saut de puce pour vous prendre tous les deux. Ça vous va ?
– Je ne vois pas pourquoi ça n'irait pas. (Elle sourit de toutes ses dents et se saisit de la théière.) Encore un peu de thé, général ?

Sean Dillon avait pris l'express pour Rennes, où il changea de train à quinze heures pour Saint-Malo. Il n'y avait guère de touristes : la période de l'année ne se prêtait pas aux vacances et le temps épouvantable qui régnait sur toute l'Europe avait découragé ceux qui auraient pu ressentir un besoin d'évasion. Moins d'une vingtaine de passagers avaient embarqué sur l'hydroglisseur de Jersey. Il débarqua au port de Saint-Hélier à six heures du soir, à l'Albert Quay, et se fit conduire en taxi à l'aéroport.
Avant même d'arriver, Dillon sut que ses plans seraient bouleversés car le brouillard se faisait de plus en plus dense au fur et à mesure qu'ils roulaient. À Jersey, cela se produisait fréquemment, mais ce n'était pas la fin du monde. Au comptoir d'information, il se fit confirmer que les deux vols du soir pour Londres étaient annulés. Il monta dans un autre taxi et demanda au chauffeur de l'emmener dans un bon hôtel.
Une demi-heure plus tard, il appelait Makeev à Paris :
– Désolé, mais je n'ai pas eu la possibilité de téléphoner depuis Saint-Malo. Mon train avait du retard et j'aurais risqué de manquer mon bateau. Vous avez pu avoir Novikova ?
– Oui. Tout est parfaitement en ordre. Elle est impatiente de vous rencontrer. Et vous, où êtes-vous ?
– À Jersey, à l'hôtel de l'Horizon. L'aéroport est fermé, à

cause du brouillard. Mais j'espère bien pouvoir décoller demain matin.

— Je ne m'inquiète pas. Gardez le contact.

— C'est ce que je ferai.

Dillon reposa le combiné, revêtit son veston et descendit au bar. Il se souvenait d'avoir entendu dire que le grill de l'hôtel était un restaurant de grande classe. Au bout d'un moment, un Italien de belle prestance, vif, s'approcha de lui et se présenta :

— Je suis Augusto, premier maître d'hôtel.

Avec reconnaissance, l'Irlandais se saisit de la carte, commanda sans attendre une bouteille de Krug, et se détendit.

À peu près à la même heure, on sonna à la porte de l'appartement de Martin Brosnan, quai Montebello. Quand il ouvrit, un grand verre de whisky à la main, il trouva Mary Tanner sur le palier.

— Eh bien, lâcha-t-il. Voilà qui est inattendu.

D'autorité, la jeune femme s'empara du verre, dont elle versa le contenu dans une plante verte près de la porte :

— Ce n'est pas cela qui vous fera du bien.

— Si vous le dites… Et qu'est-ce que vous me voulez ?

— J'ai pensé que vous deviez vous sentir un peu seul. Et j'ai pensé aussi que ce n'était pas une bonne idée de vous laisser dans votre coin. Le général Ferguson vous a appelé avant de partir ?

— Oui. Il m'a dit que vous passiez la nuit à Paris. Il m'a aussi laissé entendre que nous pourrions partir pour Londres demain après-midi.

— C'est vrai. Mais ça ne règle pas le sort de notre soirée. Je suis convaincue que vous n'avez rien mangé de la journée. Alors je me propose de vous emmener dîner dehors. Et ne vous avisez pas de me dire non.

Il salua à l'américaine, main à la tempe :

— Je n'oserais pas, capitaine.

— Ne faites pas l'imbécile. Il y a sûrement dans le coin un endroit que vous aimez.

— Ça va de soi. Donnez-moi le temps de prendre mon manteau, et je vous suis.

C'était un bistrot de quartier typique, simple et sans prétention. Quelques petits boxes assuraient aux clients un peu d'intimité. De la cuisine s'élevaient des senteurs prometteuses. Brosnan commanda du champagne.

– Du Krug ? fit remarquer Mary quand on leur apporta la bouteille.

– Oui. On me connaît, ici.

– Vous ne buvez jamais autre chose que du champagne ?

– Il y a bien longtemps, j'ai pris une balle dans l'estomac. Ça m'a laissé des séquelles. Les médecins m'ont interdit tous les alcools, ainsi que le vin rouge. Mais le champagne, ça peut aller. Vous avez noté le nom de ce restaurant ?

– La Belle Aurore.

– Le même que le café de *Casablanca*. Humphrey Bogart... Ingrid Bergman... Ça vous dit quelque chose ?

Il leva sa coupe et, d'une voix traînante, il cita une réplique du film :

– On vous regarde, petite.

Ils laissèrent le silence s'installer entre eux. Puis Mary reprit :

– Je crois que nous devrions parler business.

– Pourquoi pas ?... Qu'est-ce qui vous inquiète ?

– Que va-t-il se passer, maintenant ? Vous l'avez dit vous-même, Dillon est capable de s'évaporer dans la nature. Comment espérez-vous le retrouver ?

– Il y a un défaut dans sa cuirasse. De crainte d'être trahi, il ne peut contacter personne dans les réseaux de l'IRA. Et ça, ça le limite à une seule possibilité. Celle à laquelle il a recours en général. Le Milieu. S'il a besoin de quoi que ce soit, d'armes, d'explosifs, d'hommes même, il ira là où il a l'habitude d'aller. Et vous savez où c'est ?

– L'East End de Londres ?

– Oui. C'est à peu près aussi romantique que la Petite Italie ou que le Bronx, à New York. Les frères Kray, qui étaient ce que l'Angleterre a eu de plus proche des gangsters de cinéma... Ou encore le gang des Richardson... Vous en savez beaucoup, vous, sur l'East End ?

– Je croyais que c'était de l'histoire ancienne, non ?

– Pas du tout. Un tas de gros bonnets, les gouverneurs comme on les appelle, sont rentrés dans la légalité, dans une certaine mesure. Mais les bons vieux crimes, les hold-up, les attaques de banques ou de convoyeurs de fonds sont commis, grosso modo, par un groupe bien précis. Des hommes très attachés à leur famille, qui considèrent qu'ils exercent une activité comme une autre, mais qui n'hésiteront pas à vous descendre si vous vous mettez en travers de leur chemin.

– C'est charmant !

– Tout le monde sait de qui il s'agit, y compris la police.

C'est dans ce petit monde que Dillon ira chercher de l'aide.

– Pardonnez-moi, releva Mary. Mais j'imagine que c'est une communauté très fermée.

– Vous avez absolument raison. Mais il se trouve que j'y ai mes entrées.

– Et comment diable faites-vous ?

Il lui reversa une coupe de champagne :

– En 68, au Viêt-nam, quand j'étais encore un jeune fou, j'ai servi comme parachutiste, dans les Rangers aéroportés. J'appartenais à un détachement des Forces spéciales destiné à opérer au Cambodge. De manière parfaitement illégale, je dois le dire. Nous avions été recrutés dans l'ensemble des forces armées. Nous possédions tous des qualifications particulières. Il y avait même quelques Marines avec nous. C'est comme ça que j'ai fait la connaissance d'Harry Flood.

– Harry Flood ?… (Mary fronçait les sourcils.) Je ne sais pas pourquoi, mais c'est un nom qui me dit quelque chose.

– C'est probable. Mais je vais tout vous expliquer. Harry a le même âge que moi. Il vient de Brooklyn. Sa mère est morte à sa naissance. C'est son père qui l'a élevé. Il est mort quand Harry avait dix-huit ans. Harry s'est engagé dans les Marines pour avoir quelque chose à faire. Il a été envoyé au Viêt-nam et c'est là que nous nous sommes rencontrés. (Il éclata de rire.) Je n'oublierai jamais la première fois que nous nous sommes vus. Nous pataugions tous les deux jusqu'au cou dans un arroyo puant, quelque part dans le delta du Mékong.

– Ça m'a l'air d'un homme tout à fait intéressant.

– Oh, plus qu'intéressant. Il a reçu la Silver Star, la Navy Cross. En 68, au moment où mon contrat se terminait, Harry avait encore une année à faire. On l'a affecté à l'ambassade des États-Unis à Londres, pour le service de sécurité. Il était sergent, à l'époque, et c'est comme ça que tout a commencé.

– Comment cela ?

– Un soir, dans ce vieux dancing qui s'appelait le Lyceum, il est tombé sur une jeune fille, une certaine Jean Dark. Une jolie fille de vingt ans comme une autre dans sa petite robe de coton. Mais il y avait une grande différence : les membres de la famille Dark étaient tous des gangsters. De ceux dont on dit, dans l'East End, que ce sont des hommes, et des vrais. Son père s'était taillé son petit empire le long de la Tamise et, dans sa spécialité, il était aussi célèbre que les frères Kray. Il est mort cette année-là.

Mary Tanner paraissait fascinée par le récit de Brosnan :

– Et alors ?
– La mère de Jean a essayé de tenir la barre. Tout le monde la surnommait Ma Dark. Mais il y a eu des bagarres. Avec des gangs rivaux. Vous voyez le genre. Harry et Jean se sont mariés... Il a obtenu un permis de séjour, il est resté, et il s'est trouvé pris dans l'engrenage. Il a éliminé la concurrence, et tout ce qui s'ensuit.
– Vous voulez dire qu'il est devenu gangster, lui aussi ?
– Oui, si on prend le mot au sens large. Mais plus que ça, bien plus que ça. Il est surtout devenu l'un des gouverneurs les plus puissants de l'East End.
– Oh, Seigneur, je me rappelle, maintenant. C'est lui qui est le propriétaire de tous ces casinos. Et puis c'est lui aussi le roi du développement immobilier le long de la Tamise.
– Exactement. Jean a succombé à un cancer, il y a cinq ou six ans. Sa mère était morte depuis des années. Harry a continué quand même ses affaires.
– Il a la nationalité britannique ?
– Non. Il n'a jamais renoncé à sa citoyenneté américaine. Et les autorités n'ont pas eu le moindre prétexte pour l'expulser, parce que son casier judiciaire est vierge. Il n'a pas passé une seule nuit en prison.
– Et c'est toujours un gangster ?
– Tout dépend de la définition que vous donnez de ce mot. Je dirais seulement qu'autrefois, lui ou ses hommes ont fait les quatre cents coups. Ce que j'appellerais de la criminalité à l'état brut.
– Oh, je vois... Rien de vraiment condamnable, comme la drogue ou la prostitution. Seulement des attaques à main armée, du racket ou des délits de ce genre.
– Ne persiflez pas. Aujourd'hui, Harry a ses casinos, et des intérêts dans l'électronique et dans la promotion immobilière. La moitié de Wapping est à lui. Pratiquement tout le bord du fleuve. Mais tout ça, c'est parfaitement légal.
– Harry Flood est tout de même encore un gangster ?
– Disons que, pour bien des gens de l'East End, Harry est toujours l'un des gouverneurs. Le Yank, comme on le surnomme. Il vous plaira.

Mary ne cacha pas sa surprise :
– Vous croyez ?... Et quand allons-nous le voir ?
– Aussitôt que j'aurai pu fixer un rendez-vous. Dès que quelqu'un ou quelque chose bougera dans l'East End, Harry et ses types le sauront. S'il y a un homme qui peut m'aider à mettre la main sur Sean Dillon, c'est bien lui. (Le

garçon apportait deux assiettes de gratinée à l'oignon.) Bon. Maintenant, mangeons. Je meurs littéralement de faim.

Harry Flood s'était recroquevillé dans un coin de son trou, bras croisés pour conserver un peu de chaleur corporelle. Torse nu, sans chaussures, il ne portait qu'un pantalon de camouflage. La fosse ne faisait que soixante-dix centimètres sur soixante-dix, et la pluie s'écoulait sans discontinuer à travers la grille de bambou qui l'obstruait, tout en haut au-dessus de sa tête. Parfois, les Vietcongs venaient l'observer. On montrait aux visiteurs ce chien d'Américain qui se vautrait dans ses propres excréments. Lui, il y avait longtemps qu'il s'était habitué à la puanteur.
Il lui semblait qu'il était là pour toujours et la notion de temps avait perdu toute signification. Jamais il n'avait été en proie à un désespoir aussi total. Le rythme de l'averse s'accéléra soudain et l'eau commença de se déverser dans la fosse en véritable cascade. Le niveau montait rapidement. Il se mit debout, mais l'eau lui arriva vite à la poitrine. Il se débattait. Bientôt, il n'eut plus pied. Sur sa tête, le flot coulait toujours. Il se débattait de plus belle, donnant des coups de pied contre le fond pour essayer de remonter, cherchant sa respiration, tâchant de s'agripper aux parois. Tout à coup, une main, une main pleine de vigueur s'empara de la sienne et le tira vers la surface. Il put enfin respirer.

Il se réveilla en sursaut et se redressa. Son cauchemar revenait quelquefois et cela depuis le Viêt-nam, depuis un sacré bout de temps maintenant. En général, ce mauvais rêve s'achevait par une noyade. La main salvatrice constituait un élément tout à fait nouveau

Il consulta sa montre sur la tablette : presque dix heures. Il avait l'habitude de faire un somme en début de soirée, avant de commencer la tournée de ses clubs. Mais, ce soir, il avait trop dormi. Il mit sa montre à son poignet, se hâta vers la salle de bains, et prit une douche rapide. En se rasant, il nota que des fils d'argent parsemaient ses cheveux noirs.

– Ça nous arrive à tous, Harry, confia-t-il à son miroir en souriant.

En fait, Harry Flood souriait la plupart du temps, même si ceux qui l'observaient de près pouvaient remarquer dans son sourire toute la lassitude du monde : le sourire d'un homme qui a pris la mesure de la vie et a fini par la trouver décevante.

Il était assez beau, dans le genre athlétique, musclé, avec des épaules carrées. Au moins une fois par jour, pour s'encourager, il se disait qu'il portait bien ses quarante-six ans. Il passa une chemise de soie noire à col boutonné, sans cravate, et une veste déstructurée d'Armani, en soie sauvage, noire elle aussi. Il jeta un coup d'œil à la glace pour juger de l'ensemble.

– Allez, on y retourne, bébé, se moqua-t-il.

Son appartement avait des proportions gigantesques. Il était situé dans un ancien entrepôt transformé en logements de luxe, à Cable Wharf, sur les Docks. Les murs de brique du salon avaient été peints en blanc et le plancher de bois vitrifié. Des tapis indiens jonchaient le sol. Il y avait des canapés moelleux, et un bar, derrière lequel s'alignaient des rangées de bouteilles de toutes les boissons imaginables, destinées seulement à ses hôtes. Lui-même ne buvait jamais d'alcool. Un grand bureau avait été placé devant le mur du fond, couvert de livres.

Il ouvrit la fenêtre et sortit sur le balcon qui dominait le fleuve. Il faisait extrêmement froid. À sa droite, Tower Bridge se profilait devant la tour de Londres illuminée. Un bateau descendait la Tamise, ses feux trouant l'obscurité au point qu'on distinguait nettement l'équipage s'activant sur le pont. C'était une vision qui lui remontait toujours le moral, et il inspira une grande goulée d'air glacé.

Une porte s'ouvrit et Mordechai Fletcher fit son entrée. Plus d'un mètre quatre-vingts, des cheveux gris fer, la moustache impeccablement taillée, il portait un blazer croisé bien coupé et la cravate des Gardes. Mais des cicatrices autour des yeux et un nez aplati, plus d'une fois cassé, démentaient ce que son apparence pouvait avoir de conventionnel.

– Tu es réveillé, se borna à constater Mordechai.
– Pourquoi ? Ça n'en a pas l'air ?

Depuis quelque quinze ans, Mordechai lui servait de bras droit et d'homme de main. C'était un ancien boxeur poids lourd, qui avait eu le bon sens d'abandonner le ring avant que son cerveau se ramollisse. Il se glissa derrière le bar, servit un Perrier auquel il ajouta de la glace et une rondelle de citron, et l'apporta à Harry Flood qui prit son verre sans le remercier :

– Mon Dieu, comme j'aime ce fleuve !… Il y a du nouveau ?
– Ton directeur financier a téléphoné. Des papiers à signer pour le projet de centre commercial. Je lui ai dit que ça pouvait attendre demain matin.
– C'est tout ?
– Maurice a appelé de l'Embassy. Il m'a dit que Jack Harvey

y avait fait un saut, pour manger un morceau avec sa garce de nièce.

— Myra ?… (Harry Flood hochait la tête.) Quelque chose de particulier ?

— Harvey a demandé à Maurice si tu serais là plus tard. Il a dit qu'il repasserait et qu'il ferait un tour à la roulette. (Mordechai hésitait.) Tu sais bien ce que veut ce salopard et ça fait des mois que tu l'évites.

— Nous ne sommes pas vendeurs, Mordechai, et je n'ai pas l'intention de prendre un associé. Jack Harvey est la pire crapule de tout l'East End. À côté de lui, les frères Kray étaient des enfants de chœur.

— Je croyais que la pire crapule, c'était toi, Harry.

— Moi, je n'ai jamais fait dans la drogue, ni dans les putes, tu le sais bien. D'accord, j'ai été un vrai truand pendant plusieurs années. Et toi aussi. (Il alla prendre sur le bureau une photo dans un cadre d'argent.) Quand Jean était en train de mourir, pendant tous ces mois dégueulasses… (Il secoua la tête.) Plus rien n'avait d'importance, et tu sais bien ce qu'elle m'a fait promettre à la fin… D'abandonner.

Mordechai fermait la fenêtre :

— Je sais, Harry. Jean, c'était une sacrée bonne femme.

— C'est pour ça qu'on est rentrés dans la légalité. Et est-ce que je n'ai pas eu raison ? Tu sais ce que vaut la société, maintenant ? Presque cinquante millions de livres. Cinquante millions ! Alors, on peut laisser Jack Harvey et ceux qui sont comme lui continuer à se salir les mains si ça leur plaît.

— C'est vrai. Mais pour les gens de l'East End, Harry, tu es toujours le gouverneur. Toujours le Yank.

— Je ne m'en plains pas. (D'un placard, Flood tira un manteau sombre.) Il y a des moments où ça me donne un bon coup de main, tu peux me croire. Allez, on y va. Qui est-ce qui conduit, ce soir ?

— Charlie Salter.

— Très bien.

Mordechai ne bougeait pas :

— Tu veux que je prenne un flingue, Harry ?

— Mais, bon Dieu, Mordechai, on est légaux, maintenant ! Je n'arrête pas de te le répéter.

— Oui. Mais pas Jack Harvey. C'est ça, le problème.

— Jack Harvey, je m'en charge.

Pour descendre au rez-de-chaussée de l'entrepôt, ils utilisèrent l'ancien monte-charge qu'on avait conservé. La Mercedes

noire les attendait. Accoudé à la carrosserie, Charlie Salter, un petit homme sec en uniforme gris de chauffeur, lisait un journal. Il le plia rapidement et ouvrit la portière arrière :
— On va où, Harry ?
— À l'Embassy. Et fais gaffe en conduisant. Il y a plein de verglas, ce soir, et je veux lire mon canard en paix.

Salter prit place au volant. Mordechai s'assit à côté de lui et actionna la commande électronique des issues. Les portes de l'entrepôt s'ouvrirent et la voiture s'engagea sur le quai. Harry Flood déploya son quotidien, s'appuya contre son dossier et se concentra sur l'évolution des événements dans le Golfe.

L'Embassy ne se trouvait qu'à quelques centaines de mètres de l'entrepôt, dans une ruelle donnant sur Wapping High Street. Le club n'était ouvert que depuis six mois. Il faisait partie d'un autre projet de Harry Flood pour la transformation des vieux entrepôts. Le parking, situé derrière l'établissement, était déjà presque plein. Le gardien, un vieil Africain, se tenait dans sa guérite. Il en sortit :
— Je vous ai gardé votre place, monsieur Flood.

Harry et Mordechai descendirent de la voiture, laissant Salter la garer. Flood prit dans son portefeuille un billet de cinq livres qu'il donna au vieil homme :
— Ne fais pas de folies, Freddy.
— Avec ça ? sourit le gardien. Je pourrais même pas me payer une nénette dans l'arrière-salle d'un pub, par les temps qui courent. L'inflation, ça fait des ravages, monsieur Flood.

Harry et Mordechai riaient encore quand Salter les rejoignit et qu'ils pénétrèrent dans le club. À l'intérieur, c'était chaud et luxueux : carreaux de céramique noirs et blancs au sol, lambris de chêne, portraits à l'huile. Au moment où la dame du vestiaire prenait leurs manteaux, un homme de petite taille en tenue de soirée vint à leur rencontre. À son accent, on comprenait tout de suite qu'il était français :
— Ah, monsieur Flood, c'est un plaisir de vous voir. Vous dînerez ici ?
— Je crois que oui, Maurice. On va seulement jeter un coup d'œil d'abord. Des nouvelles d'Harvey ?
— Pas encore.

Ils descendirent dans la salle à manger principale, dont le décor avait été conçu dans le même style : murs lambrissés, tableaux, boxes aux sièges de cuir. Pas une table, ou presque, n'était libre. Le service allait bon train. Dans un coin, sur une estrade, un trio jouait en sourdine. Maurice les précéda entre les tables pour les mener à une porte capitonnée de cuir qui conduisait à la salle du casino. Là, il y avait tout autant de monde. Les joueurs se bousculaient autour de la roulette, et tous les sièges étaient occupés.

— Nous perdons beaucoup ? demanda Flood à Maurice.

— Des hauts et des bas, monsieur Flood. Mais ça s'équilibre, comme toujours.

— Des tas de flambeurs, quand même.

— Et pas un Arabe en vue, fit remarquer Mordechai.

— Avec cette histoire du Golfe, expliqua Maurice, ils préfèrent rester dans leur trou.

— Ce n'est pas ce que vous feriez, à leur place ? reprit Flood. Allez, venez, on va dîner.

Il avait son propre box, dans un coin de la mezzanine qui surplombait la salle à manger. Il commanda du saumon fumé, des œufs brouillés et du Perrier. Dans un vieil étui en argent, il prit une Camel. Il n'avait jamais pu s'habituer au goût des cigarettes anglaises. Mordechai lui donna du feu et s'appuya au mur. Flood, immobile, sombre, observait la salle. Il traversait l'un de ces moments de dépression où l'on se demande si l'existence a un sens. Charlie Salter descendait les marches à toute allure et se frayait un chemin entre les tables.

— Jack Harvey et Myra… Ils arrivent tout juste, soufflat-il.

De taille moyenne, Jack Harvey avait cinquante ans. Malgré le talent de son tailleur de Savile Row, son costume croisé bleu marine ne parvenait pas à dissimuler son obésité. Il était chauve, le crâne complètement dégarni, et la graisse donnait à son visage l'aspect boursouflé d'un empereur romain du Bas-Empire.

Myra, sa nièce, n'avait que trente ans, et elle paraissait bien plus jeune. Ses cheveux aile-de-corbeau étaient rassemblés en un chignon maintenu en place par un peigne de strass. Elle était à peine maquillée, à part un rouge à lèvres sang-de-bœuf. Elle portait une veste pailletée et une mini-jupe de Gianni Versace, ainsi que des chaussures noires à très hauts talons car elle dépassait à peine un mètre cinquante. Elle dégageait un charme puissant et les hommes se retournaient pour la contempler. Myra Harvey avait passé un diplôme de gestion à l'université de Londres et servait d'assistante à son oncle. Elle était aussi âpre au gain et aussi dénuée de scrupules que lui.

Harry Flood ne se leva pas et attendit là, sans bouger.

– Harry, mon vieux pote! s'exclama Jack Harvey en s'asseyant. Ça ne te gêne pas si on s'installe avec toi, non?

Myra se pencha pour embrasser Harry sur la joue :

– Vous aimez mon nouveau parfum, Harry? Il coûte une fortune, mais Jack dit qu'il sent si bon que c'est presque un aphrodisiaque.

– C'est un mot qui te plaît, hein? grinça Flood.

Elle s'assit à côté de lui. Harvey prit un cigare. Il en coupa le bout et eut un mouvement de menton vers Mordechai :

– Ben alors?... Qu'est-ce que tu fous de ton putain de briquet.

Sans ciller, Mordechai sortit son briquet et l'alluma.

– On a une chance de boire? demanda Myra. Nous savons que vous ne buvez pas, Harry, mais pensez un peu à nous autres, pauvres pécheurs.

Sa voix avait une pointe d'accent cockney, juste une pointe, ce qui n'était pas sans attrait. Elle posa la main sur le genou de Flood, qui se contenta de dire :

– Le champagne-cocktail, c'est bien ce que tu aimes?

– Je crois que je pourrai faire avec.

– Pas pour moi, coupa Jack Harvey. C'est de la pisse d'âne, ça. Moi, il me faut un scotch à l'eau. Et un grand.

Maurice, qui s'était tenu à proximité, passa la commande à un serveur, puis il se pencha pour murmurer à l'oreille d'Harry :

– Vos œufs brouillés sont prêts, monsieur Flood.

– Je vais les prendre tout de suite.

Sur un signe de Maurice, le maître d'hôtel arriva avec un plateau d'argent. Il souleva la cloche et posa l'assiette devant Harry Flood, qui se mit aussitôt à manger.

– C'est la première fois que je te vois bouffer un vrai repas, remarqua Jack Harvey. Qu'est-ce qui se passe, Harry?

– Oh, rien. Mais la bouffe, ça ne me passionne pas, Jack. Quand j'étais encore un gosse, au Viêt-nam, les Vietcongs m'ont gardé prisonnier pendant un moment. Et là, j'ai appris qu'on pouvait vivre de très peu. Plus tard, j'ai pris une balle dans les tripes. On m'a retiré cinquante centimètres d'intestin.

– Il faudra que vous me montriez la cicatrice un de ces jours, minauda Myra.

– Mais les pires périodes ont leurs bons côtés. Si je n'avais pas été blessé, le corps des Marines ne m'aurait jamais donné ce job de garde à l'ambassade de Londres.

117

— Et tu n'aurais pas rencontré Jean, continua Harvey. Je me souviens de l'année où tu l'as épousée, Harry. L'année aussi de la mort de son père, le vieux Sam Dark. Après que les Kray avaient été foutus en taule, il était comme un roi sans couronne, dans l'East End. (Il secoua la tête.) Et puis Jean... Quelle femme !... Les mecs faisaient la queue pour sortir avec elle. Il y avait même dans le lot un officier de la Garde, un lord. (Il se tourna vers Myra.) Sans blague.

— Et pourtant, c'est moi qu'elle a épousé, dit Flood.

— Elle aurait pu faire pire, Harry. Je veux dire... C'est toi qui l'as aidée à continuer à faire tourner la boutique, spécialement après la mort de sa mère. Ça, tout le monde le sait.

Flood repoussa son assiette et s'essuya la bouche avec sa serviette :

— Alors, Harvey, c'est la soirée des compliments ? Bon, maintenant, dis-moi pourquoi tu es venu.

— Tu sais bien ce que je veux, Harry. Je veux ma part. Les casinos... Tu en as quatre... Et combien de night-clubs, Myra ?

— Six, oncle Jack.

— Et puis il y a tout ton immobilier le long du fleuve, poursuivit Harvey. Il faut que tu partages le gâteau, Harry.

— Là, il y a un vrai problème, Jack, rétorqua Flood. Moi, je fais des affaires légales, et ça depuis un bon bout de temps. Tandis que toi... (Il hochait la tête.) Tu sais ce qu'on dit : voleur un jour, voleur toujours.

— Putain de Yank ! cracha Harvey. T'as pas le droit de me parler comme ça.

— Je le prends quand même, Jack.

— Tu dois nous mettre dans le coup, Harry, que ça te plaise ou non.

— Essaie un peu pour voir.

Charlie Salter s'était avancé souplement, et s'appuya contre le mur, à côté de Mordechai. Ce dernier lui murmura quelques mots à l'oreille et il repartit.

— Il parle sérieusement, Harry, intervint Myra. Alors soyez raisonnable. Tout ce qu'on veut, c'est notre juste part.

— Si vous vous associez avec moi, trancha Flood, vous entrez dans l'industrie du jeu, dans l'immobilier et dans l'informatique. Tandis que moi, si je m'associe avec vous, ce sera dans macs, putes, drogue, racket et compagnie. J'ai beau me doucher trois fois par jour, ma jolie, je ne me sentirais quand même pas propre avec ça.

– Salaud de Yank !...

Elle leva la main. Il lui saisit le poignet.

Harvey se mit debout :

– Insiste pas, Myra, insiste pas. Allez, viens. On se reverra, Harry.

– J'espère bien que non.

Ils tournèrent les talons. Mordechai se pencha vers Flood :

– C'est vraiment rien qu'un tas de fumier. Ils m'ont toujours fait dégueuler, lui et ses petits amis.

Harry Flood sourit :

– Il faut de tout pour faire un monde, Mordechai. Ne te laisse pas aller à tes préjugés, et trouve-moi une tasse de café.

– Le porc ! s'exclama Jack Harvey, alors que Myra et lui se dirigeaient vers le parking. Oser me parler comme ça !... Je l'enverrai en enfer.

– Je t'avais dit que tu perdais ton temps.

– Tu avais raison. (Il enfilait des gants sur ses mains grosses comme des battoirs.) Mais il va falloir qu'on lui montre qu'on parlait sérieusement, non ?

Une fourgonnette de couleur sombre était garée au bout de la rue. Alors qu'ils s'en approchaient, les feux de position s'allumèrent. Le jeune homme qui en descendit avait dans les vingt-cinq ans. Il avait l'air d'un dur, dangereux, avec son bomber de cuir noir et sa casquette plate.

– Bonsoir, monsieur Harvey, dit-il.

– C'est bien, Billy. Tu es juste à l'heure. (Il se tourna vers sa nièce.) Je crois pas que tu connaisses Billy Watson, Myra.

– Non, je ne pense pas, répondit-elle en le détaillant.

– Tu as amené combien de tes petits camarades ? interrogea Harvey.

– Quatre, monsieur Harvey. J'ai entendu dire que ce Mordechai Fletcher, c'est une vraie bête. (Il montra une batte de base-ball.) Ça, ça va lui remettre les idées en place.

– Pas de flingues, hein, comme je vous l'ai dit.

– Non, monsieur Harvey.

– Des bons gnons, c'est tout ce qu'il faut. Et puis une ou deux jambes cassées. Restez-en là. Il faudra bien qu'il cède, tôt ou tard.

Myra et Harvey poursuivirent leur chemin.

– Cinq ? demanda-t-elle. Vous croyez que ça suffit, oncle Jack ?

Il rit aigrement :

– Si ça suffit?... Mais pour qui tu le prends? Pour Sam Dark? Lui, c'était un homme, mais ce putain de Yank... Ils vont le mettre à genoux. Il en aura pour six mois de béquilles. Tu sais, Myra, c'est des durs.
– Vous en êtes sûr, oncle Jack?
– Allez, viens. Il fait vraiment un froid de canard.
Il entra dans le parking.

Une heure plus tard, Harry Flood s'apprêtait à quitter l'Embassy. Pendant que la dame du vestiaire l'aidait à remettre son manteau, il interrogea Mordechai :
– Où est passé Charlie?
– Je lui ai donné le signal du départ il y a quelques minutes. Il est parti devant pour faire chauffer la voiture. On se croirait au pôle nord, par ici. Si ça continue, la Tamise va geler.
Flood rit. Tous deux sortirent du club et s'engagèrent sur le trottoir. Les événements se déroulèrent ensuite très vite. Les portes de la camionnette garée de l'autre côté de la rue s'ouvrirent à la volée. Les hommes qui s'étaient cachés à l'intérieur en jaillirent et traversèrent en courant. Ils brandissaient tous des battes de base-ball. Le premier balança la sienne d'un mouvement fauchant. Mordechai plongea en avant, bloqua son mouvement et le fit basculer par-dessus sa hanche en le projetant sur le trottoir derrière lui.
Les quatre autres s'arrêtèrent net et firent cercle, la batte levée.
– Ça va mal se passer pour vous, ricana Billy Watson. Gare à vos jambes, les gars.
À vingt-cinq mètres de là, dans l'air glacé, éclata un coup de feu. Puis un second. Les cinq voyous se retournèrent. Charlie Salter sortit de l'ombre. Il rechargeait un fusil de chasse à canon scié.
– Laissez tomber vos joujoux, fit-il. Ou je répands vos cervelles sur la chaussée.
Ils obéirent et ne bougèrent plus, inquiets de ce qui allait suivre. Mordechai s'approcha, les fixa l'un après l'autre et saisit par les cheveux celui qui se trouvait le plus près de lui :
– Alors, fiston, on travaille pour qui?
– Je sais pas, m'sieur.
Mordechai le retourna et lui écrasa le visage contre les barreaux de la grille :
– Tu travailles pour qui, j'ai dit?
Le gamin craqua :

– Pour Jack Harvey. On a été payés pour ça. C'est Billy Watson qui nous a mis dans le coup.
– Petit con, jeta Billy. Tu me le paieras.

Mordechai Fletcher lança un coup d'œil à Harry Flood, qui approuva de la tête.

– Toi, tu restes, dit Mordechai à Billy. Les autres, tirez-vous.

Les quatre garçons se le tinrent pour dit et détalèrent. Billy Watson les fixait d'un regard haineux.

– Celui-là, il mérite une bonne fessée, déclara Charlie Salter.

Soudain, Billy attrapa une des battes et la leva, dans un geste de défense :

– Très bien. Viens-y voir un peu, Harry Flood… Harry Flood le gros bonnet… Tu sais vraiment te débrouiller tout seul, mon pote ?

Mordechai fit un pas en avant.

– Non, ordonna Flood.

Il s'avança lui-même :

– Allons-y, mon garçon.

Billy balança la batte. Flood pivota sur le côté, saisit le poignet droit de son adversaire et lui tordit le bras. Billy hurla de douleur et laissa échapper son arme. Dans le même instant, l'Américain achevait sa rotation et lui envoya son coude en pleine figure. Billy se retrouva un genou à terre.

Mordechai ramassa la batte.

– Non, dit Flood. Il a compris. Laisse-le partir.

Il alluma une cigarette et ils remontèrent la rue jusqu'à la voiture.

– Qu'est-ce que tu comptes faire avec Harvey ? interrogea Fletcher. Une jolie petite boutonnière ?

– Je vais y réfléchir.

Billy Watson rassembla ses forces et se retint un moment à la grille. Il neigeait un peu quand il parvint à se traîner vers la fourgonnette. Comme il arrivait devant sa portière, Myra Harvey sortit d'une petite allée, resserrant sur sa gorge le col de son manteau de fourrure :

– Ça ne s'est pas trop bien passé, hein ?
– Miss Harvey, croassa-t-il. Je croyais que vous étiez partie.
– Mon oncle m'a accompagnée, mais je suis revenue en taxi. Je ne voulais pas manquer le spectacle.
– Hé !… Vous êtes en train de me dire que vous pensiez à l'avance que ça se passerait comme ça ?

– Oui, mon petit loup, j'en ai bien peur. Mon oncle se goure quelquefois. Il se laisse emporter par son émotivité. Tu croyais vraiment que cinq punks comme toi et tes potes, ça suffirait pour faire la peau à Harry Flood ? (Elle ouvrit la portière et le poussa à l'intérieur.) Monte, grouille-toi. Je vais conduire.

Elle se glissa derrière le volant. Son manteau s'ouvrit et sa minijupe remonta jusqu'en haut.

– Où c'est qu'on va ? s'inquiéta Billy.
– Chez moi. Ce qu'il te faut, c'est un bon bain bien chaud, mon petit loup.

De la main gauche, elle lui pressa fortement la cuisse. Puis elle mit le contact et démarra.

Chapitre sept

L'avion de Jersey se rangea devant le terminal numéro un de l'aéroport de Londres-Heathrow peu après onze heures le matin suivant. Il fallut à Dillon plus d'une demi-heure pour récupérer sa valise et, en attendant, il s'assit pour fumer et lire un quotidien. Les nouvelles de la guerre étaient bonnes pour les forces de la coalition : quelques pilotes avaient été abattus au-dessus de l'Irak, mais les raids aériens provoquaient de sérieux dommages.

Sa valise arriva enfin. Il prit sa place dans la file d'attente. Plusieurs appareils s'étaient posés à peu près en même temps, et les voyageurs se pressaient nombreux vers la sortie. Les douaniers, ce matin-là, paraissaient peu enclins à faire ouvrir les bagages. Au demeurant, ils n'auraient rien trouvé dans les siens. Sa valise ne contenait que des vêtements et sa trousse de toilette, et, dans sa serviette, il avait seulement rangé des journaux. Son portefeuille renfermait deux mille dollars en coupures de cent dollars. Rien que de très légal. Avant de quitter son hôtel à Jersey, il avait détruit le passeport au nom d'Henri Jacaud, comme on brûle ses vaisseaux. Quand il repartirait pour la France, il emprunterait une route complètement différente et, d'ici là, le permis de conduire délivré au soi-disant Peter Hilton lui suffisait comme justificatif d'identité.

Il prit l'escalator pour gagner l'étage supérieur de l'aérogare et fit la queue devant l'un des guichets de banque. Là, il changea cinq cents dollars en livres sterling. Il répéta la manœuvre à trois autres guichets, puis descendit au rez-de-chaussée pour trouver un taxi.

Il sifflotait doucement pour lui-même.

Il demanda au chauffeur de le conduire à la gare de Paddington, où il enfourna sa valise dans une consigne automatique. D'une cabine, à tout hasard, il appela Tania Novikova, au numéro que Makeev lui avait donné, mais il tomba sur le répondeur. Il jugea inutile de laisser un message. Il ressortit de la gare, héla un autre taxi et se fit emmener à Covent Garden.

Avec ses lunettes à peine teintées, sa cravate à rayures et son Burberry bleu marine, il avait une allure des plus respectables.

— Fait un temps de cochon, chef, dit le chauffeur. À mon avis, on va avoir droit à de la neige, et pas plus tard que bientôt.

— Je n'en serais pas surpris, en effet.

Dillon avait l'accent raffiné d'un ancien élève de public school.

— Vous vivez à Londres, chef ?

— Non, je ne suis ici que pour quelques jours, pour affaires, mentit l'Irlandais avec aisance. Je travaille à l'étranger, depuis longtemps déjà. À New York. Il y a des siècles que je n'étais pas revenu à Londres.

— Ça a beaucoup changé. C'est plus comme c'était.

— Je le crois volontiers. Je lisais l'autre jour, dans un journal, qu'on ne peut plus passer à pied à Downing Street.

— Exact. Mme Thatcher, elle a fait installer un nouveau système de sécurité. Des grilles aux deux bouts de la rue.

— Vraiment ?... J'aimerais bien voir ça.

— On peut y passer, si ça vous chante. J'descends sur Whitehall, et puis j'couperai vers Covent Garden.

— Ça me va.

L'Irlandais se cala contre le dossier de la banquette, alluma une cigarette et se contenta de regarder. À Trafalgar Square, le chauffeur s'engagea dans Whitehall. Ils passèrent devant l'entrée de Horse Guards Parade. À cheval, sabre au clair, en manteau pour se protéger du froid, deux cavaliers des Blues and Royal[1] montaient la garde.

— Pour les pauvres dadas, y doit faire glagla, observa le chauffeur. Tenez, chef, on y est. V'là Downing Street. (Il ralentit à

1. Un des deux régiments de cavalerie de la Garde. (*N.d.T.*)

peine.) J'peux pas m'arrêter, sinon, les flics vont v'nir m'demander ce qu'j'fiche là.

Dillon observait avec attention :

— Alors, voilà donc ces fameuses grilles ?

— Y a des connards qui disent que c'était un caprice à la Thatcher. Mais si vous voulez mon avis, elle s'trompait pas souvent. Ces salauds d'l'IRA, ils ont foutu assez d'pétards dans Londres, ces dernières années. Moi, si j'étais l'gouvernement, j'les fusillerais tous, sans exception. Si j'vous dépose à Long Acre, ça vous va, chef ?

— Parfait, approuva Dillon.

Il réfléchissait à l'incidence sur sa mission des grilles somptueuses qui barraient Downing Street.

Le taxi se rangeait le long d'un trottoir. Dillon donna à son chauffeur un billet de dix livres :

— Gardez tout.

Il descendit et s'engagea d'un pas rapide dans Langley Street. Covent Garden connaissait son affluence habituelle, mais la foule s'était habillée pour faire face au froid extrême. On se serait cru davantage à Moscou qu'à Londres. Dillon s'abandonna au flot de la cohue et finit par trouver ce qu'il cherchait, dans une allée débouchant sur Neal's Yard : une petite boutique d'accessoires de théâtre, dont la vitrine était encombrée de masques, de vieux costumes et de trousses de maquillage. Sortant par un rideau de son arrière-boutique, le propriétaire avait au moins soixante-dix ans, des cheveux très blancs et un visage poupin :

— Et qu'est-ce que ce sera pour vous, monsieur ?

— Du maquillage, je crois. Qu'est-ce que vous avez, comme coffrets ?

— Ceux-là sont très bien. (Le vieux bonhomme en sortit un et l'ouvrit sur le comptoir.) Ce sont ceux que je fournis au National Theatre. Vous êtes dans le métier, non ?...

— Je ne suis qu'un amateur. Dans une troupe paroissiale. (Dillon, mentalement, faisait l'inventaire du coffret.) C'est formidable. Mais je vais vous prendre aussi du rouge à lèvres, écarlate. Et puis de la teinture noire et du dissolvant.

— Allons, allons, ne me la faites pas. Vous venez jouer ici. À propos, je m'appelle Clayton. Je vais vous donner ma carte, si jamais vous aviez besoin d'autre chose. (Il partit chercher ce qu'on lui demandait et le glissa dans le coffret qu'il referma.) Eh bien, ça nous fera trente livres. Et n'oubliez pas, hein... S'il vous faut quoi que ce soit...

– Je reviendrai.
Dillon s'en fut en sifflotant.

À Neauphle-le-Château, il neigeait quand le cortège funèbre quitta le château Vercors. Malgré le froid, de nombreux habitants s'alignaient sur les trottoirs, et les hommes se découvraient au passage du corbillard qui emmenait Anne-Marie Audin à sa dernière demeure. Trois voitures seulement suivaient le fourgon : le vieux Pierre Audin et son secrétaire dans la première, et le personnel du château dans les deux autres. Mary Tanner et Brosnan, accompagnés du colonel Thernoud, attendirent sur le parvis de l'église que l'on ait sorti le vieillard de sa voiture pour l'installer dans son fauteuil roulant, puis qu'on l'ait poussé à l'intérieur de l'édifice, avant d'entrer avec le reste du public.

L'église était ancienne, typique du roman tardif de l'Île-de-France, avec ses murs passés à la chaux et son chemin de croix. Il y régnait un froid intense. Martin Brosnan ne se souvenait pas d'avoir jamais eu aussi froid. Il était assis, frissonnant, à peine conscient des paroles que prononçait le prêtre, se contentant de se lever ou de s'agenouiller docilement en même temps que l'assistance. Ce ne fut qu'à la fin de la cérémonie, quand tout le monde se mit debout pendant que les croque-morts emportaient le cercueil, qu'il s'aperçut que Mary Tanner lui avait pris la main.

On traversa le cimetière pour rejoindre la tombe de la famille, une petite chapelle de granit gris et de marbre, de style néo-gothique. On ouvrit les portes et le prêtre donna l'ultime bénédiction avant que la bière ne soit déposée dans le caveau. Le secrétaire de Pierre Audin poussa le fauteuil roulant le long des allées. Le vieil homme, une couverture sur les genoux, se tassait dans son siège.

– J'ai du chagrin pour lui, dit Mary.
– Oh, c'est bien inutile, répliqua Martin. Il ne sait même plus l'heure qu'il est.
– Ça n'est pas toujours vrai.

Elle alla à la voiture et posa la main sur l'épaule du vieillard. Puis elle revint vers Brosnan et Thernoud.

– Bon, mes amis, on repart à Paris, soupira le colonel.
– Et ensuite à Londres, renchérit Brosnan.

Mary lui prit le bras pendant qu'ils marchaient vers leur voiture :

– Demain, Martin. Demain matin, ce sera bien assez tôt, et il n'est pas question que vous me disiez le contraire.

— Très bien. Entendu pour demain.

Il monta à l'arrière du véhicule et se laissa aller contre le dossier. Soudain épuisé, il ferma les yeux. Mary s'assit à côté de lui et Thernoud démarra.

La pendule marquait six heures. Tania Novikova entendit qu'on sonnait à la porte de son appartement. Elle descendit au rez-de-chaussée pour ouvrir. Dillon se tenait sur les marches, tenant d'une main sa valise, de l'autre sa serviette.

— Joseph m'a chargé de vous transmettre toute son affection, dit-il.

Elle était stupéfaite. Depuis que Makeev lui avait parlé de Dillon, elle avait dépouillé les dossiers que le KGB gardait à Londres afin de réunir le maximum d'informations sur l'Irlandais, et ce qu'elle avait lu sur son passé l'avait remplie de stupéfaction. Elle s'était attendue à rencontrer quelque héros romantique. À la place, elle avait devant elle un petit homme en imperméable, avec des lunettes teintées et une cravate club à rayures.

— Vous êtes Sean Dillon ?
— En personne.
— Alors, entrez, je vous prie.

Les femmes n'avaient jamais joué un grand rôle dans la vie de Dillon. À l'occasion, il fallait bien s'en servir pour satisfaire à certains besoins, mais pas une seule, jamais, ne lui avait inspiré le moindre sentiment. Montant l'escalier derrière Tania Novikova, il remarqua qu'elle avait une silhouette agréable et que son tailleur pantalon noir lui allait bien. Un nœud de velours retenait ses cheveux sur sa nuque. Mais, quand il fut face à elle, dans la lumière du salon, il vit tout de suite que ses traits étaient assez ingrats.

— Vous avez fait bon voyage ? demanda-t-elle.

— Sans problème. Mais j'ai été bloqué hier soir à Jersey par le brouillard.

— Vous voulez boire quelque chose ?

— Une tasse de thé ferait mon affaire.

D'un tiroir, elle sortit un Walther, deux chargeurs de rechange et un silencieux Carswell :

— Votre arme préférée, m'a dit Joseph.

— Absolument.

— Et j'ai pensé que ceci pourrait aussi vous être utile. (Elle lui tendait un paquet.) On dit que ça peut arrêter une balle de 45 à bout portant. C'est en nylon et titane.

Dillon le déplia. Cela n'avait rien à voir avec les gros gilets pare-balles habituels. Il avait la forme d'un banal gilet de costume trois-pièces et se fermait au moyen de bandes Velcro.

– Excellent, approuva Dillon.

Il le rangea dans sa serviette. Puis il déboutonna son trench-coat, alluma une cigarette et s'appuya au chambranle de la cuisine en la regardant s'affairer devant la cuisinière.

– Ici, vous êtes très bien placée par rapport à l'ambassade soviétique, non ?

– Oh oui. Je peux y aller à pied. (Elle apportait le thé sur un plateau.) Je vous ai retenu une chambre dans un petit hôtel, juste au coin de Bayswater Road. C'est le genre d'établissement que fréquentent les voyageurs de commerce.

– Ce sera très bien. (Il commençait de boire son thé à petites gorgées.) Parlons affaires, maintenant. Où en êtes-vous, pour Fahy ?

– Pour le moment, nous n'avons pas eu de chance. Il y a quelques années, il a quitté Kilburn pour s'installer dans une maison, à Finchley. Il n'y est resté qu'un an, et il a déménagé de nouveau. Nous en sommes là. Mais je vous le trouverai. J'ai chargé quelqu'un de s'en occuper.

– Il faut absolument mettre la main sur lui. Pour moi, c'est fondamental. Est-ce que le KGB de Londres a toujours son service des faux documents ?

– Bien entendu.

– Très bien. (Il lui donna le permis de conduire de Jersey.) Je veux un brevet de pilote privé. Même nom et même adresse. Vous aurez besoin d'une photo. (Il glissa un doigt dans l'enveloppe de plastique du permis et en sortit une série de clichés identiques.) C'est toujours utile d'en avoir quelques-uns sur soi.

Elle n'en garda qu'un :

– Peter Hilton... Jersey... Puis-je vous demander à quoi cela va vous servir ?

– Quand le moment sera venu. Quand il faudra que je fiche le camp à toute vitesse, j'ai l'intention de partir par avion. Et dans ce pays, on ne vous loue pas un appareil si vous ne pouvez pas produire un brevet délivré par la Direction de l'aviation civile. (Il se resservit une tasse de thé.) Dites à votre faussaire que je veux la qualification complète pour le pilotage d'un bimoteur et pour le vol aux instruments.

– Je vais noter ça. (Elle ouvrit son sac, et glissa la photo dans une enveloppe sur laquelle elle écrivit quelques mots.) Vous voyez autre chose ?

— Oui. Il me faut une description détaillée du dispositif de sécurité du 10 Downing Street.

Elle retint son souffle :

— Dois-je comprendre que c'est ça votre cible ?

— Pas à proprement parler, non. Plutôt l'homme qui se trouve à l'intérieur, mais c'est une autre paire de manches. L'emploi du temps quotidien du Premier ministre... est-il possible d'en prendre connaissance ?

— Tout dépend de ce que vous voulez. Il y a toujours des choses fixées d'avance. L'heure des questions orales à la Chambre des Communes, par exemple. Bien sûr, les choses ont changé avec la guerre du Golfe. Le Cabinet de guerre se réunit tous les matins à dix heures.

— À Downing Street ?

— Oui. Dans la salle du cabinet. Mais, dans la journée, le Premier ministre a toujours d'autres obligations. Ainsi, hier, il a enregistré une allocution pour les troupes dans le Golfe sur la radio des forces armées.

— Depuis les studios de la BBC ?

— Non, les militaires ont leurs propres installations, à Bridge House. C'est près de la gare de Paddington, pas très loin d'ici.

— Intéressant... Et comment était organisée la sécurité, pour cet enregistrement ?

— Il n'y avait pas grand-monde, croyez-moi. Quelques policiers, rien de plus. Les Britanniques sont complètement fous.

— Ils sont encore plus fous que ça. Et votre informateur, maintenant ? Celui qui vous a donné tous les tuyaux sur Ferguson. Parlez-moi un peu de lui.

Elle lui expliqua qui était Gordon Brown, et ce qu'il faisait.

Quand elle eut achevé, il hocha la tête en signe d'approbation :

— Vous le tenez fermement par les roubignolles, hein ?

— Je crois que l'on peut dire ça, oui.

— Eh bien, continuez comme ça. (Il se leva et boutonna son imperméable.) Je pense qu'il vaut mieux que je passe à mon hôtel.

— Vous avez déjeuné ?

— Non.

— Alors, j'ai une proposition à vous faire. Juste à côté de l'hôtel, il y a un excellent restaurant italien, Chez Luigi. C'est un de ces petits bistrots tenus par toute une famille. Vous allez à votre hôtel et vous vous installez. Moi, je fais un saut à l'ambassade, je rassemble tout ce que nous avons sur la protection de Downing Street et je vois si on a trouvé quelque chose sur votre ami Fahy.

— Et mon brevet de pilote ?
— Je m'en occuperai aussi.
— Prêt dans vingt-quatre heures ?
— Ça ira.

Elle mit une écharpe, enfila son manteau et descendit avec lui. Ils partirent ensemble. Du verglas couvrait les trottoirs. Elle s'empara de sa serviette et lui tint le bras jusqu'à ce qu'ils arrivent à l'hôtel.

— On se retrouve dans une heure, dit-elle.

L'établissement appartenait à cette catégorie de pubs et d'hôtels qui avaient connu la prospérité à la fin du règne de la reine Victoria. Ses actuels propriétaires en avaient tiré le meilleur parti possible, ce qui ne signifiait pas grand-chose. La salle à manger, à gauche du hall, offrait un aspect peu engageant. Guère plus d'une demi-douzaine de convives y étaient attablés. À la réception, l'employé, un vieil homme au visage osseux comme une tête de mort, portait un uniforme marron fatigué. Avec des mouvements d'une extrême lenteur, il inscrivit Dillon sur son registre et lui donna sa clef. À l'évidence, on s'attendait à voir les clients monter eux-mêmes leurs bagages.

La chambre correspondait exactement à ce qu'il s'attendait à trouver : des lits jumeaux, des couvre-pieds bon marché, une salle de douche, une télévision qu'on faisait fonctionner en y glissant des pièces de monnaie et une bouilloire à côté d'une petite corbeille renfermant des sachets de café soluble, de thé et de lait en poudre.

Mais Dillon savait que son séjour serait bref. Il ouvrit sa valise et se mit à ranger ses vêtements.

Parmi les affaires que possédait Jack Harvey se trouvait une entreprise de pompes funèbres à Whitechapel. La société avait atteint des dimensions respectables et réalisait un gros chiffre d'affaires : comme Harvey le répétait souvent en matière de plaisanterie, « pour les morts, il n'y a pas de morte-saison ». Le siège en était un imposant édifice victorien de trois étages entièrement rénové. Myra s'était fait aménager un appartement à l'étage supérieur et participait à la gestion courante. Jack Harvey avait un bureau au premier.

Jack Harvey ordonna à son chauffeur de l'attendre, monta les marches et sonna. Le veilleur de nuit vint lui ouvrir.

– Ma nièce est là ? demanda-t-il.

– Je crois que oui, monsieur Harvey.

Il traversa le magasin principal, où étaient exposés des cercueils, puis le couloir sur les côtés duquel s'alignaient les chapelles ardentes où les familles pouvaient venir voir leurs chers disparus. Il grimpa les étages et sonna à la porte de Myra.

Prévenue par un appel discret du veilleur, elle l'attendait. Elle laissa passer quelques instants avant d'ouvrir :

– Bonsoir, oncle Jack.

Il la bouscula en entrant. Elle portait une robe très courte à paillettes dorées, et des bas et des chaussures noires :

– Tu sors, ou quoi ? lança-t-il.

– Je vais faire un tour dans une discothèque.

– Bon, de toute façon, c'est pas le problème. Tu as vu nos comptables ? Il y a un biais pour faire tomber Flood légalement ? Des problèmes avec ses baux ? Un truc, quoi ?

– Pas la queue d'un. On a tout passé au peigne fin. Il y a rien du tout.

– Tant pis. Eh bien, il va falloir que j'emploie la manière forte.

– Ça n'a pourtant pas trop bien marché, hier soir...

– C'est parce que je me suis servi de connards. Une bande de jeunes cons qui méritent même pas l'air qu'ils respirent.

– Alors, qu'est-ce que vous avez l'intention de faire, oncle Jack ?

– Je trouverai bien quelque chose. (Arrivé à la porte, il entendit un mouvement dans la chambre à coucher.) Hé, qui c'est qui est là ?... (Il ouvrit à la volée, découvrant Billy Watson, bras ballants, l'air traqué.) Bon Dieu !... T'es vraiment dégueulasse, Myra. T'es incapable de penser à autre chose qu'à la pine des mecs.

– Moi, au moins, je m'en sers comme il faut, riposta-t-elle.

– Va te faire foutre !

– Ça, c'est Billy qui s'en charge.

Harvey s'élança dans les escaliers.

– Tu te fiches absolument de tout le monde, hein ? dit Billy.

– Billy, mon chéri, nous sommes ici dans la maison des morts. (Elle attrapait sa fourrure et son sac à main.) Eux, ils sont en bas, dans leurs cercueils. Et nous, nous sommes vivants. C'est aussi simple que ça. Alors, profitons-en. Allez, viens, on y va.

Chez Luigi, Dillon s'était assis à une table isolée, dans un coin, et buvait le seul champagne de la maison, un Bollinger brut tout à fait convenable, quand il vit arriver Tania Novikova. Reconnaissant une de ses clientes préférées, le vieux Luigi vint la saluer personnellement avant qu'elle ne rejoigne l'Irlandais.

– Vous voulez du champagne ? demanda-t-il.
– Pourquoi pas ? (Elle se tourna vers l'Italien.) Nous commanderons tout à l'heure, Luigi.
– Un des points que nous n'avons pas abordés, c'est mon fonds de roulement. Trente mille dollars. Aroun devait m'arranger ça.
– On s'en occupe. Le type qui s'en charge doit me contacter demain. C'est l'un des fondés de pouvoir d'Aroun à Londres.
– Bon. À part ça, qu'est-ce que vous avez trouvé pour moi ?
– Sur Fahy, rien pour le moment. En ce qui concerne votre brevet de pilote, j'ai mis la mécanique en route.
– Et pour Downing Street ?
– J'ai jeté un coup d'œil à nos dossiers. Jadis, le public était autorisé à passer à pied dans la rue. Mais quand l'IRA a failli faire sauter tout le cabinet britannique, à la conférence annuelle du parti conservateur à Brighton, il y a deux ans, on a commencé à repenser complètement le dispositif de sécurité. La campagne de bombes de l'IRA et ses attaques contre des personnalités n'ont fait qu'accélérer les choses.
– Et donc ?
– Eh bien, les badauds avaient l'habitude de s'attrouper sur le trottoir d'en face pour voir les princes qui nous gouvernent arriver au 10 Downing Street ou en repartir, mais maintenant c'est terminé. En décembre 89, Mme Thatcher a pris de nouvelles dispositions. Les grilles d'acier ont près de trois mètres cinquante de haut. Entre parenthèses, elles sont de style néo-victorien. Ça, c'est typique de la Dame de Fer.
– En effet. Je les ai vues ce matin.

Luigi s'approchait, anxieux, et ils s'interrompirent pour commander du minestrone, des côtes de veau, des pommes sautées et une salade verte.

– Certains ont accusé Mme Thatcher de sombrer dans un délire paranoïaque. Absurde. Rien, dans toute son existence, ne l'a jamais fait délirer. Quoi qu'il en soit, derrière les grilles, il y a un écran d'acier qui se met en position automatiquement si un véhicule essaie de forcer le passage.
– Et le bâtiment lui-même ?

– Toutes les fenêtres ont des vitres blindées, y compris les vérandas géorgiennes. Ah, j'oubliais que les voilages eux-mêmes sont une merveille de technologie. Ils sont conçus pour résister au souffle d'une explosion.

– Je vois que vous savez vraiment tout.

– Cela peut vous sembler incroyable, mais tout ce que je vous dis provient d'un journal ou d'un magazine anglais. Les journalistes britanniques placent la liberté de la presse au-dessus de toute autre considération. Ils refusent d'admettre que ce qu'ils écrivent puisse avoir des conséquences dans le domaine de la sécurité. Au service de documentation de chaque grand journal de ce pays, vous trouverez des coupures d'articles avec tous les détails sur la disposition intérieure du 10 Downing Street, des Chequers – la résidence de campagne du Premier ministre –, ou même de Buckingham Palace.

– Est-ce qu'il serait possible de se faufiler dans le personnel ?

– Là, autrefois, il y avait réellement une faille. Ce sont des traiteurs privés qui fournissent l'essentiel des repas et des réceptions, et des entreprises de nettoyage qui sont chargées du ménage. Mais leurs employés sont soumis à des contrôles extrêmement stricts. Bien sûr, on peut toujours tomber sur un os. Un jour, un plombier qui travaillait à la résidence du Chancelier de l'Échiquier, au numéro 11, a ouvert une porte par hasard. Et il s'est retrouvé en train d'errer dans les couloirs du numéro 10, sans arriver à trouver la sortie.

– On dirait un vaudeville.

– Encore tout récemment, on s'est aperçu que certains membres du personnel d'une des entreprises de nettoyage – des gens qui avaient toutes les autorisations qu'il fallait – travaillaient sous de fausses identités. Certains d'entre eux avaient également l'autorisation de travailler au Home Office et dans d'autres ministères.

– Si j'entends bien ce que vous me dites, le système n'est pas infaillible.

– C'est exact. (Elle hésitait.) Vous avez une idée précise ?

– Vous pensez à un coup tiré, avec un fusil à lunette depuis un toit, à deux cents mètres de là, quand le Premier ministre apparaît sur le seuil ? Non, non. En fait, pour le moment, je n'ai pas encore de plan bien défini. Mais je vais en trouver un. Je trouve toujours. (Le serveur apportait le potage.) Le parfum de ce minestrone me donne faim. Alors, mangeons.

À l'issue du dîner, Dillon raccompagna Tania Novikova jusqu'à la porte de son appartement. Quelques flocons de neige tourbillonnaient dans l'air glacé.

– Ça doit vous faire penser à chez vous, ce temps-là ? remarqua-t-il.

– Chez moi ? (Elle s'étonna, puis éclata de rire en haussant les épaules.) Vous voulez dire Moscou ? Vous savez, il y a longtemps que j'en suis partie. Vous avez envie de monter ?

– Non, merci beaucoup. Il est tard, et un peu de sommeil ne me ferait pas de mal. Je crois que je resterai à mon hôtel toute la matinée. Disons jusqu'à midi. Mais avec ce que j'ai vu, je ne pense pas que j'aurai envie d'y déjeuner. Je serai de retour vers deux heures. Comme ça, vous saurez toujours où je suis.

– Entendu.

– Eh bien alors, je vous dis bonsoir.

Elle referma la porte. Dillon tourna les talons et s'en alla.

Gordon Brown se tenait dans l'ombre de l'immeuble d'en face pour guetter les fenêtres de Tania Novikova. La lumière s'alluma. Brown attendit un moment, puis il partit à grandes enjambées.

À Paris, le lendemain matin, la température remonta de trois ou quatre degrés. Le dégel commençait. Mary Tanner et Thernoud, dans la Citroën noire, passèrent prendre Martin Brosnan à midi pile. Il les attendait, dehors, devant l'entrée de l'immeuble du quai Montebello. En imperméable, coiffé d'une casquette de tweed, il tenait sa valise à la main. Le chauffeur la mit dans le coffre, pendant que Martin montait à l'arrière du véhicule.

– Vous avez du nouveau ? questionna-t-il.

– Rien du tout, répondit Thernoud.

– Comme je vous l'ai dit, il est probablement déjà à Londres. Et du côté de Ferguson ?

Mary jeta un coup d'œil à sa montre :

– À l'heure qu'il est, il doit être chez le Premier ministre pour attirer son attention sur la gravité de toute cette affaire.

– Il ne peut pas faire grand-chose d'autre, le pauvre, commenta Brosnan. À part alerter tous les autres services de sécurité...

– Et comment vous proposez-vous d'agir, mon vieux ? s'enquit Thernoud.

– Nous savons qu'il a opéré pour le compte de l'IRA à Londres en 1981. Je l'ai déjà dit à Mary : il doit avoir contacté des gens dans le Milieu pour assurer sa logistique. C'est toujours ce qu'il fait, et il en sera de même cette fois-ci. Et, pour cette raison, je dois absolument voir mon vieil ami Harry Flood.

– Ah oui, le redoutable M. Flood… Le capitaine Tanner m'a dit deux mots à son sujet. Mais que se passera-t-il s'il ne peut pas vous aider ?

– J'ai une solution de secours. À Kilrea, près de Dublin, j'ai un ami, Liam Devlin. Il connaît sur le bout du doigt l'histoire de l'IRA depuis ces cinquante dernières années, et il sait mieux que personne qui a fait quoi. Je peux compter sur lui. (Martin alluma une cigarette et s'appuya contre le dossier.) En tout cas, je vous jure que j'aurai la peau de ce salaud, d'une manière ou d'une autre. Je veux l'avoir et je l'aurai.

Leur chauffeur les conduisit directement au terminal numéro un de Roissy-Charles-de-Gaulle, au parking des avions privés. Le Lear attendait sur le tarmac. Thernoud avait donné les ordres nécessaires et les passagers de la Citroën ne furent soumis à aucune formalité. Le chauffeur apporta les valises au copilote.

– Capitaine, si vous me permettez… (Thernoud embrassa Mary sur les deux joues.) Allez, au revoir, mon vieux. (Il serrait la main de Brosnan.) Rappelez-vous qu'avant de vous lancer dans une vengeance personnelle, vous devez commencer par creuser deux tombes.

– Vous voilà philosophe, maintenant, mon colonel ? À votre âge ? Allez, au revoir.

Mary Tanner et Martin Brosnan s'installèrent sur leurs sièges et bouclèrent leurs ceintures. Le copilote remonta l'échelle, ferma la porte et prit sa place aux commandes, dans le cockpit, à côté du commandant de bord.

– Vous savez bien que Thernoud a raison, non ? souffla Mary.

– Je ne le sais que trop. Mais c'est comme ça. Je n'y peux rien.

– Je vous comprends, croyez-moi. Je vous comprends très bien.

Le Lear roulait déjà vers le bout de la piste.

Debout devant l'une des fenêtres de son bureau, John Major buvait une tasse de thé au moment où l'on fit entrer le général Ferguson. Il se retourna, souriant :

– La tasse qui délasse, général.

– On a toujours dit que c'était le thé qui nous avait permis de survivre à la guerre, monsieur le Premier ministre.

– Moi, en ce moment, je ne lui demande que de m'aider à

survivre à mon emploi du temps. Comme vous le savez, nous avons tous les matins à dix heures une réunion du cabinet de guerre et j'ai sur les bras tous les problèmes urgents concernant le Golfe.

— Sans parler de la gestion quotidienne du pays, remarqua Ferguson.

— Oui, enfin, nous faisons de notre mieux. Nul n'a jamais prétendu que la politique était chose facile, général. (Il reposa son thé.) J'ai lu votre dernier rapport. Vous pensez donc qu'il est probable que ce Dillon se cache ici, quelque part à Londres.

— Je crois que c'est ce que nous devons conclure des propos qu'il a tenus à Brosnan.

— Vous avez alerté les différents services de sécurité ?

— Bien entendu, monsieur le Premier ministre, mais, comme vous le savez, nous sommes incapables de dire à quoi il ressemble. Nous avons, c'est vrai, son signalement : petit, blond, etc., mais Brosnan est convaincu qu'à l'heure qu'il est, il a déjà une apparence totalement différente.

— On m'a suggéré qu'il ne serait pas inutile de permettre à la presse de diffuser quelques informations.

— Oui, monsieur le Premier ministre, pourquoi pas ? Mais je doute fort que cela nous amène à quoi que ce soit. Que pourraient dire les journalistes ? Que, dans l'intérêt de son enquête, la police aimerait beaucoup entrer en contact avec un dénommé Dillon, qui ne s'appelle d'ailleurs plus comme cela ? Et que, en ce qui concerne son signalement, nous ne savons pas de quoi il a l'air, et que de toute façon, si nous le savions, il aurait déjà changé de tête !

Le Premier ministre éclata de rire :

— Mon Dieu, général, je crois que vous avez bien résumé les choses.

— Évidemment, ça pourrait fournir aux journaux des gros titres à sensation. Du genre : « Un chacal de l'IRA à l'affût du Premier ministre. »

— Non, coupa John Major d'un ton sec. Je ne veux pas avoir à lire pareilles insanités. À propos, en ce qui concerne votre idée selon laquelle c'est Saddam Hussein qui se cache derrière toute cette affaire, je dois vous dire que vos collègues des services de sécurité sont en total désaccord avec vous. Ils sont absolument convaincus qu'il s'agit d'une action de l'IRA, et c'est sur ce terrain-là qu'ils entendent se placer.

— Bon... Si les gens de la Special Branch pensent qu'ils

trouveront Dillon en faisant des descentes dans les pubs irlandais de Kilburn, c'est leur affaire.

On frappait à la porte. Un jeune attaché passa la tête :

— Vous êtes attendu au Savoy dans un quart d'heure, monsieur le Premier ministre.

John Major esquissa un sourire plein de charme :

— Encore un de ces interminables déjeuners, général. Un cocktail de crevettes pour commencer...

—... et ensuite, une salade au poulet, compléta Ferguson.

— Trouvez-moi ce Dillon, général, ordonna le Premier ministre. Trouvez-le-moi.

L'attaché reconduisit Ferguson jusqu'à la porte.

Malgré les bonnes nouvelles qu'elle avait pour l'Irlandais, Tania Novikova savait qu'il était inutile d'aller les lui annoncer à son hôtel avant deux heures. Elle retourna donc à son appartement. Alors qu'elle fouillait dans son sac pour y chercher ses clefs, Gordon Brown traversa la rue :

— J'espérais bien pouvoir t'attraper au passage, dit-il.

— Pour l'amour de Dieu, Gordon, tu es devenu fou !

— Et qu'est-ce qui arrive s'il se passe quelque chose d'important que tu dois absolument savoir, hein ? Je ne peux pas attendre que tu me contactes. On risquerait de perdre du temps. Alors, il vaut mieux que je vienne, non ?

— Mais ce n'est pas possible. On m'attend à l'ambassade dans une demi-heure. Je vais aller prendre un verre avec toi, c'est tout.

Avant qu'il ait pu protester, elle l'entraîna au pub du coin où ils s'assirent dans un coin de l'arrière-salle, presque vide, alors que le brouhaha des voix remplissait le bar. Brown alla chercher une vodka citron pour Tania, et une bière pour lui-même.

— Alors, qu'est-ce que tu as de si urgent pour moi ? demanda-t-elle.

— Tu ne crois pas que ce serait plutôt à moi de poser des questions ? répliqua Brown. (Elle se leva aussitôt. Il la retint par le bras.) Excuse-moi. Ne t'en va pas.

— Alors, essaie d'être plus poli. (Elle se rassit.) Et maintenant, vas-y.

— Ferguson a été reçu par le Premier ministre, juste avant midi. Il est revenu au bureau à midi et demi, avant que je ne termine la première moitié de ma vacation. Il a dicté son rapport à Alice Johnson, une des secrétaires qui travaillent avec moi. C'était seulement pour le dossier.

– Tu as pu en avoir une copie ?
– Non, mais j'ai fait comme la dernière fois. Je l'ai apporté à Ferguson à sa place et je l'ai lu dans le couloir. Le capitaine Tanner est resté à Paris avec Brosnan pour l'enterrement d'une Française.
– Anne-Marie Audin ?
– Oui. Ils arriveront aujourd'hui en avion. Oh, et puis tous les services de renseignements ont été alertés à propos de Dillon. Sur instruction du Premier ministre, black-out total pour la presse. Mon impression, c'est qu'il a donné à Ferguson l'ordre d'aller de l'avant.
– C'est bien, Gordon, très bien. Mais tu dois garder l'œil sur cette histoire. Moi, il faut que je m'en aille.

Elle s'apprêtait à partir, mais il la retint par le poignet :
– Je t'ai vue hier soir, vers les onze heures. Tu rentrais chez toi avec un homme.
– Tu surveillais mon appartement ?
– Ça m'arrive souvent en revenant à la maison.

Elle bouillait de colère, mais s'efforça de rester calme :
– Eh bien, si tu étais là, tu as sûrement vu que l'homme en question, qui est un de mes collègues de l'ambassade, n'est pas entré chez moi. Il m'a simplement raccompagnée jusqu'à ma porte. Maintenant, laisse-moi m'en aller, Gordon.

Elle se dégagea et partit. Brown, très déprimé, alla au bar et se commanda une autre bière.

Dillon ouvrit immédiatement quand Tania Novikova frappa à sa porte, vers deux heures et quart. Il s'effaça pour la laisser entrer.
– Vous avez l'air très contente de vous, remarqua-t-il.
– Je crois que j'en ai le droit.

Il alluma une cigarette :
– Allez-y. Dites-moi tout.
– D'abord, j'ai eu des informations grâce à ma taupe au Groupe Quatre. Ferguson a vu le Premier ministre en fin de matinée. Ils pensent que vous êtes ici, et tous les services de sécurité ont été alertés. Tanner et Brosnan vont arriver de Paris. Brosnan a offert aux Britanniques de coopérer pleinement avec eux.
– Et Ferguson ?
– Le Premier ministre lui a dit qu'il n'était pas question de lâcher quoi que ce soit à la presse. Il lui a seulement donné l'ordre de mettre la main sur vous.

– C'est bon de se savoir aimé, railla Dillon.

Elle ouvrit son sac pour en tirer un document analogue à un passeport :

– Ensuite, voilà un brevet de pilote au nom de Peter Hilton, délivré par les autorités britanniques à l'Aviation civile.

– Ça, c'est formidable, commenta l'Irlandais en s'emparant du faux.

– Oui. L'homme qui a fait ça a travaillé d'arrache-pied. Je lui avais indiqué ce que vous vouliez. Il a pensé qu'il valait mieux vous établir un brevet de pilote de ligne. Apparemment, il a aussi décidé que vous étiez moniteur de vol.

Dillon vérifia la photo et feuilleta les pages du document :

– Impeccable. Ça n'aurait pas pu être mieux.

– Et ce n'est pas tout. Vous vouliez connaître les coordonnées d'un certain Daniel Maurice Fahy ?

– Vous l'avez retrouvé ?

– Tout à fait, mais il n'habite plus Londres. Tenez, j'ai apporté une carte. (Elle l'étendit sur la table et la déplia.) Il a une ferme là, dans un bled qui s'appelle Cadge End, dans le Sussex. C'est à quarante ou quarante-cinq kilomètres de Londres. Pour y aller, vous passez par Dorking, vous prenez la direction d'Horsham, et vous vous enfoncez dans la brousse.

– Comment savez-vous tout ça ?

– L'agent que j'avais mis sur cette affaire a réussi à retrouver sa trace hier après-midi. Le temps qu'il repère l'endroit, et puis qu'il fasse un saut au pub du village pour prendre quelques renseignements, il était déjà très tard. Il n'est revenu à Londres que bien après minuit. J'ai eu son rapport ce matin.

– Et ?...

– Il m'a dit que la ferme est très isolée, près d'une rivière, l'Arun. C'est une région assez marécageuse. Le village s'appelle Doxley. La ferme est située à deux kilomètres au sud. Il y a un poteau indicateur.

– Très efficace, votre bonhomme.

– Disons qu'il est jeune et qu'il a envie de faire ses preuves. D'après ce qu'il a appris au pub, Fahy élève quelques moutons et de la volaille, et puis il répare les machines agricoles.

Dillon hocha la tête :

– Ça me paraît cohérent avec ce que je sais de lui.

– Quelque chose qui va peut-être vous surprendre : il y a une fille qui habite avec lui. Une petite-nièce, à ce qu'il semble. Mon type l'a vue.

– Qu'est-ce qu'il vous en a dit ?

– Qu'elle est venue au pub pour acheter quelques bouteilles de bière. On l'appelle Angel, Angel Fahy. Il m'a dit qu'elle avait tout d'une paysanne.

– Sensationnel. (Il se leva et enfila son veston.) Il faut que j'aille là-bas tout de suite. Vous avez une voiture ?

– Oui. Mais ce n'est qu'une Mini. À Londres, c'est ce qu'il y a de plus facile à garer.

– Ce n'est pas un problème. Comme vous l'avez dit vous-même, cela représente quarante-cinq kilomètres au maximum. Je peux vous l'emprunter ?

– Bien sûr. Elle est dans le garage, au bout de la rue. Je vais vous y emmener.

Il mit son trench-coat, ouvrit sa serviette et en sortit le Walther. Il introduisit un chargeur dans la crosse et le plaça dans sa poche gauche. Dans sa poche droite, il glissa le silencieux.

– C'est seulement au cas où, expliqua-t-il.

Ils sortirent.

La voiture de Tania Novikova s'avéra être en fait une Mini Cooper – ce qui annonçait de bonnes performances –, noire avec un filet doré.

– C'est parfait, jugea Dillon. Bon. Eh bien, j'y vais.

Il s'installa au volant.

– Qu'est-ce que ce Fahy a de si important ? demanda-t-elle.

– Il est mécanicien, et il sait tout faire de ses dix doigts. Pour fabriquer des bombes, c'est un petit génie. Il est dans la clandestinité la plus complète depuis des années. Il m'a donné un coup de main quand j'ai travaillé ici pour la dernière fois, en 81. Un sacré coup de main, même. Évidemment, le fait qu'il ait été le cousin de mon père a joué un certain rôle. J'avais fait sa connaissance là-bas, en Irlande, quand j'étais encore un gosse. À propos, vous n'avez pas fait allusion à l'argent d'Aroun.

– Je dois aller le chercher ce soir, à six heures. Ce sera le grand jeu. Une Mercedes s'arrêtera au coin de Brancaster Street et de Town Drive, pas très loin d'ici. Il faudra que je dise : « Il fait froid, même pour la saison. » Et le chauffeur me passera une serviette.

– Bonté divine ! voilà des gens qui ont trop regardé la télévision. Je vous contacterai.

Il démarra.

En quittant Downing Street, le général Ferguson s'était fait conduire à son bureau, au ministère de la Défense, pour mettre à jour le dossier de l'affaire Dillon et prendre connaissance des affaires courantes. Mais, comme toujours, c'était chez lui qu'il préférait travailler. Il retourna donc à son appartement de Cavendish Square. Il avait demandé à Kim de lui préparer un en-cas d'œufs brouillés et de bacon et parcourait le Times quand on sonna. Quelques instants plus tard, Kim faisait entrer dans le salon Mary Tanner et Martin Brosnan.

Ferguson se leva pour accueillir ses hôtes :
— Mon cher Martin... Alors, nous nous retrouvons ici ?...
— C'est bien ce qu'il me semble.
— Tout s'est bien passé à l'enterrement ?
— Pour autant qu'un enterrement puisse bien se passer, oui, grinça Brosnan. (Il alluma une cigarette.) Où en sommes-nous ? Quoi de neuf ?
— J'ai rencontré de nouveau le Premier ministre. La presse ne sera pas informée.
— Sur ce point, je suis d'accord avec lui, remarqua Martin. Ce serait totalement inutile.
— Tous les services de renseignements, plus la Special Branch, bien entendu, ont été mis en état d'alerte. Ils feront tout leur possible.
— Ce qui ne va pas bien loin...
— Il y a un point que nous ne devons pas perdre de vue, intervint Mary Tanner. Je sais qu'il a menacé de s'en prendre au Premier ministre, mais nous n'avons pas la moindre idée de ce qu'il a l'intention de faire, ni quand. Tel que nous le connaissons, il peut aussi bien avoir décidé d'agir ce soir.

Brosnan secoua la tête :
— Non, je ne crois pas que cela soit envisageable. Ces choses-là prennent du temps, croyez-moi.
— Bon. Par où allez-vous commencer ? interrogea Ferguson.
— Par mon vieil ami Harry Flood. Quand Dillon a opéré ici en 81, il a sans doute pris des contacts avec le Milieu pour assurer sa logistique. Harry doit avoir la possibilité de découvrir une piste.
— Et sinon ?
— Sinon, je vous emprunterai encore une fois votre Lear. Je ferai un saut à Dublin pour un brin de causette avec Liam Devlin.
— Ah oui, approuva le général. Qui serait mieux placé que lui ?
— Quand Dillon a commis ses attentats ici, en 81, il agissait sûrement sous les ordres de quelqu'un. Si Devlin pouvait savoir qui c'était, ça nous donnerait un fil conducteur.

— Cela me paraît logique. Alors, vous allez voir Flood ce soir ?

— Oui, je pense.

— Où êtes-vous descendu ?

— Chez moi, dit Mary Tanner.

Le général fronça les sourcils :

— À Lowndes Square ? Tiens donc...

— Allons, général, ne jouez pas au vieillard collet monté. Rappelez-vous que j'ai quatre chambres à coucher et que chacune possède sa propre salle de bains. Le Pr Brosnan pourra en prendre une avec un verrou à l'intérieur.

Martin rit :

— Allez, venez Mary, partons d'ici. À plus tard, général.

Ferguson avait mis sa voiture à leur disposition. Mary ferma la vitre de séparation :

— Vous ne croyez pas que vous feriez mieux d'appeler votre ami, ne serait-ce que pour lui dire que vous voulez le voir ?

— Vous avez raison. Mais il faut que je trouve son numéro.

Elle sortit un bloc-notes de son sac à main :

— Le voilà. Il est sur la liste rouge. Et voilà son adresse. À Cable Wharf. C'est à Wapping.

— Vous êtes très efficace.

— Et ça, c'est un téléphone.

Elle lui tendait le combiné de la limousine.

— Je vois que vous aimez bien décider de tout, constata-t-il.

Il composa le numéro. Au bout du fil, Mordechai Fletcher décrocha.

— Je voudrais parler à Harry Flood, s'il vous plaît, annonça Brosnan.

— Qui le demande ?

— Martin Brosnan.

— Le professeur ?... C'est Mordechai à l'appareil. Il y a des années qu'on n'avait plus eu de vos nouvelles. Trois ou quatre ans au moins, non ? Je peux vous avouer qu'Harry va être drôlement content.

Une minute plus tard, une voix demandait :

— Martin ?

— Harry ?

— Je n'arrive pas à y croire. C'est ton fantôme qui est revenu pour me hanter, vieux salopard !

Chapitre huit

Pour Dillon, au volant de la Mini Cooper, le trajet depuis Londres se déroula sans encombre. Malgré la mince couche de neige qui recouvrait les champs et les bas-côtés, la route était dégagée et la circulation peu dense. Il arriva à Dorking en moins d'une demi-heure, traversa la ville et continua en direction de Horsham pour s'arrêter finalement à une station-service, à quelque douze kilomètres de là.

Pendant que le pompiste faisait le plein, Dillon déplia sa carte :
– Un bled qui s'appelle Doxley, ça vous dit quelque chose ?
– À huit cents mètres d'ici, sur votre droite, vous trouverez une petite route avec le panneau indicateur de Grimethorpe. Ça, c'est le nom de l'aérodrome, mais, avant d'y arriver, vous aurez le panneau pour Doxley.
– Donc, ça n'est pas très loin d'ici ?
– Disons cinq kilomètres, mais ça pourrait aussi bien être au bout du monde, ricana le pompiste en empochant les billets que lui tendait Dillon. Y a vraiment rien, là-bas.
– Je vais quand même y jeter un coup d'œil. D'après un de mes amis, il y aurait un cottage à louer pour les week-ends.
– S'il y en a un, j'en ai pas entendu parler.

Dillon repartit, tourna au panneau de Grimethorpe pour s'engager sur une route étroite et découvrit le panneau de Doxley conformément aux indications du pompiste. À cet endroit, la route, encaissée, devenait plus étroite encore et on ne voyait rien du paysage. Il lui fallut attendre d'être parvenu au sommet d'une petite colline pour apercevoir enfin un panorama désolé recouvert de neige : un boqueteau assez peu fourni, des champs cernés de haies et puis l'étendue plate du marais s'étirant vers une rivière qui devait être l'Arun. À deux kilomètres de là, on distinguait une quinzaine de maisons aux toits de tuiles rouges et une église de campagne : Doxley, sans aucun doute. Dillon descendit la colline et, arrivé dans la vallée, il vit une barrière grande ouverte. Un panneau de bois craquelé annonçait « Ferme de Cadge End ».

Le chemin empierré serpentait à travers le boqueteau et débouchait très vite sur la ferme elle-même. Quelques poulets picoraient çà et là, au milieu de la cour délimitée par le bâtiment d'habitation et par les deux granges qui l'entouraient. L'ensemble paraissait incroyablement délabré, comme s'il y avait eu une absence totale de travaux d'entretien pendant des années, mais Dillon n'ignorait pas que bien des gens de la campagne aiment à vivre de cette façon. Il descendit de la Mini et alla à la porte principale. Il frappa, puis tenta de l'ouvrir, mais elle était fermée à clef. Il se dirigea alors vers l'une des deux granges dont les grands vantaux de bois étaient béants. Elle contenait une camionnette Morris, une berline Ford dépourvue de roues et calée sur des piles de briques, et toute sorte de matériel agricole.

Dillon prit une cigarette et l'allumait dans ses mains réunies en coquille quand il entendit une voix derrière lui :

– Qui êtes-vous ? Et qu'est-ce que vous voulez ?

Il se retourna. Une jeune fille se tenait sur le seuil. Elle portait un pantalon informe rentré dans des bottes de caoutchouc, un gros pull-over à col roulé, un vieil anorak, et elle était coiffée d'un béret tricoté en forme de *tam-o'-shanter*[1], comme on en voit souvent dans les petits ports de pêche de la côte ouest de l'Irlande. Elle menaçait Dillon d'un fusil de chasse à canons juxtaposés. Il fit un pas vers elle, mais, du pouce, elle arma le chien.

– Restez où vous êtes ! lança-t-elle avec un accent irlandais très prononcé.

– Vous devez être celle qu'on appelle Angel Fahy ? demanda-t-il.

– Angela, si ça ne vous dérange pas.

L'agent de Tania Novikova avait vu juste. Elle avait toutes les apparences d'une petite paysanne : des pommettes hautes, un nez en trompette, une mine déterminée.

– Vous pourriez réellement tirer avec ce machin ?

– Oui, s'il le fallait.

– Quelle pitié !... Moi qui étais seulement venu faire une petite visite à Danny Fahy, le cousin de mon père.

Elle fronçait les sourcils :

– Et qui diable êtes-vous donc, mon bon monsieur ?

– Je m'appelle Dillon, Sean Dillon.

Elle éclata d'un rire amer :

– Ce n'est qu'un mensonge. Vous n'êtes même pas irlandais. Quant à Sean Dillon, il est mort, tout le monde le sait.

Dillon retrouva le lourd accent des gens de Belfast :

– Ma chère petite fille, si j'ose emprunter les paroles d'un

---

1. Béret à pompon porté traditionnellement en Écosse et dans certaines régions d'Irlande. (*N. d. T.*)

grand homme, je vous dirai que les informations concernant mon décès ont été grandement exagérées.

Elle relâcha sa prise sur le fusil :

– Sainte Vierge Marie !… Vous êtes vraiment Sean Dillon ?

– Plus que jamais. Les apparences peuvent être trompeuses.

– Oh, mon Dieu… Oncle Danny parle de vous tout le temps. Mais c'était toujours comme dans un conte de fées, sans rien de réel, et maintenant vous voilà, là, devant moi.

– Et où est-il ?

– Il a fait une réparation sur la voiture du propriétaire du pub du village, et il est parti il y a une heure pour la lui rapporter. Il a dit qu'il reviendrait à pied, mais je suis à peu près sûre qu'il doit être encore là-bas à boire un coup.

– À cette heure-ci ? Le pub n'est pas fermé l'après-midi ?

– C'est peut-être la loi, monsieur Dillon, mais pas à Doxley. Notre pub à nous ne ferme jamais.

– Dans ces conditions, allons-y. On va le chercher.

Elle posa son fusil sur un établi et monta à côté de lui dans la Mini. Tout en démarrant, il lui demanda :

– Eh bien, racontez-moi votre histoire.

– J'ai été élevée dans une ferme, du côté de Galway. Mon père s'appelait Michael. C'était le neveu d'oncle Danny. Il est mort il y a six ans. J'avais quatorze ans. Une année après, ma mère s'est remariée.

– Laissez-moi deviner, sourit-il. Vous n'aimiez pas votre beau-père, et il ne vous aimait pas non plus.

– Oui, quelque chose comme ça. Oncle Danny était venu pour l'enterrement de mon père. C'est comme ça que j'avais fait sa connaissance, et je l'avais trouvé sympathique. Quand c'est devenu trop difficile, là-bas, j'ai quitté la maison et je suis venue ici. Oncle Danny a été formidable. Il a écrit à ma mère et elle a été d'accord pour que je reste. Elle, elle était trop contente de pouvoir se débarrasser de moi.

Elle ne s'apitoyait en aucune manière sur son sort, mais Dillon eut envie de la réconforter :

– Vous voyez, même les pires choses ont leurs bons côtés.

– J'ai réfléchi, reprit-elle. Si vous êtes le cousin d'oncle Danny, et moi sa petite-nièce, alors, vous et moi, nous sommes parents, pas vrai ?

Dillon rit :

– Oui, d'une certaine façon.

Elle souriait, comme extasiée, en s'appuyant au dossier de son siège :

– Moi, Angel Fahy, apparentée au plus grand combattant que l'IRA provisoire ait jamais eu !...

– Vous savez, ça, c'est un point de vue que certains seraient prêts à discuter, conclut-il au moment où ils arrivaient au village et alors qu'il garait la voiture devant le pub.

Doxley n'était qu'une petite localité, composée d'à peine quinze cottages assez délabrés et d'une église de style normand, avec un clocher en forme de tour, entourée d'un cimetière démesuré. Le pub s'appelait l'Homme Vert et Dillon, malgré sa petite taille, dut se courber pour y entrer, tant le plafond à poutres était bas. Le sol était fait de grosses dalles de pierre usées par les ans. Les murs avaient été blanchis à la chaux. L'homme qui se tenait derrière le comptoir, en manches de chemise, avait au moins quatre-vingts ans.

Il leva à peine la tête.

– Il est là, monsieur Dalton ? interrogea Angel.

– À côté du feu, en train de boire sa bière, répondit le vieil homme.

Une flambée crépitait dans un grand âtre de granit. Devant, assis sur un banc de bois, son verre sur une table, Danny Fahy lisait un journal. Âgé de soixante-cinq ans, avec une grande barbe broussailleuse, il portait une casquette et un vieux costume de tweed.

– Je vous ai amené quelqu'un qui veut vous voir, oncle Danny, dit Angel.

Il la regarda, puis regarda Dillon. L'étonnement se peignait sur son visage :

– Et qu'est-ce que je peux faire pour vous, monsieur ?

Dillon enleva ses lunettes.

– Que Dieu bénisse tous ceux qui sont ici, claironna-t-il avec un épais accent de Belfast, et toi en particulier, vieux brigand !

Sous le choc de l'émotion, Fahy blêmit :

– Que le Seigneur nous protège !... Est-ce bien toi, Sean ?... Moi qui croyais que tu étais dans un trou depuis bien longtemps...

– Eh bien non, puisque je suis ici. (De son portefeuille, Dillon tira un billet de cinq livres qu'il confia à Angel.) Allez nous chercher deux whiskies, irlandais de préférence.

Elle se dirigea vers le comptoir et Dillon se retourna vers Danny Fahy qui, les yeux pleins de larmes, le prit dans ses bras :

– Ah, bon Dieu, Sean !... Tu ne peux pas savoir comme c'est bon de te revoir.

Le living-room de la ferme se signalait par sa saleté, son

désordre et son très vieux mobilier. Dillon s'assit sur un canapé pendant que Danny Fahy s'activait auprès du feu. Par-dessus la demi-cloison, il pouvait voir Angel qui, dans la cuisine, préparait le repas.

Danny Fahy bourrait sa pipe avant de l'allumer.

— Et comment donc l'existence t'a-t-elle traité, Sean ? Ça fait dix ans déjà que tu as semé l'enfer à Londres. Par Dieu, mon garçon, tu en as donné du fil à retordre, aux *Brits*.

— Je n'aurais rien pu faire sans toi, Danny.

— Belle époque... Et qu'est-ce que tu as fait depuis ?

— L'Europe, le Moyen-Orient... Je n'ai pas arrêté de bouger. J'ai beaucoup travaillé pour l'OLP. J'ai même appris à piloter.

— C'est pas possible !

Angel déposait sur la table des assiettes d'œufs au bacon.

— Mangez pendant que c'est chaud, ordonna-t-elle. (Elle alla ensuite chercher un plateau chargé d'une théière, d'un pot de lait, de trois tasses et d'une pile de tartines beurrées.) Je suis désolée de n'avoir rien de plus appétissant à vous offrir, mais nous ne nous attendions pas à recevoir un invité.

— Cela a l'air délicieux, répliqua Dillon en commençant de manger.

— Alors te voilà chez nous, Sean, et déguisé en Anglais de bonne famille. (Danny Fahy se tourna vers Angel.) Est-ce que je t'avais pas dit que c'était un acteur de génie ? Depuis toutes ces années, ils n'ont jamais réussi à lui mettre la main dessus, pas une seule fois.

Elle approuvait en hochant la tête, souriant à Dillon, et l'excitation révélait en elle une personnalité nouvelle :

— Vous êtes en mission, maintenant, monsieur Dillon ? Pour l'IRA, je veux dire ?

— Le jour où je remonterai en ligne pour cette bande de vieilles concierges, il gèlera en enfer, trancha Dillon.

— Mais tu es quand même bien sur un coup, Sean, remarqua Fahy. J'en mettrais ma main au feu. Allez, ne nous fais pas de mystères.

Dillon alluma une cigarette.

— Et si je te disais, Danny, que je travaille pour les Arabes ? Pour Saddam Hussein lui-même ?

— Jésus, Sean, et pourquoi pas ? Et qu'est-ce qu'il veut que tu fasses pour lui ?

— Il veut un gros truc, maintenant. Un gros coup. Très gros. L'Amérique est trop loin. Ça ne nous laisse que les Britiches.

Le regard de Danny Fahy étincelait :

– Qu'est-ce qu'on pourrait souhaiter de mieux ?
– Thatcher était en France, l'autre jour, pour rencontrer Mitterrand. J'avais un plan pour me la faire sur le chemin de l'aérodrome. L'endroit idéal, sur une petite route de campagne. Et puis quelqu'un en qui j'avais confiance m'a trahi.
– C'est toujours comme cela que ça se passe, commenta Fahy. Donc, tu es à la recherche d'une autre cible, non ? Et qui donc, Sean ?
– Je pensais à John Major.
– Le nouveau Premier ministre ? s'exclama Angel, pleine d'admiration. Vous n'oseriez quand même pas faire ça.
– Sûr qu'il va le faire, et pourquoi pas ? répliqua Danny Fahy. Tu te rappelles que nos gars ont bien failli avoir tout ce putain de gouvernement britannique à Brighton ?... Continue, Sean. Qu'est-ce que c'est, ton plan ?
– Je n'en ai pas encore, Danny. C'est ça le problème. Mais je peux te dire, en tout cas, qu'il y a du fric à palper.
– Et tu es venu voir l'oncle Danny pour qu'il te donne un coup de main ? (Il se leva, alla prendre dans un placard une bouteille de Bushmills et remplit deux verres.) Tu n'as pas d'idée du tout ?
– Pas encore, Danny. Tu travailles toujours pour la Cause ?
– Rester dans la clandestinité : c'est l'ordre que j'ai reçu de Belfast il y a si longtemps que je ne me souviens même plus quand. Depuis, plus un mot, et je m'enquiquinais tellement que j'ai fini par venir m'installer ici. Ça me plaît bien. J'aime le coin, et puis j'aime bien les gens. Ils sont discrets. Je me suis monté une bonne petite affaire de réparation de matériel agricole et j'élève quelques moutons. Nous sommes heureux, ici, Angel et moi.
– Mais tu continues à t'enquiquiner. À propos, tu te rappelles Martin Brosnan ?
– Oui, tout à fait. Vous n'étiez pas très copains, tous les deux.
– J'ai eu un accrochage à Paris avec lui, il y a quelques jours. Il est probablement déjà à Londres, en train d'essayer de me prendre en chasse. Il travaille pour le compte des services de renseignements anglais.
– Le salaud ! cracha Fahy en bourrant à nouveau sa pipe. Est-ce qu'on ne m'avait pas raconté une histoire incroyable, comme quoi Brosnan aurait réussi à entrer au 10 Downing Street, il y a des années, en se faisant passer pour un serveur, et qu'il n'en aurait rien fait du tout ?
– Moi aussi, on m'a raconté cette histoire. Mais aujourd'hui, ce serait du domaine du rêve. Plus personne ne pourrait entrer,

que ce soit comme serveur ou comme je ne sais pas quoi. Tu es au courant qu'ils ont bloqué la rue aux deux bouts ? Cet endroit est devenu une forteresse. Non, il n'y a plus moyen d'y accéder, Danny.

— Oh si, il y a toujours un moyen, Sean. L'autre jour, je lisais dans un magazine que pendant la guerre, un groupe de résistants français étaient détenus dans je ne sais quel quartier général de la Gestapo. Leurs cellules étaient au rez-de-chaussée, et les bureaux de la Gestapo au premier étage. La RAF a envoyé un Mosquito survoler le secteur et a lâché une bombe qui a rebondi sur la chaussée. Elle est entrée par une fenêtre du premier étage. Quand elle a explosé, elle a tué tous les types de la Gestapo et les gars du rez-de-chaussée ont pu se tirer.

— Qu'est-ce que tu essaies de me dire ? s'étonna Dillon.

— Que je crois mordicus au pouvoir des bombes et à la science de la balistique. Si tu sais ce que tu as à faire, tu peux envoyer une bombe n'importe où.

— De quoi s'agit-il, exactement ?

— Allez, oncle Danny, montrez-lui, insista Angel.

— Me montrer quoi ?

Danny Fahy se leva et ralluma sa pipe :

— Eh bien, allons-y alors.

Il se dirigea vers la porte.

Fahy ouvrit les vantaux de la seconde grange et les fit entrer. Le bâtiment était de dimensions imposantes, avec une charpente de chêne qui soutenait un toit à forte pente. On pouvait accéder par une échelle à une soupente bourrée de foin. Au sol s'alignaient différents engins agricoles, y compris un tracteur. Il y avait aussi une Land Rover presque neuve et, sur sa béquille, une vieille BSA 500 CC parfaitement restaurée.

— C'est une vraie beauté, commenta Dillon, sincèrement admiratif.

— Je l'ai achetée d'occasion l'an dernier. Je pensais à la retaper et à la revendre pour me faire un petit bénéfice, mais maintenant que j'ai terminé, je ne peux pas me résoudre à m'en séparer. Elle marche aussi bien qu'une BMW.

Au fond, dans l'ombre, se trouvait un autre véhicule. Fahy actionna un interrupteur et on put apercevoir une camionnette Ford Transit blanche.

— Eh bien ? demanda Dillon. Qu'est-ce que ça a de si spécial ?

– Attendez un peu, monsieur Dillon, c'est vraiment quelque chose, intervint Angel.
– L'habit ne fait pas le moine, ajouta Danny Fahy.

Son visage reflétait un certain enthousiasme, et aussi une sorte d'orgueil quand il fit glisser la portière latérale. À l'intérieur de la Ford, on distinguait un ensemble de trois tubes de métal boulonnés au plancher, pointés vers le toit selon un angle de près de quatre-vingts degrés.

– Des mortiers, Sean, reprit Fahy. Comme ceux que nos garçons ont utilisés en Ulster.
– Tu veux dire que ce truc fonctionne ? s'étonna Dillon.
– Diable non. Je n'ai pas d'explosifs. Tout ce que je peux dire, c'est que ça fonctionnerait.
– Explique-moi comment.
– J'ai soudé une plaque d'acier au plancher de la bagnole pour absorber le recul, et j'ai aussi soudé les tubes ensemble. Ce sont des tuyaux de fonte standard, comme on peut en trouver partout. Et les minuteries électriques sont tout ce qu'il y a de simple. On peut acheter ça dans tous les magasins de bricolage.
– Et ça marcherait comment ?
– Une fois les minuteries enclenchées, on aurait soixante secondes pour sortir de la camionnette et se tirer. J'ai découpé la tôle du toit et j'ai tendu dessus une simple feuille de polyéthylène pour cacher le trou. Tu vois que je l'ai peinte de la même couleur que le reste. Les projectiles pourront la traverser sans difficulté. J'ai même ajouté un petit dispositif de mon cru qui est branché sur les minuteries. Il détruira automatiquement l'ensemble quand les mortiers auront fait feu.
– Mais qu'est-ce que tu utiliserais comme obus ?
– Viens voir ici. (Il montrait un établi.) Ce sont des bouteilles à oxygène ordinaires, pour le travail au chalumeau.

Il y avait plusieurs cylindres d'acier, entassés les uns sur les autres. Le fond en avait été retiré.

– Et tu aurais besoin de quoi pour ça ? Du Semtex ? s'enquit Dillon, faisant allusion à l'explosif fabriqué en Tchécoslovaquie que les terroristes du monde entier emploient si volontiers.
– Je dirais que douze livres de Semtex dans chaque cylindre feraient tout à fait l'affaire, mais c'est quelque chose qu'on ne peut pas se procurer dans n'importe quelle boutique du coin.

Dillon alluma une cigarette et fit le tour de la camionnette, les traits impassibles :

– Tu es un vilain garçon, Danny. Le mouvement t'avait pourtant dit de rester tranquille.

– Je te l'ai déjà dit. C'était il y a combien d'années, hein ?... Un homme comme moi finit par devenir fou.

– Et c'est pour ça que tu as voulu te trouver quelque chose à faire ?

– Ça, c'était facile, Sean. Tu sais que j'ai passé toute ma vie dans la mécanique.

Immobile, Dillon réfléchissait.

– Qu'est-ce que vous en pensez ? demanda Angel.

– Je pense que Danny a fait du beau travail.

– C'est aussi bien que tout ce qu'ils ont fabriqué en Ulster, affirma Fahy.

– Peut-être. Mais quand ils s'en sont servis, on ne peut pas dire que la précision du tir ait été leur point fort.

– Ça a marché comme sur des roulettes quand ils ont attaqué le poste de police de Newry, il y a six ans. Ils ont tué neuf flics.

– Et qu'est-ce que tu fais de toutes les autres fois où ils n'ont même pas pu toucher un terrain de football ?... Il y a même quelqu'un qui s'est fait sauter la paillasse avec un de ces engins à Portadown. Un ratage exemplaire.

– Ça n'arrivera pas avec la façon dont j'opérerai. Je déterminerai les coordonnées de l'objectif sur un plan à grande échelle, j'irai faire un saut à pied pour repérer les lieux, je pointerai la fourgonnette dans la bonne direction et ce sera terminé. Rends-toi compte, j'ai même prévu de souder des sortes d'ailettes sur les cylindres pour leur donner une trajectoire stable. Une jolie petite courbe dans les airs, ils arrivent au sol et boum badaboum !... Tu comprends, à quoi servent des grilles si tu peux passer par-dessus ?

– Tu me parles de Downing Street, là ?

– Et pourquoi pas ?

– Ils se réunissent chaque matin, à dix heures, dans la salle du cabinet. C'est ce qu'ils appellent le cabinet de guerre. On n'aurait pas seulement la peau du Premier ministre, on aurait pratiquement tout le gouvernement.

Danny Fahy se signa :

– Sainte Mère de Dieu !... Ça, ce serait vraiment le coup du siècle !...

– On écrira des chansons à ta gloire, Danny, l'encouragea Dillon. Dans tous les bars d'Irlande, on chantera les exploits de Danny Fahy pendant cinquante ans.

Fahy frappa du poing sa paume ouverte :

– Tout ça, c'est du rêve, Sean. On ne peut rien faire sans Semtex. Et comme je te l'ai dit, c'est quelque chose qu'on ne peut pas se procurer par ici.

– Ne va pas trop vite, Danny. J'ai peut-être une source d'approvisionnement. Allons donc boire un Bushmills et réfléchir à tout ça.

Fahy avait déployé sur la table un plan de Londres à grande échelle et l'examinait à l'aide d'une loupe :

– Ce serait là, le bon endroit. Sur Horse Guards Avenue qui longe le ministère de la Défense à partir de Victoria Embankment.

– Oui, approuva Dillon.

– Si nous laissons la Ford au coin de Whitehall, après une reconnaissance pour que je puisse régler le pointage, j'estime que mes projectiles passeront bien au-dessus des toits, selon une belle courbe, pour aller s'écraser pile sur le 10 Downing Street. (Il posa son crayon à côté de son rapporteur.) J'aimerais bien y faire un tour, tu sais.

– C'est ce qu'on fera, dit Dillon.

– Vous croyez que ça marchera, monsieur Dillon ? s'inquiéta Angel.

– Oui. Je crois vraiment que ça marchera. Dix heures du matin… Tout ce maudit cabinet de guerre… (Il éclata de rire.) C'est superbe, Danny, superbe ! (Il prit Fahy par le bras.) Alors, tu fais équipe avec moi sur ce coup-là ?

– Oui, naturellement.

– C'est bien. Il y aura beaucoup, vraiment beaucoup d'argent, Danny. Je te ferai une vieillesse heureuse. Le grand luxe. L'Espagne, la Grèce, tu pourras aller où tu voudras. (Fahy roulait la carte.) Je vais rester ici pour la nuit. On ira à Londres demain et on jettera un coup d'œil. (Il sourit et alluma une nouvelle cigarette.) Ça se présente bien, Danny. Franchement bien. Maintenant, parle-moi un peu de cet aérodrome qui est près d'ici, à Grimethorpe.

– À la vérité, c'est sacrément délabré. Mais c'est à cinq kilomètres d'ici seulement. Qu'est-ce que tu veux faire avec Grimethorpe ?

– Je t'ai dit que j'avais appris à piloter au Moyen-Orient. Quand on veut ficher le camp à toute vitesse, c'est un très bon moyen. Bon, alors, quelle est la situation à Grimethorpe ?

– C'est un vieil aérodrome. Il y avait un aéroclub dans les

années trente. Pendant la bataille d'Angleterre, la RAF l'a utilisé comme escale de ravitaillement et on a construit trois hangars et une piste en dur. Je ne sais qui a essayé de monter de nouveau un aéroclub il y a quelques années, mais ça a foiré. Et puis un type, un certain Bill Grant, est arrivé il y a trois ans. Il a deux avions à lui, c'est tout ce que je sais. Sa société s'appelle Grant's Air Taxis. On m'a dit récemment qu'il avait des difficultés. Ses deux mécaniciens l'ont quitté. Il faisait de mauvaises affaires. (Il sourit.) Nous sommes en pleine crise, Sean, et ça fait mal, même aux riches.

— Est-ce que Grant habite sur place ?

— Oui, répondit Angel. Il avait une petite amie avec lui, mais elle l'a abandonné.

— Je pense que je devrais aller lui rendre visite. Vous pourriez peut-être venir avec moi, Angel.

— Bien sûr.

— Très bien. Mais il faut d'abord que je donne un coup de fil.

Il composa le numéro de l'appartement de Tania Novikova. Elle décrocha très vite.

— C'est moi, dit-il seulement.

— Ça s'est bien passé ?

— Incroyablement bien. Je vous raconterai tout ça demain. Vous avez pu avoir mon argent ?

— Oui. Il n'y a pas eu de problème.

— Parfait. Je serai à mon hôtel vers midi. Je vais passer la nuit ici. Alors à demain.

Il raccrocha.

Charlie Salter accompagnait Mary Tanner et Martin Brosnan dans le monte-charge. À l'étage, Mordechai Fletcher les attendait et il serra avec effusion la main de Brosnan :

— C'est formidable de vous revoir, professeur. Vous ne pouvez pas savoir à quel point c'est formidable. Harry a failli mourir d'impatience.

— Voilà Mary Tanner, dit Martin. Tu ferais mieux d'être aimable avec elle. Elle est capitaine dans l'armée.

— Enchanté, mademoiselle. J'ai fait mon service militaire dans les grenadiers de la Garde, mais je n'ai pas réussi à monter plus haut que soldat de première classe.

Mordechai les conduisit dans le salon. Assis à son bureau, Harry Flood dépouillait des comptes. Il leva la tête et se dressa d'un bond :

— Martin !...

Riant de joie, il s'élança pour prendre son ami dans ses bras.

— Je te présente Mary Tanner, put enfin dire Brosnan. Elle est militaire, Harry, et c'est une vraie dure, alors fais gaffe. Je travaille pour le général Ferguson, des Renseignements britanniques, et Mary est son aide de camp.

— Alors, je me tiendrai à carreau. (Il prit la main tendue de Mary.) Maintenant, venez par ici, prenons un verre, et tu me diras de quoi il s'agit, Martin.

Ils prirent place dans les canapés d'angle et Brosnan raconta tout par le menu. Mordechai, debout, s'appuyait au mur, sans la moindre expression sur son visage.

Le récit achevé, Harry Flood demanda :

— Bon, alors, qu'est-ce que tu veux que je fasse pour toi, Martin ?

— Il s'adresse toujours au Milieu, Harry, c'est là qu'il trouve tout ce dont il a besoin. Pas seulement des auxiliaires, mais aussi des armes ou des explosifs. Il va faire la même chose cette fois-ci, j'en suis absolument convaincu.

— Autrement dit, ce que tu veux savoir, c'est à qui il va s'adresser ?

— Exactement.

Flood se tourna vers Mordechai :

— Qu'est-ce que tu en penses ?

— Je sais pas trop, Harry. Ce sont pas les trafiquants d'armes patentés qui manquent, mais ce qu'il lui faut, c'est quelqu'un qui accepte de fournir l'IRA.

— Tu as des idées ?

— Pas vraiment, patron. Ce que je veux dire, c'est que la plupart des vrais truands de l'East End adorent Maggie Thatcher et se font broder l'Union Jack sur leurs caleçons. Ils peuvent pas blairer les cinglés de l'IRA qui mettent des bombes chez Harrods. Mais on peut toujours se tuyauter, bien sûr.

— Alors, occupe-toi de ça, ordonna Flood. Fais passer le mot tout de suite, mais discrètement.

Mordechai sortit. Harry Flood s'empara de la bouteille de champagne.

— Tu ne bois toujours pas ? s'enquit Brosnan.

— Moi non, mon vieux pote, mais il n'y a pas de raison pour que vous mouriez de soif. Tu vas me raconter tout ce que tu as fait pendant ces dernières années, et puis nous irons à l'Embassy, qui est l'un de mes clubs les plus respectables, pour casser une petite croûte.

Au même moment, Angel Fahy et Sean Dillon roulaient dans la campagne plongée dans l'obscurité, en direction de Grimethorpe. Le pinceau des phares accrochait la neige et le givre qui poudraient les haies.

– C'est beau, n'est-ce pas ? dit-elle.

– J'imagine que oui.

– J'aime cette région, ces paysages, cette atmosphère. Et puis j'aime bien aussi oncle Danny. Il a été vraiment très bon pour moi.

– Oui, je comprends. Mais vous avez grandi à la campagne, là-bas, à Galway.

– Ce n'était pas pareil. Chez moi, la terre était pauvre. Il fallait se tuer à la tâche pour arriver à gagner trois sous, et cela se voyait sur la figure des gens. Sur celle de ma mère par exemple. C'était comme s'ils avaient fait la guerre, qu'ils l'aient perdue et qu'ils n'aient plus rien à espérer de la vie.

– Vous, vous savez choisir vos mots, ma petite fille.

– C'est ce que mon professeur d'anglais me disait toujours. Elle disait que si je travaillais beaucoup et que j'étudie sérieusement, je pourrais faire n'importe quoi.

– Je suppose que ça devait vous stimuler.

– Oui, mais ça ne m'a servi à rien. Mon beau-père me considérait seulement comme de la main-d'œuvre gratuite. C'est pour ça que j'ai quitté la maison.

Les phares révélèrent un panneau à la peinture écaillée qui annonçait « Grimethorpe Airport ». Dillon s'engagea sur une route étroite au goudron parsemé de nids-de-poule. Quelques minutes plus tard, ils arrivaient à l'aérodrome : trois hangars, une tour de contrôle branlante et quelques baraques Nissen. Les fenêtres de l'une d'elles étaient éclairées. Une jeep était garée devant, et Dillon se rangea à côté. Alors qu'ils descendaient de la Mini, la porte de la baraque s'ouvrit. Un homme se tenait sur le seuil :

– Qui est là ?

– C'est moi, Angel Fahy, monsieur Grant. Je vous ai amené quelqu'un qui veut vous voir.

Comme bien des pilotes, Grant était de petite stature, mais râblé. La quarantaine bien sonnée, il portait un jean et un vieux blouson d'aviateur, comme ceux utilisés par les équipages américains pendant la Seconde Guerre mondiale :

– Eh bien, entrez, alors.

Grâce à un poêle à charbon dont le conduit d'évacuation sortait par le toit, il faisait chaud à l'intérieur de la baraque

Nissen. À l'évidence, Grant s'en servait comme logement. Les restes d'un repas traînaient sur une table et, près du poêle, un vieux fauteuil à bascule faisait face à un poste de télévision. Le long des fenêtres s'étendait un long bureau étroit. Quelques cartes étaient posées dessus.

— C'est un ami de mon oncle, expliqua Angel.
— Je m'appelle Hilton, mentit Dillon. Peter Hilton.
Grant tendit la main, le visage nerveux :
— Bill Grant. Je ne vous dois pas d'argent, non ?
— Non, pas à ma connaissance.
Dillon avait repris son accent d'ancien élève de public school.
— Voilà qui me change agréablement. Qu'est-ce que je peux faire pour vous ?
— J'aurais besoin de voler dans les jours à venir. Et je voulais juste voir si nous pourrions nous entendre avant d'aller m'adresser ailleurs.
— Eh bien, ça dépend.
— Ça dépend de quoi ? Vous avez un avion, à ce qu'on m'a dit.
— J'en ai même deux. Mon seul problème, c'est de savoir pendant combien de temps encore ma banque me permettra de les garder. Vous voulez y jeter un coup d'œil ?
— Pourquoi pas ?
Ils sortirent et traversèrent le tarmac jusqu'au hangar le plus éloigné. Grant ouvrit une petite porte, actionna l'interrupteur et les lampes s'allumèrent. Deux avions attendaient, côte à côte. Dillon s'approcha du premier :
— Je connais ce zinc. C'est un Cessna Conquest. Mais l'autre, qu'est-ce que c'est ?
— Un Navajo Chieftain.
— Si les choses sont aussi difficiles pour vous que vous le dites, comment faites-vous pour le carburant ?
— Je garde toujours mes avions ravitaillés, monsieur Hilton, les réservoirs sont pleins. Il y a trop longtemps que je suis dans le métier. On ne sait jamais quand une mission peut vous tomber dessus. (Il arbora un sourire malin.) Voyez-vous, je vais être honnête. Avec la crise, je ne peux pas dire que j'ai trop de clients pour voler avec moi ces temps-ci. Où voudriez-vous que je vous emmène ?
— En fait, je pensais plutôt à faire un tour moi-même un de ces jours. Mais je ne sais pas encore exactement quand.
Grant le fixait, dubitatif :
— Mais vous avez votre brevet ?

— Bien sûr.

Dillon sortit de sa poche son faux brevet et le lui tendit. Grant l'examina rapidement avant de lui rendre :

— Vous pouvez piloter celui des deux que vous voulez, mais je préférerais quand même vous accompagner. Par sécurité, disons.

— OK, concéda Dillon. Je pensais aller dans l'Ouest. En Cornouailles. Il y a un aérodrome à Land's End.

— Je le connais bien. avec une piste en herbe...

— J'ai des amis dans ce coin-là. Et j'y passerai probablement la nuit.

— Ça me va, affirma Grant. (Il éteignit la lumière et tous deux retournèrent vers la baraque.) Et dans quelle branche êtes-vous, monsieur Hilton ?

— Oh, la finance, la gestion, ce genre de choses...

— Et vous ne savez pas plus précisément quand vous voudriez faire ce vol ?... Je dois souligner que la location de l'avion risque de vous coûter assez cher. Aux alentours de deux mille cinq cents livres. Avec une demi-douzaine de passagers, ça peut aller. Mais si vous êtes seul...

— Ça ira.

— Et puis il y a aura mes frais de déplacements personnels. Mon hôtel et ainsi de suite.

— Pas de problème. (Il prit dans son portefeuille dix billets de cinquante livres et les posa sur la table.) Voilà cinq cents livres d'acompte. Mais ça me donne droit à une réservation ferme pour un vol dans les quatre ou cinq prochains jours. Je vous téléphonerai pour vous dire exactement quand.

Le visage de Grant s'éclaira pendant qu'il se saisissait des billets :

— Au poil. Je vous offre un café, ou autre chose, avant que vous ne repartiez ?

— Tiens, pourquoi pas ?

Grant alla dans la cuisine, à l'autre bout de la baraque. On l'entendit remplir une bouilloire. Dillon porta un doigt à ses lèvres, eut pour Angel un regard d'intelligence et s'approcha des cartes posées sur le bureau. Il fouilla la pile et découvrit rapidement celle qu'il cherchait : « Zone de la Manche et côtes françaises ». Angel vint se placer à ses côtés et l'observa tandis que, du doigt, il suivait le tracé du littoral de la Normandie. Il trouva Cherbourg, descendit plein sud. Voilà, c'était Saint-Denis. La carte signalait clairement la piste d'atterrissage. Dillon remit les cartes en place, sans savoir que, par la porte entrouverte de la cuisine, Grant le surveillait du coin de l'œil. Dès que l'eau fut chaude, Grant prépara rapidement du Nescafé dans trois tasses et revint.

— Vous n'avez pas trop de soucis, avec ce temps-là ? interrogea Dillon. Avec la neige ?

— Si elle se décide à tenir, ça ne sera pas simple. On pourrait avoir des problèmes avec la piste en herbe de Land's End.

— Il ne nous reste plus qu'à croiser les doigts. (Dillon reposa sa tasse.) Je crois qu'il vaut mieux qu'on rentre.

Grant les raccompagna dehors et les regarda monter dans la Mini et démarrer. Il leur fit des signes de la main, puis verrouilla la porte et alla examiner la pile de cartes. C'était la troisième ou la quatrième, il en était sûr : « Zone de la Manche et côtes françaises ».

Il fronça les sourcils :

— A quoi jouez-vous, mon bon monsieur, je me le demande ? murmura-t-il pour lui-même.

Angel et Dillon roulaient vers Cadge End.

— Ce n'est pas à Land's End que vous voulez aller, monsieur Dillon, remarqua Angel, c'est en Normandie, à Saint-Denis.

— C'est notre secret, répondit-il. (Il lui posa la main sur le bras.) Est-ce que je peux vous demander de me faire une promesse ?

— Tout ce que vous voudrez, monsieur Dillon.

— Alors, pour le moment, on va garder tout ça pour nous. Je ne veux pas que Danny le sache. Vous savez conduire, j'espère ?

— Conduire ? Oh oui, bien sûr. Je conduis la Morris moi-même pour emmener les moutons au marché.

— Dites-moi, ça vous plairait de nous accompagner à Londres demain matin, Danny et moi ?

— Ça me ferait très plaisir.

— Bon. Eh bien voilà une affaire de réglée.

La Mini s'enfonçait dans la nuit. Les yeux d'Angel brillaient.

Chapitre neuf

L'hiver avait resserré son étreinte et il régnait un froid vif et coupant, mais les routes étaient parfaitement dégagées. Dillon se dirigeait vers Londres, suivi par Angel et Danny Fahy à bord de la camionnette Morris. C'était Angel qui tenait le volant, et elle conduisait vite et bien. Dillon l'observait dans son rétroviseur, et elle ne le lâcha pas d'un mètre dans la circulation de Londres jusqu'à l'arrivée à Bayswater Road. Une ébauche de plan commençait déjà à se former dans son esprit. Il gara la Mini contre le trottoir, descendit et ouvrit les portes du garage de Tania Novikova.

Au moment où Angel venait se ranger derrière la Cooper, il l'arrêta :

— Mettez la Morris là-dedans.

Angel obtempéra. Quand la jeune fille sortit avec Danny, Dillon demanda :

— Vous vous souviendrez de cette rue et de ce garage ? Si vous me perdez de vue, je veux dire.

— Ne dites pas de bêtises, monsieur Dillon. Bien sûr que je m'en souviendrai.

— Bon. C'est important. Maintenant, montez tous les deux dans la Mini. Nous allons faire un petit tour de piste.

Assis à son bureau, dans son appartement de Cable Wharf, Harry Flood vérifiait la recette réalisée par ses casinos la soirée et la nuit précédentes. Charlie Salter lui apporta un café. Le téléphone sonna. Charlie prit le combiné, puis le tendit à Flood.

— C'est le professeur.

— Martin, comment ça va ? dit Flood. J'ai passé une soirée fabuleuse. Ce capitaine Tanner, c'est une femme tout à fait extraordinaire.

— Tu as pu avoir des nouvelles ? Tu as déjà eu des résultats ?

— Pas encore, Martin. Mais attends une minute.

Il posa la main sur le micro et demanda à Salter :

— Où est Mordechai ?

— Il fait du porte-à-porte, Harry, comme tu lui as demandé, pour passer le mot discrètement.

Flood en revint à Brosnan.

— Désolé, mon vieux. On fait vraiment tout ce qu'on peut, mais ça risque de nous prendre du temps.

— Et nous n'en avons pas beaucoup devant nous. Ne t'inquiète pas, Harry, je sais que tu feras tout ton possible. Bon, je te rappellerai.

Martin raccrocha. Il se tenait debout, devant le bureau de Mary Tanner, à Lowndes Square. Il alla à la fenêtre et alluma une cigarette.

— Du nouveau ? interrogea-t-elle en venant près de lui.

— J'ai bien peur que non. Comme Harry vient de me le dire, tout ça prend du temps. J'ai été complètement idiot de croire que nous pourrions aller plus vite.

Elle lui posa la main sur le bras :

— Il faut essayer d'être patient, Martin.

— Mais j'en suis bien incapable. J'éprouve une sensation qui est difficile à exprimer. Imaginez que vous soyez au cœur d'une tempête, en train d'attendre la foudre qui ne manquera pas de tomber. Je connais bien Dillon, Mary. Il va agir sans perdre une minute. J'en ai la certitude.

— Bon. Alors, qu'est-ce que vous voudriez faire ?

— Ferguson est chez lui, à Cavendish Square, ce matin ?

— Oui.

— Eh bien, allons le voir.

Dillon gara la Mini non loin de Covent Garden. Il pénétra d'abord dans une librairie pour se renseigner, puis se rendit ensuite, à quelque distance de là, dans un magasin spécialisé dans la vente de toutes les cartes et plans possibles et imaginables. Il dépouilla l'ensemble des plans directeurs à grande échelle du centre de Londres pour finir par tomber sur celui de Whitehall et de ses environs immédiats.

— Tu as déjà examiné ça en détail ? lui chuchota Danny Fahy. Tu pourrais mesurer les dimensions du jardin du 10 Downing Street au centimètre près.

Dillon acheta le plan. Le vendeur en fit un rouleau bien serré qu'il glissa dans un tube de protection en carton. Dillon et Fahy remontèrent ensuite dans la Mini.

— Et maintenant ? demanda Danny.

— On va faire une reconnaissance. Voir à quoi ressemble la situation sur le terrain.

— Ça me va.

Angel s'assit à l'arrière de la voiture, tandis que Danny prenait place à l'avant, à côté de Dillon. Ils descendirent vers la Tamise et s'engagèrent dans Horse Guards Avenue. Dillon ralentit avant de tourner dans Whitehall en direction de Downing Street.

— Le coin est bourré de flics, remarqua Danny.

— C'est pour empêcher les gens de s'arrêter.

Sur leur gauche, une voiture s'était rangée le long du trottoir et quand ils furent à sa hauteur, ils virent que le conducteur consultait un plan.

— Des touristes, j'imagine, dit Angel.

— Oui. Et regardez un peu ce qui se passe, ajouta Dillon.

Elle se retourna et vit que deux policiers convergeaient vers la voiture à l'arrêt et s'adressaient calmement au chauffeur qui démarra aussitôt.

— Ils ne perdent pas de temps, remarqua Angel.

— Voilà Downing Street, annonça Dillon quelques instants plus tard.

— Tu as l'intention de contempler les grilles? s'étonna Danny Fahy. J'aime bien leur côté gothique. C'est sûr qu'ils ont fait du beau boulot, là.

Dillon suivit le flot de la circulation autour de Parliament Square, et remonta à nouveau Whitehall jusqu'à Trafalgar Square.

— On retourne à Bayswater, dit-il. Faites bien attention au chemin que j'ai choisi.

Il passa sous l'arche de l'Amirauté, suivit le Mall, contourna la statue de la reine Victoria devant Buckingham Palace, puis emprunta Constitution Hill pour arriver à Marble Arch par Park Lane, et tourna finalement dans Bayswater Road.

— Ça n'est pas trop compliqué, estima Danny Fahy.

— Très bien, conclut Dillon. Nous n'avons plus qu'à aller boire une bonne tasse de thé dans mon horrible hôtel.

— Martin, vous êtes en train de perdre votre sang-froid, déclara le général Ferguson.

— C'est l'attente, répliqua Brosnan. Je sais bien qu'Harry Flood fait de son mieux, mais j'ai la conviction que le temps joue contre nous.

Le général se détourna de la fenêtre et but quelques gorgées de thé :

— Bon. Mais qu'est-ce que vous aimeriez faire ?

Martin Brosnan hésitait. Il lança un coup d'œil à Mary :

— Je crois que je devrais faire un saut à Kilrea pour rencontrer Liam Devlin. Il devrait avoir quelques idées.

— Oh, il n'en a jamais manqué, releva Ferguson. (Il se tourna vers Mary Tanner.) Qu'est-ce que vous en pensez, vous ?

— Il me semble que ça se tient, général. Après tout, un vol

jusqu'à Dublin, ça n'est pas une grosse affaire. Une heure et quart à partir d'Heathrow, par la British Airways ou Aer Lingus.

— Et la maison de Liam, à Kilrea, n'est qu'à une demi-heure de Dublin, renchérit Brosnan.

— Très bien, trancha le général. Vous avez tous les deux de bons arguments. Mais vous passerez par Gatwick, et vous prendrez le Lear, au cas où il se passerait quoi que ce soit et que vous ayez besoin de revenir ici dans les meilleurs délais.

— Merci, général, dit Mary.

Avant qu'ils aient atteint la porte, Ferguson reprit :

— Je vais donner un coup de fil à ce vieux brigand, juste pour lui dire que vous êtes en route.

Il s'empara du téléphone.

— Dieu soit loué, souffla Martin au moment où ils arrivaient au rez-de-chaussée. J'ai enfin l'impression de faire quelque chose.

— Et moi, sourit Mary, je vais enfin faire la connaissance du grand Liam Devlin.

Elle l'entraîna jusqu'à la limousine.

Angel, Dillon et Danny Fahy s'étaient attablés devant une tasse de thé dans la petite salle de restaurant de l'hôtel. Fahy avait entrouvert le plan directeur sur ses genoux :

— C'est incroyable. C'est fou ce qu'ils peuvent révéler. Il ne manque pas un détail.

— On peut y arriver, Danny ?

— Oui, pas de problème. Tu te souviens du coin de Horse Guards Avenue et de Whitehall ? C'est là le bon endroit, en se plaçant légèrement en angle. Je vois ça d'ici. Avec ce plan, je peux calculer très exactement la distance entre la position de tir et le 10 Downing Street.

— Tu es sûr que tes obus passeront au-dessus des immeubles qu'il y a dans l'intervalle ?

— Absolument. Comme je te l'ai déjà dit, la balistique, c'est une science exacte.

— Mais vous ne pourrez pas vous garer là, intervint Angel. Nous avons vu comment ça s'est passé avec ce bonhomme dans sa voiture. Les flics lui sont tombés dessus en quinze secondes.

Dillon se tourna vers Fahy :

— Danny ?

— On n'a pas besoin de davantage de temps. Tout est préprogrammé, Angel. On appuie sur l'interrupteur pour mettre le circuit sous tension, ça déclenche les minuteries, on fiche le camp de la fourgonnette, et les mortiers font feu dans un délai d'une minute. Aucun policier ne pourrait intervenir assez vite pour empêcher ça.

— Mais qu'est-ce qui va vous arriver ? insista-t-elle.

Dillon se chargea de la réponse :

— Écoutez-moi bien. On partira de Cadge End tôt le matin. Toi, Danny, tu conduiras la Ford Transit, et Angel et moi, on te suivra dans ta camionnette Morris. On aura chargé la BSA à l'arrière. Angel garera la Morris, comme aujourd'hui, dans le garage au bout de la rue. On emportera aussi une planche pour que je puisse sortir la BSA à toute vitesse.

— Et tu me suivras, si j'ai bien compris ?

— Je resterai en permanence derrière toi. Quand on sera arrivés au coin de Horse Guards Avenue et de Whitehall, tu actionnes ton interrupteur, tu sautes droit derrière moi sur la moto, et on se tire. Le cabinet de guerre se réunit tous les matins à dix heures. Avec un peu de chance, on se farcira tout le lot.

— Bon Dieu, Sean !... Ils n'auront pas le temps de comprendre ce qui leur tombe dessus !

— On fonce direct sur Bayswater où Angel nous attend dans le garage au volant de la Morris. On remet la BSA à l'arrière et on se tire. On sera à Cadge End avant qu'ils aient fini d'éteindre les incendies.

— C'est génial, monsieur Dillon, s'extasia Angel.

— Oui, mais il y a un os, releva Danny Fahy. Sans ces putains d'explosifs, il ne peut pas y avoir de putains de bombes.

— Laisse-moi m'en charger, coupa Dillon. Je te trouverai des explosifs. (Il se leva.) Mais, maintenant, j'ai des trucs à faire. Vous deux, vous allez retourner à Cadge End et vous m'attendrez. Je vous contacterai.

— Et ça sera quand, Sean ?

— Bientôt... Très bientôt.

Dillon souriait en les regardant partir.

À midi précis, Tania Novikova frappa à la porte de la chambre de Dillon. Il ouvrit et se contenta de demander :

— Vous l'avez ?

— Oui.

De sa main droite, elle tenait un attaché-case. Elle le posa sur la table et l'ouvrit, révélant la présence des trente mille dollars que l'Irlandais avait demandés.

– Très bien, dit-il. En fait, pour l'instant, je n'ai besoin que de dix mille.

– Qu'est-ce que vous allez faire du reste ?

– Je vais l'apporter à la réception. Ils peuvent sûrement garder la mallette dans le coffre-fort de l'hôtel.

– Vous avez mis un plan au point, j'en suis sûre, reprit-elle vivement. Qu'est-ce qui a bien pu se passer à Cadge End ?

Il lui dévoila dans le détail l'ensemble de ses intentions.

– Alors, qu'est-ce que vous en pensez ?

– C'est incroyable. Ce sera le coup du siècle. Mais il reste la question des explosifs. Vous allez avoir besoin de Semtex.

– Oui, c'est vrai. Mais quand j'ai opéré ici, à Londres, en 81, j'ai fait quelques affaires avec un homme qui pouvait me fournir du Semtex. (Il rit aigrement.) En fait, il aurait pu me fournir n'importe quoi.

– Et c'est qui, cet homme ? Vous avez la certitude que vous pouvez encore faire appel à lui ?

– Il s'agit d'un truand du nom de Jack Harvey, et il n'a pas pris sa retraite. Je m'en suis assuré.

– Là, je ne vous suis pas bien.

– Entre autres affaires, il possède une entreprise de pompes funèbres à Whitechapel. J'ai regardé dans les pages jaunes de l'annuaire et elle y est toujours. À propos, votre Mini, je peux encore m'en servir ?

– Bien entendu.

– Bon. Je la garerai quelque part dans la rue. Je veux que votre garage reste libre. (Il attrapa son manteau.) Venez. On va aller manger un morceau et après ça, j'irai faire une petite visite à mon ami Jack Harvey.

Une limousine avec chauffeur de l'ambassade de Grande-Bretagne à Dublin était venue chercher Mary Tanner et Martin Brosnan à l'aéroport. Ils traversèrent le centre de la ville, longeant la Liffey par St. George's Quay, et se dirigèrent vers la banlieue.

– J'imagine que vous avez parcouru le dossier de Devlin ? s'enquit Brosnan.

– Oui. Mais est-ce que tout ce que j'ai lu est vrai ? Notamment cette histoire de participation à une tentative des Allemands pour assassiner Churchill pendant la guerre ?

– Oui, absolument.

– Et c'est le même homme qui vous a aidé à vous évader de Saint-Martin-de-Ré en 79 ?

– C'est bien Devlin.
– Mais enfin, Martin, vous affirmez qu'il a soixante-dix ans. Il doit être bien plus vieux que cela.
– Quand il s'agit de Liam Devlin, quelques années de plus ou de moins ne constituent qu'une donnée d'importance secondaire. Je vais être clair : vous êtes sur le point de faire la connaissance de l'homme le plus extraordinaire que vous rencontrerez jamais de toute votre vie. Un érudit, un poète et un combattant de l'IRA.
– En ce qui me concerne, cette dernière qualité n'est pas vraiment une recommandation.
– Je sais. Mais ne faites jamais l'erreur de confondre Liam Devlin avec le genre de racaille que l'IRA emploie de nos jours.

Assombri soudain, Martin Brosnan s'absorba dans ses pensées. La limousine s'enfonçait dans la campagne irlandaise, laissant Dublin derrière elle.

La maison, située à la lisière du village, à côté d'un couvent, portait le nom de Kilrea cottage. De style ancien, à un seul étage, elle possédait des mansardes de forme gothique et, de chaque côté du porche, des fenêtres ornées de vitraux. Ils s'y abritèrent du crachin pendant que Brosnan tirait sur la chaîne d'une antique cloche.

On entendit des pas, et la porte s'ouvrit.
– *Cead míle fáilte*, dit Liam Devlin en gaélique, je vous souhaite cent mille bienvenues.

Et il prit Martin Brosnan dans ses bras.

L'intérieur de la maison se voulait résolument victorien : mobilier d'acajou et papier peint d'après un dessin de William Morris. Les toiles aux murs, toutes d'Atkinson Grimshaw, étaient des originaux.

Liam Devlin revenait de la cuisine avec un plateau de thé :
– Ma gouvernante ne vient que le matin. C'est une des bonnes sœurs du couvent d'à côté. Elles ont besoin d'argent, les pauvres.

Mary Tanner n'en revenait pas. Elle s'était attendue à un vieillard, et elle avait devant elle un être sans âge vêtu d'une chemise de soie noire italienne, d'un pull-over noir et d'un pantalon gris coupé à la dernière mode. Les cheveux, autrefois d'un noir de jais, grisonnaient à peine et, si une certaine pâleur marquait ses traits, on avait le sentiment qu'il en avait toujours été ainsi. Le bleu des yeux sortait de l'ordinaire, tout comme le perpétuel petit sourire ironique par lequel Devlin semblait se moquer autant de lui-même que du reste du monde.

— Alors, ma petite fille, vous travaillez pour Ferguson ? lança-t-il à Mary en lui servant une tasse de thé.

— C'est exact.

— Cette affaire à Derry, il y a deux ans, quand vous vous êtes mise au volant de cette voiture piégée... Ça, ça m'a impressionné.

Elle se sentit rougir.

— Oh, c'était bien peu de chose, monsieur Devlin. sur le moment, j'ai seulement pensé que c'était ce que j'avais à faire.

— Nous pouvons tous le penser. Mais l'important, c'est de l'avoir fait. (Il se tourna vers Martin Brosnan.) Anne-Marie... Une sale histoire mon garçon.

— Je veux sa peau, Liam.

Devlin secouait la tête :

— Vous la voulez pour vous, ou pour le bien de la communauté ?... Il faut laisser de côté vos sentiments personnels, Martin. Ou, sinon, vous commettrez des erreurs et, avec un homme comme Sean Dillon, on ne peut pas se le permettre.

— Oui, je sais. Oh, je sais...

— Bon. Alors, il a l'intention de tenter un coup contre John Major, le nouveau Premier ministre ?

— Et comment pensez-vous qu'il pourrait opérer, monsieur Devlin ? interrogea Mary.

— Si j'en crois ce que j'ai pu lire sur l'actuel dispositif de sécurité du 10 Downing Street, je ne lui accorderais guère de chances de pouvoir pénétrer à l'intérieur. (Il fixa Brosnan avec une sorte de rictus.) Voyez-vous, chère petite Mary, je me souviens d'un jeune garnement de mes connaissances, un certain Martin Brosnan, qui s'est introduit à Downing Street déguisé en serveur à l'occasion d'une réception, il n'y a pas dix ans de cela. Il a laissé une rose sur le bureau du Premier ministre. Évidemment, à cette époque, c'était une femme qui dirigeait le cabinet.

— Tout ça, c'est du passé, Liam, coupa Brosnan. Mais maintenant ?

— Oh, il va se comporter comme il l'a toujours fait, et s'adresser à ses contacts dans le Milieu.

— Mais pas à l'IRA ?

— Je doute fort que l'IRA ait quoi que ce soit à voir là-dedans.

— Mais pourtant, à Londres, il y a dix ans, il opérait pour leur compte.

– Eh bien ?
– Je me demandais… Si nous arrivions à savoir qui l'avait engagé à ce moment-là, ça pourrait nous aider.
– Je vois où vous voulez en venir… Cela pourrait nous mettre sur les traces de ceux auxquels il avait demandé de l'aide à Londres.
– Ce n'est qu'une malheureuse petite piste, mais c'est la seule que nous ayons, Liam.
– Pourtant, à Londres, il y a toujours votre ami Harry Flood.
– Oui, je sais, et il est déjà en train de foncer. Mais ça prend quand même du temps, et c'est le temps qui nous fait défaut.
Devlin hocha la tête :
– C'est bon, mon garçon, laissez-moi faire et je verrai ce que je peux trouver. (Il consulta sa montre.) Il est une heure. Nous allons prendre un sandwich, et peut-être un Bushmills. Après quoi, je vous conseille de remonter dans votre Lear et de retourner à Londres à toute vitesse. Croyez-moi, à la seconde même où j'aurai une information, je vous contacterai.

Dillon gara sa voiture à une vingtaine de mètres de l'entreprise de pompes funèbres de Jack Harvey, à Whitechapel, et en descendit, son attaché-case à la main. Tout dans l'établissement faisait preuve d'une discrétion remarquable, à commencer par la sonnette qui appelait le portier.
Dillon mentit allégrement :
– M. Harvey… Il m'attend.
– Vous traversez le hall, vous passez le long des chapelles ardentes, et vous prenez l'escalier. Son bureau est au premier étage. Quel est votre nom, monsieur ?
– Hilton. (Il jetait un coup d'œil circulaire aux cercueils exposés et aux couronnes de fleurs.) Ça paraît bien calme.
– Les affaires, vous voulez dire ? (Le portier haussa les épaules.) Tout se passe par-derrière.
– Je vois…
L'Irlandais, passé le hall, s'arrêta pour regarder à l'intérieur de l'une des chapelles ardentes, avec ses fleurs entassées et les cierges. Il s'avança : dans la bière reposait un homme d'âge moyen, en costume sombre impeccable, mains jointes, le visage maquillé.
– Pauvre bougre, murmura Dillon.
À la réception, le portier avait pris le combiné d'un téléphone :

– Miss Myra?... Un visiteur. Un certain M. Hilton. Il m'a dit qu'il avait un rendez-vous.

Dillon ouvrit la porte du vestibule du bureau de Jack Harvey. Il n'y avait là que des fauteuils et des plantes vertes. Myra fit son entrée. Elle portait un pantalon noir très collant, des bottes noires et une large veste trois-quarts écarlate. Cela faisait de l'effet.

– M. Hilton?

– C'est bien moi.

– Je suis Myra Harvey. Vous avez dit que vous aviez un rendez-vous avec mon oncle.

– J'ai dit ça, moi?

Elle regarda par-dessus son épaule. Derrière Dillon, la porte s'ouvrit et Billy Watson entra. À l'évidence, tout avait été prévu d'avance. Billy s'appuya contre la porte, bras croisés, menaçant dans son ensemble de cuir noir.

– Et maintenant, à quoi vous jouez? demanda-t-elle.

– Ça regarde M. Harvey.

– Fous-le dehors, Billy, ordonna-t-elle en tournant les talons.

Billy saisit Dillon par l'épaule. L'Irlandais leva sa jambe gauche, écrasa le pied droit de Billy, puis pivota de tout son corps, poings serrés. Les os de sa main droite percutèrent la tempe de son adversaire qui s'effondra dans un fauteuil, gémissant de douleur.

– Il n'est vraiment pas très bon, hein? remarqua Dillon.

Il ouvrit sa serviette, prit une liasse de dix billets de cent dollars entourée d'un ruban de caoutchouc, et la lança à Myra. Elle fut trop lente pour l'attraper au vol et dut se pencher pour la ramasser.

– Voyez-vous ça, grinça-t-elle. Flambant neufs.

– Oui. Les billets neufs, ça répand toujours un parfum capiteux, hein?... Maintenant, vous allez dire à Jack qu'un de ses vieux amis voudrait le voir, avec un paquet encore plus gros.

Elle resta un moment à le fixer, les yeux écarquillés, puis elle se détourna et entra dans le bureau d'Harvey. Billy essayait de se remettre sur ses jambes.

– Je ne te le conseille pas, siffla Dillon.

Billy se laissa retomber. Myra revenait :

– Très bien. Il va vous recevoir.

Le bureau d'Harvey offrait un aspect étonnamment professionnel : murs lambrissés de chêne et tapis vert de soie caucasienne. Un feu à gaz, qui paraissait presque véritable, brûlait sur des chenets d'acier dans la cheminée. Jack Harvey, un cigare aux lèvres, trônait derrière un bureau de bois massif.

La liasse de mille dollars était posée devant lui. Il jeta sur Dillon un coup d'œil placide :

– Mon temps est limité, alors ne vous foutez pas de ma gueule, mon garçon. (Il saisit la liasse.) Y en a encore à venir ?

– C'est exact.

– Je vous connais pas. Vous avez dit à Myra que vous étiez un vieil ami, mais je vous ai jamais vu avant.

– C'était il y a longtemps, Jack. Dix ans, pour être précis. J'ai bien changé depuis. J'étais venu de Belfast pour un certain travail. Et nous avons fait des affaires, vous et moi. Qui vous ont été très profitables, si je me rappelle bien.

Tous ces jolis petits dollars collectés par les sympathisants de l'IRA aux États-Unis...

– Vous êtes Coogan, dit Harvey. Michael Coogan.

Dillon enleva ses lunettes :

– En personne, Jack. En personne.

Harvey hocha lentement la tête :

– Myra, je te présente un de mes vieux amis, M. Coogan, de Belfast.

– Oh, je vois... Encore un de ces types...

L'Irlandais alluma une cigarette et s'assit, posant la mallette sur le plancher.

– La dernière fois, vous avez traversé Londres comme Attila, reprit Harvey. J'aurais dû vous faire payer bien plus pour tout ce que je vous avais refilé.

– Vous m'aviez fixé un prix et je vous l'avais payé. Quoi de plus régulier ?

– Et qu'est-ce qu'il vous faut, cette fois ?

– J'ai besoin d'un peu de Semtex, Jack. Je pourrais me débrouiller avec vingt kilos, mais c'est vraiment le minimum. Vingt-cinq, ce serait mieux.

– Vous n'y allez pas de main morte, vous !... Ce machin-là, c'est comme de l'or. Il y a de sacrés contrôles officiels là-dessus.

– Mes couilles ! riposta Dillon. Ça sort de Tchécoslovaquie, ça traverse l'Italie ou la Grèce, et direction la Libye. On en trouve partout, Jack. Vous le savez, et moi aussi, alors ne me faites pas perdre mon temps. Vingt mille dollars. (Il ouvrit la serviette sur son genou et en lança le contenu, liasse par liasse, sur le bureau.) Dix mille dollars tout de suite, et dix mille à la livraison.

Au fond de l'attaché-case, prêt à l'emploi, il y avait le Walther, avec le silencieux Carswell vissé au canon. Dillon attendait, l'œil interrogateur.

Harvey eut un sourire :

– C'est d'accord, mais ça vous coûtera trente mille dollars.

L'Irlandais referma la mallette :

– Pas question, Jack. Vingt-cinq mille, je veux bien. Mais pas un sou de plus.

Jack Harvey hocha la tête :

– Entendu. Vous le voulez quand ?

– Dans vingt-quatre heures.

– Je pense que je pourrai vous trouver ça. Où est-ce qu'on peut vous le livrer ?

– Là, vous faites fausse route, Jack. C'est moi qui vous contacterai.

Dillon se leva. Harvey, très commerçant, reprenait :

– Il y a autre chose qu'on peut faire pour vous ?

– Oui. Un gage de bonne volonté, pour ainsi dire. Je me verrais bien avec un flingue de plus.

Harvey recula son fauteuil et ouvrit un tiroir à la droite de son bureau :

– Servez-vous, mon cher garçon. Faites votre choix.

Le tiroir contenait un revolver Smith & Wesson calibre 38, un pistolet tchèque Cesca et un Beretta italien sur lequel Dillon fixa son dévolu. Il vérifia le chargeur et glissa l'arme dans sa poche.

– Celui-là fera très bien l'affaire.

– Un soufflant de dame, remarqua Harvey, mais c'est vous que ça regarde. Bon, eh bien alors, on se revoit demain.

Myra ouvrait la porte.

– Enchanté d'avoir fait votre connaissance, Miss Harvey, lâcha Dillon.

Il bouscula Billy au passage et s'en fut.

– Je voudrais bien casser les pattes à ce petit salopard, siffla Billy.

Elle lui caressa la joue :

– Ne t'inquiète pas, mon joli. Toi, sur tes deux jambes, tu ne sers à rien. C'est dans la position horizontale que tu donnes ton maximum. Maintenant, tire-toi, et va jouer avec ta moto ou avec ce que tu veux.

En bas de l'escalier, Dillon s'arrêta pour mettre le Beretta dans son attaché-case : avoir une arme, c'était bien, mais en avoir deux, c'était plus sûr. L'as qu'on garde dans sa manche, en quelque sorte. Il marcha d'un pas rapide pour retrouver la Mini.

Dans le bureau, Myra disait à Harvey :

— Moi, je ne lui ferais pas confiance une seule seconde, oncle Jack.

— C'est un sacré petit salopard, concéda Harvey. Quand il travaillait ici pour l'IRA, en 81, je lui ai fourgué des armes, des explosifs et tout le toutime. Tu étais encore au collège, à ce moment-là, pas encore dans le bizness, alors tu dois pas t'en rappeler.

— Coogan : c'est son vrai nom?

— Bien sûr que non. (Il secouait la tête.) Tu sais, ce mec, c'est le diable en personne. À cette époque, j'arrêtais pas d'avoir sur le dos George Montoya, un type de Bermondsey, celui qu'on appelait George l'Espingo. Coogan les a descendus pour moi un soir, lui et son frangin, devant un bar, le Flamenco. Et il m'a fait ça à l'œil.

— C'est pas vrai?... Et où est-ce qu'on va lui trouver du Semtex?

Harvey rit, et tira un trousseau de clefs d'un tiroir :

— Je vais te faire voir. (Il l'entraîna le long d'un couloir et déverrouilla une porte.) Ça, c'est quelque chose que même toi, tu ne connais pas.

Des étagères portant des classeurs de carton s'alignaient sur tous les murs de la pièce. Harvey posa la main sur l'étagère du milieu de la cloison du fond et elle s'ouvrit. Il atteignit l'interrupteur, alluma, et la lampe révéla une caverne d'Ali Baba pleine d'armes de toutes sortes.

— Bon Dieu! souffla-t-elle.

— Tout ce que tu veux, tu le trouves ici. Des flingues, des fusils d'assaut AK, des M 15... (Il ricanait.)... et du Semtex. (Il montrait trois cartons sur une table.) Vingt-cinq kilos de Semtex dans chaque.

— Mais, oncle Jack, pourquoi vous lui avez dit qu'il vous fallait du temps pour le trouver?

— Pour le laisser sur des charbons ardents. (Il la fit sortir et referma les portes derrière eux.) On pourrait peut-être lui soutirer quelques fifrelins de plus.

Quand ils revinrent dans le bureau, elle le questionna de nouveau :

— Vous pensez qu'il est sur quel genre d'affaire?

– Je m'en fous complètement. De toute façon, pourquoi tu voudrais que je me casse la tête ? D'un coup, tu es devenue patriotarde, ou quoi ?

– Ça n'a rien à voir. C'est juste par curiosité.

Il coupait le bout d'un cigare :

– Figure-toi qu'il m'est venu une petite idée… Ça serait vachement commode si ce petit salopard pouvait aussi me descendre Harry Flood.

Il eut un rire gras.

Six heures venaient de sonner, et le général Ferguson s'apprêtait à quitter son bureau du ministère de la Défense quand le téléphone sonna. C'était Liam Devlin :

– Eh bien, vieux sagouin, j'ai des nouvelles pour vous.

– Crachez le morceau, alors.

– En 81, à Belfast, celui qui contrôlait Dillon était un nommé Tommy McGuire. Vous vous souvenez de lui ?

– Bien sûr, je m'en souviens. Mais n'a-t-il pas été abattu il y a quelques années ? On avait parlé de dissensions internes à la tête de l'IRA, non ?

– C'est la version qu'on a répandue. Mais, en réalité, il est bien vivant, sous une autre identité.

– Vous savez laquelle ?

– Il me reste encore à la découvrir. J'ai des gens à voir à Belfast. Je vais y faire un saut ce soir, en voiture. À propos, je tiens pour acquis qu'en m'impliquant de cette façon, cela fait de moi un agent officiel du Groupe Quatre, n'est-ce pas ? J'entends par là que je n'ai aucune envie de finir en prison. Pas à mon âge.

– Je vous couvre entièrement, vous avez ma parole. Et, de votre côté, que voulez-vous que nous fassions ?

– Je me disais que si Mary Tanner et Martin Brosnan avaient envie de prendre part à l'action, ils pourraient sauter demain dans votre Lear et venir à Belfast. Ils n'auraient qu'à m'attendre à l'hôtel Europa. Dites à Brosnan de se faire connaître au portier en chef. Je m'arrangerai pour les contacter, vers midi probablement.

– Je vais m'occuper de tout ça, confirma Ferguson.

– Oh, une chose encore. Vous ne croyez pas que vous et moi, nous commençons à nous faire un peu vieux pour jouer à des gamineries de ce genre ?

– Parlez pour vous ! cracha Ferguson avant de reposer le combiné.

171

Il resta assis un moment à réfléchir, puis demanda qu'on lui envoie une secrétaire. Il appela ensuite chez Mary Tanner, à Lowndes Square. Il était en train de lui parler quand Alice Johnson entra dans son bureau, son crayon et son bloc-notes à la main. D'un geste, il lui signifia de s'asseoir et d'attendre, et poursuivit :

— Donc, vous démarrez tôt demain matin. Pour Gatwick, je pense. Avec le Lear, vous en aurez pour une heure de vol. Vous dînez dehors, ce soir ?

— Harry Flood a proposé une soirée au River Room du Savoy. L'orchestre de danse lui plaît beaucoup.

— C'est une idée amusante.

— Vous voudriez vous joindre à nous ?

— En fait, je crois que oui.

— Eh bien, on se retrouve là-bas à huit heures, général.

Ferguson raccrocha, et se tourna vers Alice Johnson :

— Une petite note pour le Premier ministre. *Personnel et secret*. Pour son dossier spécial. (Il dicta rapidement un bref rapport sur les derniers développements de l'affaire, y compris sa conversation avec Liam Devlin.) Un exemplaire pour le Premier ministre, et appelez un motard. Comme d'habitude, l'original pour moi et une copie pour nos archives. Tapez-moi ça en quatrième vitesse, et apportez-le-moi pour signature. Je veux rentrer chez moi.

Elle retourna vivement à la salle des dactylos. Gordon Brown s'affairait devant la photocopieuse quand elle s'installa devant sa machine à écrire.

— Je croyais que le vieux était parti, remarqua-t-il.

— Moi aussi, je le croyais, mais il vient juste de me dicter un petit extra. Encore un *Personnel et secret* pour le Premier ministre.

— Ah bon ?

Elle se mit à taper comme une forcenée. En deux minutes, elle avait terminé. Elle se leva :

— Il va falloir qu'il attende. Mais il faut absolument que j'aille aux toilettes.

— Je vous fais les copies.

— Merci, Gordon.

Elle s'élança dans le corridor et était déjà arrivée aux lavabos quand elle s'aperçut qu'elle avait laissé son sac à main sur son bureau. Elle revint sur ses pas en toute hâte. La porte de la salle était entrouverte, et elle put voir Gordon Brown, à côté de la photocopieuse, qui lisait une copie du rapport. À sa stupéfaction, il la plia, la glissa dans une poche intérieure de son veston et se dépêcha d'en tirer une autre.

Alice Johnson demeura pétrifiée. Elle ne savait pas ce qu'elle devait faire. Elle refit le chemin en sens inverse, s'enferma dans les toilettes et tâcha de retrouver son calme. Au bout d'un moment, elle revint à sa machine.

Le rapport et les copies avaient été déposés sur son bureau.

— C'est fait, dit Brown, et j'ai demandé un motard.

Elle parvint à grimacer un sourire :

— Je vais le faire signer.

— Très bien. Moi, je descends à la cafétéria. À tout à l'heure.

Au bout du couloir, Alice frappa à la porte de Ferguson et entra. À sa table de travail, il griffonnait quelques notes et leva à peine les yeux :

— Parfait. Je signe ça tout de suite. Vous pourrez faire partir immédiatement la copie pour Downing Street. (Elle tremblait comme une feuille. Le général fronça les sourcils.) Ma chère madame Johnson, qu'est-ce qui vous arrive ?

Elle lui raconta ce qu'elle venait de voir.

Il ne bougeait pas, une expression sinistre dans les yeux. À peine eut-elle fini qu'il attrapa son téléphone :

— Appelez la Special Branch. L'inspecteur Lane pour le général Ferguson du Groupe Quatre. Priorité absolue. Immédiatement. Je ne bouge pas de mon bureau. (Il raccrocha.) Vous, voilà ce que vous allez faire, madame Johnson. Vous allez retourner à votre bureau et vous vous comporterez normalement, comme si rien ne s'était passé.

— Mais il n'est plus là, général. Il est allé à la cafétéria.

— Tiens, tiens... Qu'est-ce qu'il peut donc y faire ?...

En entendant la voix de Gordon Brown, Tania Novikova laissa éclater sa colère :

— Je t'ai déjà dit de ne jamais me téléphoner, Gordon !

— Oui, mais c'est urgent.

— Où es-tu ?

— Au ministère. À la cafétéria.

— C'est important ?

— Très important.

— Lis-le-moi.

— Non. Je te l'apporterai quand j'aurai terminé ma vacation, à dix heures.

— Je te promets de venir chez toi, Gordon, mais je veux

absolument savoir maintenant ce que tu as trouvé. Si tu refuses, ce ne sera plus la peine d'essayer de me rappeler.

– Bon, bon, ça va. Je vais te le dire.

Sa lecture achevée, elle le félicita :

– Tu es gentil, Gordon. On se voit tout à l'heure.

Il reposa le combiné et se retourna tout en repliant la copie du rapport. On ouvrit brutalement la porte de la cabine. Le général Ferguson lui arracha le document des mains.

Chapitre dix

Dillon somnolait dans sa chambre d'hôtel quand Tania Novikova l'appela au téléphone :

– Ça commence à chauffer pour vous, annonça-t-elle. Ceux qui sont à vos trousses se déplacent à Belfast.

– Racontez-moi ça.

Elle résuma les termes du rapport que Gordon Brown venait de lui lire :

– Est-ce que tout cela a un sens pour vous ?

– Oui. À cette époque, ce McGuire était l'un des gros bonnets de l'IRA provisoire.

– Et il est mort, vraiment mort ? Ou il est toujours en vie ?

– Sur ce point, Devlin a tout à fait raison. On a effectivement prétendu qu'il avait été tué, soi-disant à la suite d'affrontements internes au sein du mouvement. Mais ce n'était qu'une ruse pour lui permettre de mieux se camoufler.

– S'ils parviennent à le découvrir, est-ce que cela ne risque pas de vous causer des ennuis ?

– Si, peut-être. Mais pas si c'est moi qui le découvre le premier.

– Mais comment pourriez-vous y arriver ?

– Je connais bien son demi-frère, un nommé Macey. Lui, il saura où se trouve McGuire.

– Cela veut dire que vous irez vous-même à Belfast ?

– Ce ne sera pas un grand problème. Une heure et quart de vol par la British Airways. Mais je ne sais pas à quelle heure décolle le dernier avion de la soirée. Il faut que je vérifie.

– Ne bougez pas. J'ai l'horaire, là, dans mon bureau. (Elle ouvrit un tiroir et regarda le tableau des liaisons Londres-

Belfast.) Le dernier est à huit heures et demie. Vous n'arriverez jamais à temps pour l'attraper. Il est déjà sept heures moins le quart. À cette heure-ci, la circulation entre Heathrow et Londres est infernale et, avec le temps qu'il fait, ce sera encore pire que d'habitude. Il vous faudrait au moins une heure, si ce n'est une heure et demie.

– Je sais, soupira Dillon. Et les avions du matin ?
– C'est pareil. Le premier décolle à huit heures et demie.
– Eh bien, il faudra simplement que je me lève tôt.
– De toute façon, ce voyage, c'est vraiment raisonnable ?
– Qu'est-ce qui est raisonnable dans la vie ?... Ne vous inquiétez pas, je m'en sortirai. Je vous rappellerai.

Il raccrocha, réfléchit quelques instants, puis reprit le téléphone pour réserver une place sur le vol du lendemain matin avec un billet open pour le retour. Il alluma une cigarette et alla à la fenêtre. Est-ce que c'est raisonnable ? avait demandé Tania. Il essayait de se souvenir de ce que Tommy McGuire avait pu savoir sur lui, en 81. Rien au sujet de Danny Fahy, il en était sûr : Fahy n'était intervenu que sur son initiative personnelle. Mais en ce qui concernait Jack Harvey, c'était différent. Après tout, McGuire lui-même avait été le premier à lui signaler le truand de l'East End comme un fournisseur d'armes éventuel.

Dillon passa son veston, sortit son trench-coat de la penderie et quitta l'hôtel. Cinq minutes plus tard, au coin de la rue, il arrêtait un taxi et se faisait conduire à Covent Garden.

Dans la pénombre, Gordon Brown, assis, faisait face à Ferguson. Il n'avait jamais de sa vie éprouvé une peur pareille.

– Je ne pensais pas causer du tort, mon général. Je vous le jure, bredouillait-il.
– Alors, pourquoi avez-vous volé une copie de ce rapport ?
– Je ne comprends pas ce qui m'a pris. C'est stupide, je le sais bien. Mais j'étais si fasciné que ce soit destiné au Premier ministre...
– Voyons, Gordon, avec votre carrière, vous comprenez bien la gravité de votre acte ? Après toutes les années que vous avez passées dans l'armée ? Vous savez que ça risque de vous coûter votre pension de retraite.

Proche de la quarantaine, l'inspecteur Lane, de la Special Branch, ressemblait, avec son costume de tweed froissé et ses lunettes, à un directeur d'école :

– Je vais vous reposer ma question, monsieur Brown. (Il se

penchait sur le bureau.) Vous est-il déjà arrivé auparavant de dérober des copies comme celle-ci ?

– Absolument pas. Je vous le jure.

– Et personne ne vous a jamais demandé de le faire ?

Gordon Brown parvint à arborer une mine scandalisée :

– Bonté divine, inspecteur, ça, ce serait de la trahison. Rappelez-vous que j'étais adjudant du Deuxième Bureau.

– Certes, monsieur Brown. Nous ne l'ignorons pas.

Le téléphone intérieur sonnait. Ferguson se saisit du combiné. Au bout du fil, il y avait Mackie, le sergent de Lane :

– Je suis dans le bureau d'à côté, mon général. Je reviens de l'appartement de Brown, à Camden. Je crois qu'il vaudrait mieux que l'inspecteur et vous, vous veniez me rejoindre.

– Entendu. Merci. (Il raccrocha.) Très bien. Je pense, Gordon, que nous allons vous donner un petit peu de temps pour réfléchir à tout ça. Vous venez, inspecteur ?

Du menton, le général ordonnait à Lane de le suivre. Les deux hommes se dirigèrent vers la porte et sortirent. Le sergent Mackie les attendait dans le couloir. Il avait encore son imperméable et son chapeau et tenait à la main un sac de plastique transparent.

– Vous avez déniché quelque chose, sergent ? demanda Lane.

– Quelque chose, en effet, patron. (Du sac en plastique, il tirait une chemise cartonnée.) Une collection tout à fait intéressante, là-dedans...

Toutes les copies de documents volées par Brown se trouvaient soigneusement rangées par ordre chronologique. Celles des rapports destinés au Premier ministre étaient sur le dessus.

– Seigneur ! soupira Lane. Ça fait un bon moment qu'il joue à ce petit jeu, mon général.

– C'est bien ce que je vois, grinça Ferguson. Mais dans quel but ?

– Vous voulez dire qu'il agit pour le compte de quelqu'un, mon général ?

– Sans le moindre doute. L'opération que je dirige en ce moment est extrêmement délicate. À Paris, un homme qui travaille pour moi a été attaqué. Une femme en est morte. Nous nous demandions comment notre terroriste avait bien pu entendre parler d'eux. Eh bien, maintenant, nous le savons. Les informations contenues dans ces rapports ont été communiquées à des tiers. Il ne peut pas en être autrement.

Lane hochait la tête :

— Alors, il va falloir que nous cuisinions Brown un petit peu plus.

— Non, Lane. Nous n'avons pas le temps. Il faut essayer autre chose. On va le laisser filer. C'est un homme simple, et il ira naturellement au plus simple.

— À vos ordres, mon général. (Lane se tourna vers Mackie.) Si vous le perdez, vous vous retrouverez à faire la ronde sur le pavé de Brixton, et moi aussi, parce que je m'en vais vous accompagner.

Ils partirent en hâte. Ferguson ouvrit la porte, rentra dans son bureau et s'assit lourdement à sa table de travail :

— C'est une bien triste histoire, Gordon.

— Qu'est-ce qui va m'arriver, mon général ?

— Il faut que j'y réfléchisse. (Il regardait, pensif, la copie du rapport.) C'est vraiment tellement stupide. Faire une sottise pareille… (Il soupirait.) Allez, rentrez chez vous, Gordon, rentrez chez vous. Je vous reverrai demain matin.

Gordon Brown ne parvenait plus à croire en sa chance. Il bondit presque vers la porte, l'ouvrit et courut au vestiaire du personnel. Il l'avait échappé belle. Ç'aurait pu être la fin de tout : il jouait sa carrière et sa pension de retraite, mais il avait aussi failli risquer la prison. En tout cas, il était résolu à abandonner. Il faudrait bien que Tania l'accepte.

Il descendit au parking tout en enfilant son manteau, se mit au volant et démarra. Quelques instants plus tard, il s'engagea dans Whitehall. Mackie et Lane le prirent en chasse, à bord de la Ford Capri banalisée du sergent.

Dillon n'ignorait pas qu'à Londres, pour faire des courses dans la soirée, il faut aller à Covent Garden. En dépit du froid glacial, la foule était encore nombreuse, et il marcha d'un bon pas jusqu'à la boutique d'accessoires de théâtre du bon M. Clayton, près de Neal's Yard. La vitrine était éclairée, et une clochette tinta quand il ouvrit la porte.

Clayton surgit du rideau de l'arrière-boutique et sourit :

— Oh, c'est vous… Qu'est-ce qu'il y a pour votre service ?

— J'ai besoin de perruques, répondit l'Irlandais.

— J'en ai une superbe sélection.

Le marchand ne mentait pas. Des quantités de perruques de toutes sortes s'alignaient sur une étagère, des courtes, des longues, des permanentées, des blondes ou des rousses. Dillon en choisit une dont les cheveux gris lui descendaient sur les épaules.

– Je vois, nota Clayton en connaisseur. C'est le look grand-mère que vous voulez.

– Oui, un truc de ce genre. Et qu'est-ce que vous auriez, pour le costume ? Je ne veux rien d'extraordinaire, hein ?... Vous avez de l'occasion ?

– Par ici.

Écartant le rideau, Clayton repassa dans l'arrière-boutique. Dillon le suivit. Les costumes s'entassaient, rangée après rangée, et il y avait une pile de vêtements jetés à même le sol, dans un coin. L'Irlandais, sans perdre de temps, procéda à un rapide examen et choisit une longue jupe marron, retenue par un élastique à la taille, et un imperméable décati qui lui arrivait presque aux chevilles.

– Qu'est-ce que vous allez jouer comme rôle ? interrogea Clayton. La vieille mère Riley, ou bien une clocharde ?

– Si je vous le disais, vous seriez surpris.

Dillon avait repéré un jean sur la pile. Il s'en empara, puis, parmi toute une série de chaussures alignées, il jeta son dévolu sur une paire de mocassins qui avait connu des jours meilleurs.

– Ça fera mon affaire, dit-il. Oh, et puis je vous prendrai ça aussi. (Il montrait un vieux fichu.) Emballez-moi tout ça dans des sacs en plastique. Qu'est-ce que je vous dois ?

Clayton s'était mis en devoir d'empaqueter les achats de l'Irlandais :

– En toute honnêteté, je devrais vous remercier de m'en débarrasser, mais il faut bien que tout le monde vive. Je vous les fais à dix livres.

Dillon paya et mit les sacs :

– Eh bien, merci beaucoup.

Le marchand lui ouvrit la porte :

– Bon succès, mon petit. Mettez-leur-en plein les mirettes.

– J'essaierai.

Il sortit de Covent Garden, héla un taxi et donna au chauffeur l'adresse de son hôtel.

On sonnait chez Tania Novikova. Quand elle descendit pour ouvrir et découvrit Gordon Brown sur le seuil, son instinct l'avertit immédiatement que des événements graves étaient survenus :

– Qu'est-ce qui t'arrive, Gordon ? Je t'avais pourtant dit que je viendrais chez toi.

– Il fallait que je te voie tout de suite, Tania. C'est capital. Il s'est passé des choses épouvantables !

— Allons, calme-toi, l'apaisa-t-elle. Ne t'inquiète pas. Viens avec moi en haut, et tu me diras tout.

Le sergent Mackie avait garé la Ford Capri au bout de la rue. L'inspecteur Lane téléphonait déjà au général Ferguson pour lui donner l'adresse à laquelle Gordon Brown s'était rendu.

— Mackie est allé jeter un rapide coup d'œil à la porte, mon général. La carte de visite porte le nom d'une Miss Tania Novikova.

— Oh, nom de Dieu ! lâcha Ferguson.

— Vous la connaissez, mon général ?

— Elle est soi-disant secrétaire à l'ambassade d'URSS. En fait, elle est capitaine du KGB.

— Ça veut dire qu'elle dépend du colonel Youri Gatov, mon général. C'est lui qui est le patron du KGB à Londres.

— Je n'en suis pas aussi sûr que vous. Gatov est un homme de Gorbatchev et il est très pro-occidental. Alors qu'on m'a toujours dit que cette Novikova est plutôt plus à droite que Gengis Khan. Je serais bien étonné que Gatov soit au courant de tout ça.

— Vous avez l'intention de l'en informer, mon général ?

— Pas tout de suite. Voyons d'abord ce qu'elle pourrait avoir à nous dire. C'est d'informations que nous avons besoin avant tout.

— Voulez-vous que nous fassions une perquisition, mon général ?

— Non, attendez que j'arrive. Je serai sur place dans vingt minutes.

Tania Novikova écarta à peine le rideau et lança un coup d'œil prudent. Elle vit Mackie debout à côté de sa voiture, et cela lui suffit pour comprendre. Partout dans le monde, à Moscou, à Paris ou à Londres, elle savait reconnaître instantanément un policier en civil : ils se ressemblaient tous.

— Gordon, dis-moi exactement ce qui s'est passé. (Elle l'écouta patiemment lui faire le récit de ses mésaventures, et hocha la tête quand il eut achevé.) Nous avons de la chance, Gordon, une chance formidable. Bon, va dans la cuisine nous faire une tasse de café. Il faut que je donne quelques coups de téléphone. (Elle lui pressa la main.) Après, nous allons nous offrir ensemble un moment très spécial.

— C'est vrai ?

Le visage de Gordon s'éclairait.

Elle prit le combiné et composa le numéro de l'appartement du colonel Makeev à Paris. Au bout du fil, la sonnerie retentit pendant longtemps. Elle était sur le point de raccrocher quand on répondit enfin :

– Joseph, c'est Tania.

– J'étais sous ma douche, expliqua-t-il. Je suis en train de tremper la moquette.

– Il ne me reste pas beaucoup de temps, Joseph. Je voulais juste te dire au revoir. Je suis grillée. Ils ont repéré ma taupe. Ils peuvent frapper à ma porte n'importe quand.

– Mon Dieu !... Et Dillon ?

– Lui, il est OK. Il a lancé sa mécanique. Le plan qu'il a imaginé va mettre le monde à feu et à sang.

– Oui, mais toi, Tania ?

– Ne t'en fais pas. Je ne les laisserai pas me prendre vivante. Au revoir, Joseph.

Elle raccrocha, alluma une cigarette, puis elle reprit le téléphone, appela l'hôtel et demanda la chambre de Dillon. Il répondit sans attendre.

– C'est Tania, annonça-t-elle. Nous avons des problèmes.

Il garda son sang-froid :

– Graves ?

– Ils ont déterré ma taupe. Mais ils l'ont laissé filer, et ce pauvre imbécile est venu ici directement. Je flaire la Special Branch au bout de ma rue.

– Je vois... Qu'est-ce que vous allez faire ?

– Ne vous faites pas de souci. Je ne serai plus là pour leur chanter la chansonnette. Une dernière chose. Ils savent que Gordon m'a donné le contenu du rapport de ce soir. Il était dans une cabine téléphonique de la cafétéria du ministère quand Ferguson lui a mis la main au collet.

– Je comprends.

– Faites-moi une promesse.

– Laquelle ?

– Foutez-les en l'air, tous. (On sonnait à la porte.) Il faut que je vous quitte. Bonne chance, Dillon.

Elle reposa l'écouteur. Gordon arrivait avec le café :

– C'est à la porte ?

– Oui. Sois un ange, Gordon. Va voir qui c'est.

Il commença à descendre l'escalier.

Tania Novikova respira à fond. La mort ne lui faisait pas peur. Dans son existence, la cause à laquelle elle croyait avait toujours occupé la première place. Elle écrasa sa cigarette dans un cendrier, ouvrit un tiroir et referma ses doigts sur la crosse d'un pistolet Makarov.

Le capitaine du KGB Tania Novikova se tira une balle dans la tempe droite.

Gordon Brown avait descendu la moitié des marches. Il fit demi-tour et remonta quatre à quatre. Il bondit dans le salon. En voyant le cadavre étendu à côté de la table, la main droite encore crispée sur le pistolet, il poussa un cri déchirant et tomba sur les genoux.

– Tania, mon amour, gémit-il.

Il entendait craquer le bois de la porte d'entrée. Et il sut ce qu'il devait faire. Il arracha le Makarov des doigts serrés de Tania. Son bras tremblait. Pour se calmer, il prit une profonde aspiration.

Gordon Brown pressa la détente au moment même où la porte cédait. Lane et Mackie s'élancèrent dans l'escalier, suivis par le général Ferguson.

Quelques flocons de neige s'étaient mis à tomber. La curiosité coutumière de la foule avait rassemblé au bout de la rue un petit troupeau de badauds. Dillon s'y faufila, mains dans les poches, col de son Burberry relevé jusqu'aux oreilles. Les ambulanciers ouvrirent les portières arrière de leur véhicule et chargèrent les deux brancards recouverts de couvertures. L'ambulance démarra.

Ferguson resta là encore quelques minutes, donnant ses consignes à Lane et à Mackie. L'Irlandais, qui avait vu sa photo bien des années auparavant, le reconnut tout de suite. À l'évidence, estima-t-il, Lane et Mackie appartenaient à la police.

Le général remonta dans sa limousine. Mackie monta à l'appartement de Tania Novikova, tandis que Lane s'en allait. Dillon n'eut aucun mal à comprendre le stratagème : Mackie restait là à faire le guet, au cas où quelqu'un se présenterait chez Novikova. Quoi qu'il en soit, une chose était certaine : Tania Novikova était morte et son petit ami l'avait suivie dans la mort. Grâce au sacrifice de la Soviétique, l'Irlandais se savait en sécurité.

Il retourna à son hôtel et téléphona chez Makeev à Paris :

– J'ai de mauvaises nouvelles, Joseph.

– Tania ?

– Comment le savez-vous ?

– Je l'ai eue au téléphone à l'instant. Qu'est-ce qui s'est passé ?

– Elle s'est fait griller. Ou, plus précisément, sa taupe s'est fait griller. Elle a choisi de se tuer, Joseph, plutôt que de se laisser prendre. C'était une grande dame.
– Et sa taupe ? Son petit ami ?
– Il a fait la même chose. J'ai vu une ambulance emporter les deux corps. Ferguson était sur place.
– Dans quelle mesure tout cela peut-il affecter votre mission ?
– En aucune façon. Je ferai un saut à Belfast demain matin pour couper la dernière piste qui pourrait les mener jusqu'à moi.
– Et puis ?
– Je vais vous étonner, Joseph, vous et votre petit copain arabe. Qu'est-ce que vous diriez de la totalité du cabinet de guerre britannique ?
– Nom de Dieu, vous n'êtes pas sérieux !...
– Mais si... Je vous rappellerai d'ici peu.

Dillon reposa le combiné, remit son veston et descendit au bar en sifflotant.

Le général Ferguson s'était installé dans un box, dans le salon d'un pub situé face à Kensington Gardens et à l'ambassade soviétique. Il attendait le colonel Youri Gatov.

Le Russe, un homme grand et blond, portant un pardessus en poil de chameau, arriva, en proie à une vive agitation. Apercevant Ferguson, il se dépêcha de le rejoindre :

– Charles, je n'arrive pas à le croire. Tania Novikova est morte. Mais pourquoi, bon Dieu ?

– Youri, vous et moi, nous connaissons depuis plus de vingt-cinq ans, et le plus souvent comme adversaires. Mais, maintenant, je prends un pari sur vous. Je parie que vous voulez réellement que les temps changent et que le conflit Est-Ouest se termine.

– Mais bien sûr que je le veux. Vous le savez.

– Malheureusement, au sein du KGB, tout le monde n'est pas d'accord avec vous. Et Tania Novikova était de ceux qui ne partagent pas votre point de vue.

– Elle faisait partie du clan des durs, c'est vrai. Mais qu'est-ce que vous voulez me dire, Charles ?

Ferguson lui expliqua toute l'affaire : Dillon, la tentative d'attentat contre Margaret Thatcher, Gordon Brown, Brosnan, etc.

– Si je vous comprends bien, reprit Gatov, ce forcené de

l'IRA a l'intention de s'attaquer au Premier ministre, et Tania était impliquée dans cette histoire ?

— Mouillée jusqu'au cou, croyez-moi.
— Charles, je n'en savais rien. Je vous en donne ma parole.
— Je vous crois, mon vieux. Mais elle agissait sûrement sous les ordres de quelqu'un. Je vous rappelle qu'elle a fait parvenir des informations ultra-confidentielles à Dillon, à Paris. C'est comme ça qu'il a été au courant pour Brosnan et tout le reste.
— Paris…, murmura Gatov. Laissez-moi réfléchir… Vous savez qu'elle avait été affectée à Paris pendant trois ans avant d'être nommée à Londres. Et vous connaissez certainement le chef de l'équipe du KGB à Paris ?…
— C'est Joseph Makeev, bien sûr.
— Pas précisément un partisan de Gorbatchev… Il est très lié à la Vieille Garde.
— Cela expliquerait bien des choses, déclara Ferguson. Mais personne ne pourra jamais le prouver.
— C'est vrai, concéda Gatov. Mais je vais quand même lui passer un coup de fil discret, juste pour l'inquiéter un petit peu.

Joseph Makeev ne s'était guère éloigné de son téléphone, et il décrocha à la première sonnerie :
— Makeev à l'appareil.
— Joseph ? C'est moi, Youri Gatov. Je t'appelle de Londres.
— Youri… Quelle surprise !…
La tension faisait vibrer la voix de Makeev.
— J'ai de très mauvaises nouvelles, Joseph. Tania… Tania Novikova…
— Eh bien ?
— Elle s'est suicidée aujourd'hui, au début de la soirée, en compagnie d'un de ses petits amis. Un employé du ministère de la Défense.
— Bonté divine, souffla Makeev en tâchant d'être aussi convaincant que possible.
— Il lui fournissait des informations confidentielles. Je sors d'un rendez-vous avec Charles Ferguson, du Groupe Quatre. Tu connais Charles, bien sûr ?
— Bien sûr.
— Je dois te dire que j'ai eu un choc. Je ne savais rien, je te l'affirme, des activités de Tania. Mais elle avait servi sous tes ordres pendant trois ans, Joseph, et tu la connaissais mieux que personne. Tu as la moindre idée sur cette histoire ?
— Pas du tout, j'en ai peur.

183

– Bon... Eh bien, si tu penses à quelque chose, préviens-moi.

Joseph Makeev se servit un scotch et s'approcha de la fenêtre pour contempler Paris figé par le gel. Pendant un bref moment, il eut la tentation de prévenir Michel Aroun. Mais à quoi bon ? Tania avait semblé animée d'une telle certitude : Dillon, à l'en croire, allait mettre le monde à feu et à sang. C'étaient les mots mêmes qu'elle avait prononcés.

Il leva son verre.

– À votre santé, Dillon, murmura-t-il. Voyons un peu ce que vous savez faire.

Il était près de onze heures. Dans la River Room, au Savoy, l'orchestre jouait encore, mais Mary Tanner, Martin Brosnan et Harry Flood s'apprêtaient à partir quand le général Ferguson arriva enfin :

– Si jamais j'ai eu besoin de boire dans ma vie, c'est bien maintenant. Un whisky, et un grand.

Flood appela le maître d'hôtel et passa la commande.

– Qu'est-ce qui s'est donc passé ? demanda Mary.

Ferguson retraça en quelques mots le déroulement de la soirée.

– Tout cela explique bien des choses, remarqua Brosnan. Mais ce qui m'exaspère, c'est que cela ne nous rapproche pas d'un pouce de Dillon.

– Je voudrais quand même souligner un point, releva le général. Quand j'ai arrêté Brown, à la cafétéria du ministère, il était dans une cabine téléphonique et il tenait le rapport à la main. Je suis à peu près persuadé qu'il venait de parler à Tania Novikova.

– Je vois où vous voulez en venir, dit Mary Tanner. Vous pensez qu'elle-même, à son tour, aurait pu communiquer ses renseignements à Dillon.

– C'est fort possible, lâcha Ferguson.

– Qu'est-ce que vous sous-entendez ? intervint Brosnan. Que Dillon pourrait partir pour Belfast lui aussi ?

– Peut-être. S'il juge que cela en vaut la peine.

– Bon. Eh bien, il ne nous reste plus qu'à courir notre chance. (Il se tourna vers Mary.) Nous partons tôt demain. Il vaudrait mieux qu'on s'en aille.

Tandis qu'ils se dirigeaient tous les quatre vers le hall, Ferguson et Martin Brosnan marchaient devant en continuant la conversation. Mary demanda à Harry Flood :

– Vous avez beaucoup de respect pour lui, n'est-ce pas ?
– Pour Martin ? (Il hocha la tête.) Pendant des semaines, les Vietcongs m'ont retenu prisonnier dans une fosse. Quand les pluies venaient, elle se remplissait d'eau et j'étais obligé de me tenir debout toute la nuit pour ne pas me noyer. Il y avait des sangsues, toutes sortes de vers, tout ce que vous pouvez imaginer... Un jour où c'était encore pire que d'habitude, une main m'a attrapé, m'a tiré dehors. C'était Martin. Il avait des cheveux jusqu'aux épaules et le visage peint comme un Apache. Martin, c'est quelqu'un de très spécial.
Mary fixa longuement Harry Flood.
– Oui, souffla-t-elle. J'imagine que c'est le terme qui résume tout.

Dillon avait commandé un taxi pour six heures du matin. Il l'attendait sur le perron de l'hôtel, une valise dans une main, son attaché-case dans l'autre. Il avait revêtu son trench-coat, un costume sombre, une cravate à rayures et des lunettes pour se conformer au personnage de Peter Hilton. Comme papiers d'identité, il avait emporté le permis de conduire de Jersey et son brevet de pilote. Dans sa valise, il y avait sa trousse de toilette et les achats qu'il avait faits chez Clayton, soigneusement pliés. Il y avait ajouté une serviette empruntée à l'hôtel, des chaussettes et des sous-vêtements. Tout cela n'avait rien d'anormal et la présence de la perruque pouvait s'expliquer facilement.

À cette heure matinale, le trajet jusqu'à Heathrow ne prit guère de temps. Il passa par le guichet de la British Airways pour prendre son billet et sa carte d'embarquement et enregistrer sa valise. Il n'avait pas emporté d'arme. Compte tenu de la sévérité des contrôles de sécurité sur les vols à destination de Belfast, ce n'était pas concevable.

Il acheta quelques quotidiens, monta au restaurant et se fit servir un copieux breakfast. Puis il se plongea dans ses journaux, pour savoir comment évoluait le conflit dans le Golfe.

À Gatwick, une mince couche de neige recouvrait les bords de la piste. Le Lear décollait. Pendant qu'il montait jusqu'à son altitude de croisière, Mary se pencha vers Martin Brosnan :
– Comment vous sentez-vous ?
– Je ne sais pas trop. Il y a si longtemps que je ne suis pas retourné à Belfast. Liam Devlin... Anne-Marie... Oui, il y a bien longtemps...
– Et Sean Dillon.

— Ne vous inquiétez pas. Lui, je ne l'oublie pas. Je ne pourrai jamais l'oublier.

Il se tourna vers le hublot et fixa le lointain.

Le Lear crevait le plafond des nuages et virait cap au nord-ouest.

Dillon ne pouvait pas savoir que Mary Tanner et Martin Brosnan s'étaient déjà posés à Belfast et roulaient vers l'hôtel Europa quand son avion atterrit sur l'aéroport d'Aldergrove, à une vingtaine de kilomètres de la ville. Il attendit sa valise pendant une demi-heure, puis il se rangea docilement dans la file d'attente et suivit le flot des passagers. Les douaniers arrêtèrent quelques personnes, mais il passa sans encombre. Cinq minutes après, il s'engouffrait dans un taxi.

— Vous êtes anglais, hein ? interrogea son chauffeur.

Dillon retrouva instantanément son accent de l'Ulster :

— Et qu'est-ce qui vous fait croire ça ?

— Doux Jésus ! excusez-moi. Vous allez de quel côté ?

— J'aimerais bien trouver un hôtel du côté de Falls Road. Dans le coin de Craig Street.

— Vous ne trouverez pas grand-chose par là-bas.

— Oui, mais c'est le quartier où j'ai grandi, répliqua Dillon. Il y a des années que je suis installé à Londres. Je viens en ville pour affaires, rien que pour une nuit. Alors, ça me ferait plaisir de revoir les lieux de ma jeunesse.

— Comme vous voudrez. Il y a bien le Deepdene, mais ça ne vaut pas tripette, je vous préviens.

Ils croisèrent une automitrailleuse Sarracen et, sur une avenue, une patrouille militaire à pied.

— Plus ça change et plus c'est pareil, remarqua Dillon.

— Ça, c'est sûr. Quand vous pensez que ces garçons n'étaient même pas nés quand tout ça a commencé, renchérit le chauffeur. Je veux dire… On est partis pour quoi ?… Une nouvelle guerre de cent ans ?

— Dieu seul le sait, marmonna pieusement Dillon avant d'ouvrir un journal.

Le chauffeur n'avait rien exagéré. L'hôtel Deepdene n'offrait pas une apparence bien engageante. C'était une grande bâtisse victorienne située dans une petite rue donnant sur Falls Road.

Dillon paya son taxi, descendit et se retrouva dans un hall délabré à la moquette élimée. Dès qu'il appuya sur la sonnette, une femme âgée à l'allure maternelle arriva :

— Je peux vous aider, mon bon monsieur ?

– Je voudrais une chambre. Pour une nuit seulement.
– C'est parfait. (Elle lui passa le registre et prit une clef au tableau.) La chambre 9. C'est au premier étage.
– Je vous paie d'avance ?
– Pas besoin. Je sais reconnaître un monsieur bien élevé quand j'en vois un, non ?

Il monta l'escalier, trouva sa chambre et entra. Elle était aussi minable qu'il s'y attendait : un lit de cuivre à barreaux, une penderie. Il posa sa valise sur la table, ressortit et ferma à clef. Il longea le corridor et découvrit l'escalier de service. Il l'emprunta et déboucha dans une cour crasseuse. Des maisons dans un état de délabrement incroyable bordaient la ruelle sur laquelle elle donnait, mais cela ne déprima pas Dillon le moins du monde. C'était un quartier qu'il connaissait comme sa poche, un quartier où il avait mené la vie dure à l'armée britannique. Il s'engagea dans la venelle, sourire aux lèvres à cause des souvenirs qui lui revenaient, et tourna dans Falls Road.

Chapitre onze

Je me rappelle l'ouverture de cet endroit, en 71, confiait Brosnan à Mary Tanner. (Il se tenait devant la fenêtre d'une chambre située au sixième étage de l'hôtel Europa, sur Great Victoria Street, près de la gare centrale.) Pendant un moment, ç'a été une des cibles préférées des poseurs de bombes de l'IRA. De ceux, je veux dire, qui pensaient que faire sauter n'importe quel objectif, c'est toujours mieux que rien.

– Ce n'était pas votre genre à vous, bien entendu, répliqua-t-elle, un tantinet moqueuse.

Il ne releva pas l'ironie :

– Certainement pas. Devlin et moi, nous appréciions beaucoup trop le bar pour cela. Nous y venions tout le temps.

Elle éclata de rire, incrédule :

– Pour qui me prenez-vous ?... Vous n'allez quand même pas essayer de me faire croire qu'avec toute l'armée britannique à vos trousses, Devlin et vous, vous veniez tranquillement vous asseoir au bar de l'Europa ?

– Mais si... Et nous allions aussi au restaurant, à l'occasion. Venez, je vais vous montrer les lieux. Mais nous ferions mieux de prendre nos manteaux, au cas où nous aurions un message pendant que nous sommes en bas.

Dans l'ascenseur, elle lui demanda :
– Vous n'êtes pas armé, n'est-ce pas ?
– Non.
– Très bien. Je préfère ça.
– Et vous ?
– Moi, si, répondit-elle froidement. Mais mon cas est différent. Ici, je suis un officier des forces de Sa Majesté en service dans une zone d'opérations.
– Et quelle arme portez-vous ? (Elle entrouvrit son sac à main pour lui permettre de découvrir un pistolet automatique de petite taille, guère plus gros que la paume de la main.) Qu'est-ce que c'est, ça ?
– C'est plutôt rare. Un vieux Colt calibre 25. Je l'ai trouvé en Afrique.
– Il n'y a pourtant pas d'éléphants ici.
– Non, mais ça peut encore faire son office. (Elle eut un sourire lugubre.) Aussi longtemps que vous avez encore la possibilité de tirer, j'entends.

Les portes de l'ascenseur s'ouvraient. Ils se dirigèrent vers le salon.

Dillon arpentait Falls Road d'un bon pas. Rien n'avait changé. Vraiment rien du tout. Il croisa à deux reprises des patrouilles de la RUC encadrées par des militaires. Deux véhicules blindés de transport de troupes le dépassèrent. Personne ne fit attention à lui. À une vingtaine de minutes de marche de son hôtel, il finit par trouver ce qu'il cherchait : une petite boutique aux deux vitrines protégées par des grillages d'acier. Les trois boules de cuivre signalant un prêteur sur gages étaient suspendues au-dessus de l'entrée et on pouvait lire sur l'enseigne : *Patrick Macey*.

Dillon ouvrit la porte et pénétra dans un silence ouaté. Ça sentait la poussière. Chichement éclairée, la boutique était remplie des objets les plus hétéroclites : postes de télévision, magnétoscopes, pendules. Il y avait même une cuisinière à gaz et, dans un coin, un ours en peluche.

Une grille courait tout le long du comptoir. Derrière, assis sur un tabouret, un homme démontait une montre. Vissée dans l'arcade sourcilière, il arborait une loupe d'horloger. Il leva les yeux. Âgé d'une soixantaine d'années, il était assez décharné et avait un teint pâle et grisâtre.

– Qu'est-ce que je peux faire pour vous ? demanda-t-il.
– Rien ne change jamais, Patrick, dit Dillon. Votre boutique a gardé la même odeur.

Macey posa sa loupe. Il fronçait les sourcils :
– Je vous connais ?
– Le contraire serait étonnant, Patrick. Souvenez-vous de cette chaude nuit de juin 72. Quand nous sommes allés mettre le feu à l'entrepôt d'un orangiste du nom de Stewart et que nous l'avons descendu avec ses deux neveux pendant qu'ils essayaient de s'enfuir. (Dillon glissa une cigarette entre ses lèvres et l'alluma avec des gestes minutieux.) Nous étions trois, vous, votre demi-frère Tommy McGuire et moi.
– Sainte Mère de Dieu !... C'est vous, Sean Dillon ?
– En personne, Patrick, en personne.
– Doux Jésus ! Sean, je n'aurais jamais pensé vous revoir à Belfast. Je croyais que vous étiez...

Il s'interrompit.
– Vous croyiez que j'étais où, Patrick ?
– À Londres, lâcha Macey, piteux. Ou dans un endroit du même genre.
– Et d'où tiriez-vous donc pareille idée ?

Dillon alla fermer la porte, la verrouilla et baissa le rideau.
– Mais qu'est-ce que vous faites ? s'inquiéta Macey, très nerveux.
– Patrick, mon cher fils, je veux juste que nous puissions avoir une petite conversation amicale et confidentielle.
– Non, Sean, il n'en est pas question. Je n'ai plus rien à voir avec l'IRA. Tout ça, pour moi, c'est bien fini.
– Vous savez certainement ce qu'on dit, Patrick : quand on est dedans, on n'en sort jamais. Et comment va donc l'ami Tommy, à propos ?
– Ah, Sean, j'aurais pensé que vous, vous auriez été au courant. Le pauvre Tommy est mort depuis cinq ans. Tué par quelqu'un de chez nous. Une bagarre stupide entre les Provos et un des groupes dissidents. À l'époque, on a mis en cause l'INLA.
– Allons bon... (Dillon hochait la tête.) Mais vous voyez toujours quand même quelques-uns des anciens de ce temps-là ? Liam Devlin, par exemple ?

Dillon venait de marquer un point, car Macey n'avait pu dissimuler son inquiétude :
– Liam ?... Je ne l'ai pas revu depuis les années 70.

Soulevant une planchette mobile, Dillon passa derrière le comptoir et s'approcha de Macey à le toucher :

– Allons, vous me mentez comme un arracheur de dents, Patrick. (Il le gifla à toute volée.) Maintenant, venez par ici.

Il le poussa contre le rideau qui masquait l'arrière-boutique. Macey était terrorisé :

– Mais je ne sais rien.

– Rien de quoi ?... Je ne vous ai pas encore posé une seule question, Patrick, mais, moi, maintenant, je vais vous dire deux ou trois choses. Tommy McGuire n'est pas mort. Il vit quelque part dans cette riante cité, sous une autre identité, et vous allez me dire où. Ensuite, je sais que Liam Devlin est venu vous voir. J'ai raison sur ces deux points, hein ? (La terreur paralysait Macey et Dillon le gifla à nouveau.) J'ai raison, hein ?

Macey craquait :

– Je vous en prie, Sean, je vous en prie. Mon cœur... Je risque d'avoir une crise cardiaque.

– Vous en aurez une vraie si vous ne me dites pas la vérité. Ça, je peux vous le garantir.

– C'est bon, Sean. Devlin est passé ici dans la matinée. Il m'a posé des questions sur Tommy.

– Et voulez-vous que je vous raconte ce qu'il a dit ?

– Je vous en supplie, Sean... (Macey était agité de tremblements.) Je suis malade.

– Devlin a dit que ce méchant garnement de Sean Dillon traînait ses guêtres dans Londres et qu'il voulait aider à lui mettre la main dessus. Et quelle meilleure source d'information sur Dillon que son vieux pote Tommy McGuire ? J'ai raison ?

– Oui, acquiesça Macey.

– Très bien. Le tableau commence à se préciser. (Dillon alluma une nouvelle cigarette et, du menton, désigna le gros coffre-fort installé dans un coin.) C'est là que vous planquez les flingues ?

– Quels flingues, Sean ?

– Allons, Patrick, ne me faites pas perdre mon temps. Vous vendez des armes, depuis des années. Ouvrez le coffre.

Macey prit une clef dans un des tiroirs de son bureau et ouvrit la lourde porte. Dillon le repoussa. Le coffre renfermait une dizaine d'armes : un antique Webley, plusieurs revolvers Smith & Wesson. Mais Dillon fixa sans attendre son choix sur un Colt 45 de l'armée américaine. Il le soupesa et vérifia le chargeur et la culasse.

– Formidable, Patrick. Je savais bien que je pouvais

compter sur vous. (Il posa le Colt sur le bureau et s'assit face à Macey.) Alors, qu'est-ce qui s'est passé ?

Une couleur étrange avait envahi le visage de l'usurier :

— Je ne me sens pas bien.

— Vous vous sentirez mieux quand vous m'aurez tout dit. Allez, Patrick, continuez.

— Tommy habite à huit cents mètres d'ici, sur Canal Street. Il a retapé le vieil entrepôt qui est tout au bout. Il se fait appeler Kelly, maintenant. George Kelly...

— C'est dans un coin que je connais bien. J'y ai retourné chaque brique et chaque pavé.

— Devlin m'a demandé le numéro de téléphone de Tommy, et il lui a tout de suite passé un coup de fil, d'ici. Il lui a dit qu'il fallait absolument qu'il le voie. Et que ça concernait Sean Dillon. Tommy lui a donné rendez-vous pour deux heures.

— Parfait. Vous voyez, Patrick, ce n'était pas difficile. Maintenant, je m'en vais aller faire une petite visite à Tommy avant l'arrivée de Devlin pour discuter du bon vieux temps. Mais je ne vais pas me fatiguer à lui téléphoner. Je crois que je vais lui faire la surprise. Ça sera beaucoup plus amusant.

— Il ne vous laissera jamais entrer, Sean. Il n'y a qu'une issue, sur le devant de la maison. Toutes les autres portes ont été condamnées. Avec les années, Tommy est devenu complètement paranoïaque. Il crève de peur que quelqu'un n'essaie de le descendre. Il ne vous laissera jamais passer. Il y a des caméras vidéo partout, et tout ce qui s'ensuit.

— Il y a toujours un moyen d'entrer, répliqua Dillon.

— Vous, vous en avez toujours trouvé un, murmura Macey. (Il étouffait et tentait d'ouvrir le col de sa chemise.) Mes pilules...

D'un tiroir, il sortit un petit flacon qui lui échappa des mains.

Il restait sur sa chaise, prostré. Dillon se leva et prit le flacon :

— Voyez-vous, Patrick, le problème, c'est que, dès que je serai sorti de votre boutique, vous vous jetterez sur le téléphone pour avertir Tommy. Et cela ne ferait pas mon affaire, hein ?

Il alla jusqu'à la cheminée, et lança le flacon de pilules sur les braises. Derrière lui, il entendit un choc : Macey avait glissé sur le plancher. Dillon l'observa pendant un moment. Le pourpre de l'apoplexie avait envahi les traits du prêteur sur gages. Soudain, Macey laissa échapper un profond soupir, comme si ses poumons se vidaient. Puis sa tête se pencha sur le côté, et il ne bougea plus.

Dillon mit le Colt dans sa poche, repassa dans la boutique et sortit dans la rue, non sans avoir fermé le verrou et rabattu le rideau. Une minute plus tard, il s'engageait dans Falls Road et regagnait son hôtel à toutes jambes.

Dillon commença par étaler le contenu de sa valise sur la table de sa chambre d'hôtel, puis il se déshabilla. Ensuite, il mit le jean, les vieux mocassins et un pull-over épais. Après quoi, il se coiffa de la perruque. Il s'assit devant le miroir de la petite coiffeuse, brossant les cheveux gris jusqu'à leur donner l'aspect d'une tignasse mal tenue. Il noua le fichu et étudia sa physionomie. Sur le jean, il enfila la longue jupe qui couvrait ses chevilles. Le vieil imperméable bien trop large complétait le déguisement.

L'Irlandais resta un moment devant la grande glace de la penderie, examinant les moindres détails. Il ferma les yeux, se concentrant sur le personnage qu'il allait assumer. Quand il les rouvrit, ce n'était plus sa propre image qu'il contemplait, mais celle d'une vieille clocharde toute décrépite.

Il n'avait guère besoin de maquillage, à part un peu de fond de teint pour accentuer son teint jaunâtre. Il se tartina une bonne couche de rouge à lèvres écarlate sur la bouche, complètement de travers, mais totalement en accord avec son rôle. D'une poche de son attaché-case, il sortit une demi-bouteille de whisky et s'en versa une bonne dose dans les mains, puis il s'en frotta le visage. Il en éclaboussa aussi son imperméable. Puis il rangea le Colt au fond d'un cabas en plastique et le recouvrit de journaux et de sa fiasque de whisky. Il était prêt.

Une dernière fois, il regarda dans la glace cette étrange et horrible vieille qu'il était devenu.

— En scène, murmura-t-il, avant de quitter sa chambre.

Tout était silencieux quand il emprunta l'escalier de service pour descendre dans l'arrière-cour. Il referma la porte derrière lui et allait tourner dans la ruelle quand, de l'hôtel, une voix l'interpella :

— Hé vous, là-bas ! Qu'est-ce que vous foutez ici ?

Il se retourna pour découvrir une fille de cuisine au tablier crasseux qui jetait un carton dans une poubelle.

— Va te faire foutre, coassa Dillon.

— Tire-toi. Fiche le camp d'ici, vieux tas ! riposta l'autre.

Dillon était déjà dans la ruelle.

— Dix sur dix, Sean, se félicita-t-il.

Il déboucha dans Falls Road et se mit à se traîner le long

du trottoir, avec une allure si bizarre que les passants se détournaient pour l'éviter.

Il était presque treize heures. Au bar de l'hôtel Europa, Mary Tanner et Martin Brosnan pensaient qu'ils allaient bientôt déjeuner, quand un jeune portier s'approcha d'eux :

— M. Brosnan ?

— Oui, c'est moi.

— Votre taxi vous attend, monsieur.

— Un taxi ? s'étonna Mary. Mais nous n'avons rien demandé.

— Mais si, bien sûr, la corrigea Martin.

Il l'aida à passer son manteau, et ils suivirent l'employé à travers le hall, jusqu'au perron. Un taxi noir était garé devant. Brosnan donna une livre de pourboire au jeune portier et tous deux montèrent dans le véhicule. Le chauffeur, engoncé dans un vieux caban, s'était coiffé d'une casquette de tweed.

Mary fit glisser la vitre de séparation :

— J'espère que vous savez où nous allons ?

— Mais certainement, ma belle, sourit Liam Devlin par-dessus son épaule.

Il embraya, et ils démarrèrent.

Quand Liam Devlin tourna dans Canal Street, il était à peine une heure et demie.

— C'est cette bâtisse, là-bas au bout, expliqua-t-il. Nous nous garerons dans la cour, juste à côté. (Ils descendirent du taxi, revinrent dans la rue et s'approchèrent de l'entrée.) Tenez-vous bien. On passe à la télévision.

Il appuya sur la sonnette d'une porte massive bardée d'acier.

— Pas très accueillant, commenta Mary.

— Eh bien, disons qu'avec son passé, Tommy McGuire a davantage besoin d'une forteresse que d'une coquette villa dans un lotissement de luxe. (Devlin se tourna vers Martin.) Vous êtes armé, mon pote ?

— Non. Mais elle, oui. Et vous aussi, j'imagine, Liam.

— Appelez ça l'effet d'une prudence innée. Ou bien les séquelles des mauvaises habitudes de toute une vie.

Une voix résonnait dans l'interphone :

— C'est vous, Liam Devlin ?

— Et qui serais-je d'autre, stupide connard ? J'ai amené avec moi Martin Brosnan et une de ses amies, et nous sommes en train de nous geler dans ce froid glacial. Alors, ouvrez cette maudite porte, et vite.

— Vous êtes en avance, Liam. Vous m'aviez dit deux heures.

Ils entendirent des pas, et la porte s'ouvrit pour révéler un grand homme au teint cadavérique, la soixantaine bien sonnée, vêtu d'un jean informe et d'un gros pull en laine d'Aran. Il tenait sous le bras une mitraillette Sterling.

Devlin l'écarta :

— Qu'est-ce que vous avez l'intention de faire avec cette artillerie, Tommy ? Vous voulez déclencher une nouvelle guerre ?

McGuire refermait la porte avec soin et tirait les verrous.

— Seulement si c'est nécessaire. (Il les scrutait tous trois, la mine soupçonneuse.) Martin ? (Il tendait la main.) Il y a bien longtemps. (Il se tournait vers Devlin.) Vous, vieux brigand, je ne sais pas ce qui peut vous garder en vie. Mais je suis sûr que vous devriez le mettre en bouteilles. Nous nous ferions une belle fortune. (Il fixa Mary.) Et vous, qui pouvez-vous bien être ?

— C'est une de nos amies, coupa Devlin. Alors, maintenant, allons-y.

— Très bien. C'est par là.

L'intérieur de l'entrepôt était entièrement vide, à l'exception d'une fourgonnette rangée dans un coin. Un escalier métallique conduisait à l'étage, qui avait abrité autrefois des bureaux vitrés. McGuire monta le premier et les conduisit dans la première pièce. Il y avait une table et une console vidéo. Un écran montrait la rue, l'autre la porte d'entrée. Tommy McGuire posa la Sterling sur la table.

— C'est ici que vous vivez ? interrogea Devlin.

— Non, à l'étage au-dessus. J'ai transformé un ancien grenier de rangement en appartement. Maintenant, Liam Devlin, venons-en au fait. Qu'est-ce que vous me voulez ? Vous m'avez parlé de Sean Dillon.

— Il est reparti en campagne.

— Je pensais que cela avait dû mal se terminer pour lui. Il y a si longtemps que je n'avais plus eu de ses nouvelles. (Il alluma une cigarette.) De toute manière, qu'est-ce que tout ça a à voir avec moi ?

— À Paris, Sean Dillon a essayé de descendre Martin. À la place, il a tué son amie.

— Nom de Dieu ! s'écria McGuire.

— Maintenant, il est à Londres, sur le sentier de la guerre, et je veux sa peau, précisa Brosnan.

McGuire fixait à nouveau Mary Tanner.
– Et celle-là, qu'est-ce qu'elle vient faire là-dedans ?
– Je suis capitaine dans l'armée britannique, répliqua-t-elle vivement.
– Pour l'amour de Dieu, Devlin, qu'est-ce que tout ça veut dire ? s'inquiéta-t-il.
– Ne vous en faites pas, trancha Devlin. Elle n'est pas venue pour vous arrêter. Même si nous savons tous que, si Tommy McGuire appartenait encore au monde des vivants, il serait bon pour quelque vingt-cinq années de prison.
– Salaud ! cracha McGuire.
– Soyez raisonnable, Tommy, l'apaisa Devlin. Il vous suffira de répondre à quelques-unes de nos questions et vous pourrez ensuite redevenir George Kelly autant qu'il vous plaira.
McGuire leva la main en signe d'apaisement :
– Ça va. J'ai compris. Qu'est-ce que vous voulez savoir ?
– 81, expliqua Brosnan. La campagne des bombes de l'IRA à Londres. C'était vous qui contrôliez Dillon, non ?
– C'est vrai, répondit McGuire, les yeux fixés sur Mary Tanner.
– Nous savons que Dillon va rencontrer les mêmes difficultés que jadis pour se procurer des armes et des explosifs, monsieur McGuire, dit Mary. J'ai cru comprendre que, face à une situation de ce genre, il préférait s'adresser à ses contacts dans le Milieu. C'est bien cela ?
– Oui, en général, il travaillait de cette façon, concéda McGuire de mauvaise grâce, tout en s'asseyant.
– Avez-vous la moindre idée des gens auxquels il a bien pu s'adresser à l'époque ? insista la jeune femme.
McGuire avait un air traqué.
– Comment voulez-vous que je le sache ? Ç'aurait pu être n'importe qui.
– Arrêtez de me raconter des histoires, salopard ! coupa Devlin. Vous savez quelque chose. J'en suis persuadé. (Sa main sortait de la poche de son caban et enserrait un vieux pistolet Luger dont il posa le canon entre les deux yeux du bonhomme.) Vite, Tommy... Parlez. Ou bien...
McGuire écarta l'arme :
– Très bien, Devlin. Vous avez gagné. (Il prit une nouvelle cigarette.) Il se débrouillait avec un type de Londres. Un certain Jack Harvey. Un truand de haute volée... Un gangster de gros calibre.
– Vous voyez, ce n'était pas si difficile que ça, ricana Devlin.

En bas, on tambourinait à la porte. Ils se tournèrent tous vers les écrans de télévision : une vieille clocharde se tenait devant l'entrée et l'interphone transmettait très clairement sa voix :

— Vous qui êtes si gentil, monsieur Kelly, pourriez pas sortir d'vot'poche une petite livre pour une malheureuse âme en peine ?

— Fichez-moi le camp, vieille pocharde ! cria McGuire dans le micro.

— Seigneur Jésus, Kelly, j'suis en train d'mourir là, d'vant vot'porte, avec ce froid. J'voudrais que l'monde entier puisse me voir.

McGuire se leva :

— Je vais aller me débarrasser d'elle. Je n'en ai que pour une minute.

Il descendit rapidement l'escalier et sortit d'un vieux portefeuille un billet de cinq livres. Il ouvrit la porte et tendit le billet :

— Prenez ça, et fichez-moi le camp.

Dillon plongea la main dans son cabas en plastique. Il tenait le Colt :

— Cinq sacs... Eh bien, Tommy, mon garçon, ricana-t-il, en vieillissant, vous voilà devenu bien généreux. Allez, rentrez à l'intérieur.

Il le repoussa violemment et referma la porte. La terreur paralysait McGuire :

— Hé là... C'est quoi, ça ?

— Némésis, répondit Dillon. Vous allez payer pour les péchés que vous avez commis dans cette vie, Tommy, comme nous tous. Vous vous souvenez certainement de cette nuit, en 72, quand vous, Patrick, et moi, nous avons abattu les Stewart pendant qu'ils fuyaient l'incendie ?

— Dillon ? murmura McGuire. C'est vous ?

Il se retourna et hurla soudain :

— Devlin !...

Dillon le toucha de deux balles dans le dos, lui brisant la colonne vertébrale.

Alors que l'Irlandais atteignait la porte ouverte, Devlin apparaissait en haut de l'escalier, le Luger au poing, faisant feu. Dillon tira trois coups, en succession rapide, pulvérisant les vitres. En un bond, il fut dehors, claquant la porte derrière lui.

Au moment où il s'élançait dans la rue, deux jeeps désossées, montées chacune par quatre militaires, surgirent, attirées par le bruit de la fusillade, et foncèrent vers lui. La malchance absolue. Mais Dillon n'était pas homme à hésiter. Arrivant à un regard donnant sur l'égout, il fit semblant de trébucher et laissa tomber le Colt à travers les barreaux.

Au moment où il se remettait sur ses jambes, une voix ordonna :

— Restez où vous êtes.

C'étaient des parachutistes en tenue camouflée, gilet pare-balles et béret amarante. Chacun pointait son fusil d'assaut, le doigt sur la détente. Dillon leur offrit la représentation de sa vie : il boitilla vers les hommes, gémissant et pleurnichant, et agrippa la manche du jeune sous-lieutenant qui commandait la patrouille :

— Mon Dieu, m'sieur l'officier !... Y a des choses terribles qui s'passent là-bas, dans c't'entrepôt. J'y étais v'nue pour m'protéger du froid. Et v'là-t-y pas qu'ces types, y z'ont débarqué et y s'sont mis à s'tirer d'sus.

L'officier respira l'odeur du whisky et le repoussa :

— Vérifiez le contenu de son cabas, sergent.

Le sergent procéda à une fouille rapide :

— Il n'y a qu'une bouteille de bibine et des journaux, mon lieutenant.

— Très bien. Vous, allez nous attendre là-bas derrière. (Le sous-lieutenant poussa Dillon, puis saisit un haut-parleur portatif dans une des jeeps.) Vous, là-dedans, jetez vos armes par la porte et sortez les uns après les autres, les mains en l'air. Vous avez deux minutes. Après quoi, nous donnerons l'assaut.

Les huit militaires, tendus, l'arme prête, ne voyaient plus que la porte. Dillon se faufila dans la cour, tourna, longea le taxi de Devlin et trouva en quelques secondes ce qu'il cherchait : une bouche d'égout. Il souleva la plaque, s'engagea sur l'échelle métallique et referma l'ouverture sur sa tête. Il ne savait plus en combien d'occasions, autrefois, il avait emprunté le chemin des égouts pour échapper à l'armée britannique, et il en connaissait à la perfection le labyrinthe sous le quartier de Falls Road.

Le tunnel était sombre et étroit. Il dut y ramper longtemps, attentif au bruit de l'eau, avant de déboucher dans le tunnel plus large du collecteur principal. Dillon savait qu'il était jalonné de nombreuses sorties avant de se terminer dans le Belfast Lough. Il enleva sa jupe et sa perruque, et se servit de son fichu pour frotter avec vigueur ses lèvres et son visage, puis il se hâta sur l'étroite passerelle qui courait tout le long du collecteur, jusqu'à ce qu'il arrive à une autre échelle. Il monta lentement, observant les rais de lumière qui filtraient à travers la plaque, attendit un moment et la souleva prudemment. Il se trouvait sur une ruelle pavée. D'un côté, il y avait le canal et, de l'autre, l'arrière de maisons abandonnées entourées de palissades. Il remit la plaque en place et s'en alla vers Falls Road à grands pas.

Dans l'entrepôt, le jeune sous-lieutenant, debout à côté du cadavre de McGuire, examinait de près la carte d'identité militaire de Mary Tanner.
— Elle est parfaitement authentique, dit la jeune femme. Vous pouvez faire toutes les vérifications que vous voulez.
— Et ces deux-là ?
— Ils m'accompagnent. Écoutez, lieutenant, si vous voulez, mon patron vous donnera une explication complète. C'est le général Ferguson, du ministère de la Défense.
— Très bien, capitaine, se défendit l'officier. Je ne fais que mon devoir. Vous savez, ce n'est plus comme autrefois. Nous avons la RUC sur le dos. Chaque décès doit faire l'objet d'une enquête approfondie, ou bien ce sont des emmerdements à n'en plus finir.
Le sergent arrivait :
— Vous avez le colonel en ligne, mon lieutenant.
— Très bien.
Le sous-lieutenant se dirigea vers l'une des jeeps.
— Vous pensez que c'était Dillon ? demanda Brosnan à Devlin.
— Si ce n'était pas lui, ce serait une sacrée coïncidence. Une clocharde ?... (Devlin hochait la tête.) Qui est-ce qui aurait pu penser à un truc comme ça ?
— Je ne connais que Dillon pour en être capable.
— Seriez-vous en train de nous dire qu'il aurait pu venir exprès de Londres ? s'étonna Mary.
— Grâce à Gordon Brown, il savait ce que nous allions faire. Et le vol régulier Londres-Belfast dure combien de temps ?... Une heure et quart ?...
— Oui. Alors ça signifie qu'il va devoir repartir.
— Peut-être, concéda Devlin. Mais dans cette vie, ma petite fille, il n'y a rien d'absolu, vous l'apprendrez. Et nous avons affaire ici à un homme qui, pendant plus de vingt ans, a réussi à filer entre les doigts de toutes les polices d'Europe.
— Eh bien, il est grand temps que nous coincions ce salopard, grinça-t-elle. (Elle lança un coup d'œil au cadavre de McGuire.) Ce n'est pas joli-joli, hein ?

— La violence, le meurtre… Quand on choisit de dîner avec Satan, voilà où on en arrive, lui répondit le vieil Irlandais.

À deux heures et quart précises, Dillon franchit la porte de service de son hôtel et grimpa jusqu'à sa chambre. Il enleva son jean et son chandail, et les mit dans sa valise qu'il posa sur l'étagère supérieure de la penderie. Il se lava rapidement le visage, puis revêtit une chemise blanche, une cravate, son costume sombre et son Burberry. En cinq minutes, il fut prêt et, l'attaché-case à la main, il s'élançait dans l'escalier. Il courut dans la venelle pour rejoindre Falls Road puis marcha d'un bon pas. Quelques instants plus tard, il faisait signe à un taxi et demandait au chauffeur de le conduire à l'aéroport.

Le chef des Renseignements pour la zone urbaine de Belfast, un certain colonel McLeod, ne se donnait plus la peine de cacher son mécontentement devant la situation à laquelle il devait faire face.
— Franchement, ça ne va pas du tout, capitaine Tanner, râlait-il. Nous ne pouvons pas nous permettre de voir des gens de votre genre débarquer ici comme des cow-boys pour agir sur leur seule initiative. (Du menton, il désignait Brosnan et Devlin.) Et en compagnie d'individus au passé plus que douteux, par-dessus le marché… Comprenez bien qu'aujourd'hui, ici, nous marchons sur des œufs et que nous devons en permanence calmer la Royal Ulster Constabulary. Ils considèrent qu'ils sont sur leur terrain de chasse.
— Oui, je comprends fort bien, concéda sèchement Mary. Mais votre sergent a eu la gentillesse de regarder les horaires des vols pour Londres. Il y en a un à seize heures trente, et un autre à dix-huit heures trente. Vous ne croyez pas qu'il pourrait être utile de procéder à une vérification complète des identités de leurs passagers ?
— Nous ne sommes pas complètement stupides, capitaine. Je m'en suis déjà soucié, mais je dois vous rappeler que nous ne sommes pas une armée d'occupation. Ici, il n'y a rien qui ressemble à la loi martiale. Je ne peux pas faire fermer les aéroports. Je n'en ai pas le pouvoir. Tout ce que je puis faire, c'est alerter la police et la sécurité de l'aéroport, selon la procédure courante. Et comme vous avez pris le temps de me l'expliquer, quand il s'agit de ce Dillon, on n'a pas de signalement précis à fournir. (Le téléphone sonnait. Il prit le combiné.) Général Ferguson ? Désolé de vous déranger, mon général. Je suis le

colonel McLeod, du quartier général de Belfast. Je crains que nous n'ayons un problème, mon général.

Mais Dillon, déjà arrivé à l'aéroport, n'avait pas la moindre intention d'embarquer sur un avion à destination de Londres. Peut-être aurait-il pu s'en sortir quand même, mais c'eût été folie de s'obstiner alors qu'il existait d'autres solutions. Il était juste trois heures. Il regarda le tableau des départs. Il avait manqué de justesse l'avion de Manchester. Il lui restait un vol pour Glasgow, prévu normalement pour trois heures et quart, mais dont l'heure de décollage avait été repoussée.

Il alla au guichet.

— J'espérais attraper le vol de Glasgow, dit-il à la jeune employée, mais je suis arrivé en retard. Et puis je vois maintenant que c'est lui qui a été retardé.

Elle pianota sur sa console :

— Oui, monsieur, il y a une bonne demi-heure de retard. Et il reste encore plein de places. Voulez-vous essayer ?

— Ah oui, certainement, lui répondit-il avec reconnaissance.

Il sortit l'argent de son portefeuille pendant qu'elle préparait son billet.

Il n'eut aucune difficulté avec la sécurité. Le contenu de son attaché-case ne risquait pas d'attirer l'attention. On avait déjà appelé les passagers. Il monta à bord et s'assit à l'arrière de l'appareil. Tout cela se déroulait de manière plutôt satisfaisante. Évidemment, il y avait eu ce pépin. Devlin, Brosnan et la femme étaient arrivés les premiers chez McGuire. C'était ennuyeux, cela, parce que ça soulevait une question de taille : de quoi leur avait-il parlé ? D'Harvey ? Il lui fallait agir vite, juste au cas où…

Il adressa un sourire charmeur à l'hôtesse qui lui proposait à boire :

— Une tasse de thé me suffira

Il prit un journal dans sa serviette.

Le colonel McLeod avait accompagné Mary Tanner, Liam Devlin et Martin Brosnan à l'aéroport, et ils y arrivèrent juste avant que l'on appelle les passagers du vol de seize heures trente à destination de Londres. Un inspecteur de la RUC les conduisit à travers le hall de départ :

— Seulement trente voyageurs, comme vous le voyez vous-même. Et nous avons vérifié à fond toutes les identités.

— J'ai le sentiment que nous sommes lancés dans une chasse au dahu, remarqua le colonel.

Au moment de l'appel, Devlin et Brosnan s'installèrent à côté de la porte pour scruter les visages de chacun.

— Martin, regardez cette vieille religieuse, se moqua Devlin. Qu'est-ce que vous diriez d'une fouille à corps ?

— Pour l'amour de Dieu, ne perdons pas de temps, jeta McLeod, exaspéré.

— Un caractère difficile, remarqua Devlin après le départ du colonel. Le directeur de sa public school a dû un peu abuser du fouet. Alors, vous repartez à Londres, vous deux ?

— Oui. Je crois que c'est ce que nous avons de mieux à faire.

— Mais vous, monsieur Devlin ? s'inquiéta Mary. Est-ce que vous irez bien ?

— Ah, certainement. L'honnêteté m'oblige à reconnaître que Ferguson, il y a des années, m'a fait soigner des pieds à la tête pour services rendus aux services de renseignements britanniques. Je me porterai à merveille. (Il l'embrassa sur la joue.) Faire votre connaissance a été un vrai plaisir, ma belle.

— Pour moi aussi.

— Veillez sur notre Martin, s'il vous plaît. Ce Dillon, c'est la ruse faite homme.

Ils étaient parvenus à la mezzanine. Devlin sourit et disparut soudain, absorbé par la foule.

Brosnan respira profondément.

— Eh bien, en avant pour Londres. Allons-y.

Il lui prit le bras pour aller jusqu'à l'avion.

De Belfast à Glasgow, le trajet ne durait que quarante-cinq minutes et le vol de Dillon se posa à quatre heures et demie. La navette de Londres décollait à cinq heures et quart. Il acheta un billet et se hâta de gagner la salle de départ où, sans perdre de temps, il s'enferma dans une cabine téléphonique pour appeler Danny Fahy à Cadge End. C'est Angel qui répondit.

— Passez-moi votre oncle Danny, demanda-t-il. C'est Dillon à l'appareil.

— C'est bien toi, Sean ? insista Fahy.

— Plus que jamais. Je suis à Glasgow et j'attends un avion. J'arriverai au terminal numéro un de Heathrow à six heures et demie. Tu pourrais venir me chercher ? Tu as juste le temps.

— Pas de problème, Sean. J'amènerai Angel pour nous tenir compagnie.

— Ce sera parfait, Danny. Mais prépare-toi à travailler toute la nuit. Demain, ça pourrait bien être le grand jour.

— Nom de Dieu, Sean !...

Mais Dillon avait raccroché avant que Fahy puisse ajouter un mot de plus. Il appela ensuite Jack Harvey, à l'entreprise de pompes funèbres de Whitechapel. Myra décrocha.

— Bonjour, Michael Coogan à l'appareil. Nous avons fait connaissance hier. Je voudrais dire deux mots à votre oncle.

— Il n'est pas là. Il est parti à Manchester pour une réception. Il ne sera pas de retour avant demain matin.

— Ça ne m'arrange pas du tout, ça, protesta l'Irlandais. Il m'avait promis de me livrer ma marchandise sous vingt-quatre heures.

— Oh, nous la tenons à votre disposition, répliqua Myra. Mais, moi, je compte sur du cash à la livraison.

— Vous l'aurez. (Il consulta sa montre et calcula le temps qu'il lui faudrait pour aller d'Heathrow à Whitechapel, en passant par Bayswater pour y prendre son argent.) Je devrais arriver chez vous vers huit heures moins le quart.

— Je vous attends.

Au moment où Dillon raccrochait, on appelait son vol et il se joignit à la foule des passagers qui se hâtaient.

Myra réfléchissait, debout près de la cheminée du bureau de Jack Harvey. Elle ne fut pas longue à parvenir à une décision. Dans un tiroir, elle prit la clef de la pièce secrète puis s'avança jusqu'en haut de l'escalier :

— Billy, tu es en bas ?

Il arriva au bout d'un moment :

— Je suis là.

— Tu traînais encore dans la remise à cercueils, hein ?... Viens ici. J'ai besoin de toi. (Elle le précéda dans le couloir, fit jouer la fausse cloison et lui montra un des cartons de Semtex.) Emporte ça dans le bureau.

Elle le laissa passer, refermant les portes. Il posa le carton sur la table.

— Ça pèse des tonnes, souffla le jeune homme. C'est quoi ?

— C'est beaucoup d'argent, Billy, et ça ne te regarde pas. Maintenant, écoute-moi, et écoute-moi bien. Le petit bonhomme, celui qui t'a cassé la gueule hier...

— Ouais. Eh bien ?

— Il va se pointer ici vers huit heures moins le quart. Et il va me refiler plein de fric pour ce qu'il y a dans ce carton.

– Et alors ?...
– Je veux que tu montes la garde dehors à partir de sept heures et demie, dans ta superbe combinaison de cuir noir, à côté de ta BMW. Quand il repartira, tu le suivras, Billy. Et tu le suivras jusqu'au diable Vauvert si c'est nécessaire. (Elle lui caressa la joue.) Mais si tu le perds, mon petit loup, c'est même pas la peine de revenir ici.

Quelques flocons tourbillonnaient sur Heathrow quand Dillon sortit du terminal numéro un. Angel l'attendait, très excitée, et agita le bras frénétiquement :
– Glasgow... Qu'est-ce que vous faisiez dans ce coin-là ?
– J'essayais de savoir ce que les Écossais portent sous leur kilt.

Elle éclata de rire et lui prit le bras :
– Vous êtes incorrigible, hein ?

Ils s'élancèrent sous la neige pour retrouver Danny Fahy qui les attendait au volant de la camionnette Morris :
– C'est bon de te revoir, Sean. On va où ?
– À Bayswater, à mon hôtel. Il faut que je paie ma note.
– Vous allez vous installer chez nous ? s'étonna Angel.

Dillon acquiesça de la tête.
– Oui. Mais avant, il faut que Danny nous emmène chercher une livraison chez un entrepreneur de pompes funèbres de Whitechapel.
– Et qu'est-ce que ça peut bien être, Sean ? demanda Fahy.
– Oh, pas grand-chose... Une cinquantaine de livres de Semtex...

La camionnette partit en zigzag et faillit déraper. Danny Fahy braqua frénétiquement pour redresser la trajectoire.
– Sainte Mère de Dieu ! lâcha-t-il dans un souffle.

À Whitechapel, le portier de nuit attendait Dillon devant l'entrée principale :
– Monsieur Coogan, n'est-ce pas ? Miss Myra vous attend, monsieur.
– Je connais le chemin.

L'Irlandais grimpa les escaliers quatre à quatre, suivit le couloir et ouvrit la porte du bureau. Myra l'attendait.
– Entrez, dit-elle.

Cigarette aux lèvres, elle portait un tailleur pantalon noir. Elle s'assit derrière le bureau et, de la main, tapota le carton de Semtex :

— Voilà ce que vous vouliez. Où est le fric ?

Dillon posa son attaché-case sur la table et l'ouvrit. Liasse après liasse, il en sortit quinze mille dollars qu'il plaça devant elle. Dans la serviette, il n'y avait plus que cinq mille dollars, le Walther avec le silencieux Carswell vissé au bout du canon, et le Beretta. Il referma le couvercle et sourit :

— C'est délicieux de faire des affaires avec vous.

Il reposa l'attaché-case sur le carton et s'empara de l'ensemble. Elle lui tint la porte ouverte :

— Qu'est-ce que vous allez faire avec tout ça ? Vous avez l'intention de faire sauter le Parlement ?

— Vous me prenez pour Guy Fawkes [1] ?

Il longea le couloir et descendit les escaliers.

Du verglas recouvrait le trottoir. Il marcha avec précaution jusqu'à la camionnette Morris. Billy Watson, très anxieux, poussait sa BMW à la main. Il attendit d'entendre Dillon s'entretenir avec Fahy. Angel ouvrit les portières arrière et l'Irlandais déposa le carton de Semtex sur le plancher. La jeune fille referma et vint s'asseoir à côté de Danny Fahy :

— Nous y sommes, Sean ?

— Tout y est, Danny. Un carton de vingt-cinq kilos de Semtex. Avec tous les tampons de la poudrerie de Prague. Bon, maintenant, on fiche le camp. On a devant nous une longue nuit, crois-moi.

Danny Fahy engagea la Morris dans le dédale des ruelles avant de rejoindre le flot de la circulation.

Billy Watson, au guidon de sa BMW, ne le perdait pas de vue.

Chapitre douze

Pour des raisons techniques, le Lear n'avait pas pu décoller de l'aéroport d'Aldergrove avant dix-sept heures trente. À dix-neuf heures quinze, l'avion se posait à Gatwick, où une limousine du ministère de la Défense attendait Mary Tanner

---

1. Guy Fawkes et ses complices de la « conspiration des poudres » tentèrent de faire sauter le Parlement de Londres en 1605. (*N.d.T.*)

et Martin Brosnan. Mary, grâce au téléphone de la voiture, s'assura que Ferguson se trouvait chez lui, à Cavendish Square.

Le général se chauffait au coin du feu quand Kim les fit entrer.

— Un vrai temps de cochon, et nous n'en avons pas fini avec la neige, j'en ai peur, commenta Ferguson. (Il but quelques gorgées de thé.) Enfin, vous êtes toujours entière, ma chère. J'imagine que vous venez de vivre une expérience très enrichissante.

— C'est effectivement une façon de résumer les événements!...

— Vous êtes absolument certains que c'était Dillon?

— Eh bien, disons que si ce n'était pas lui, il aurait vraiment fallu une sacrée coïncidence pour que quelqu'un ait choisi ce moment précis afin d'abattre Tommy McGuire, releva Brosnan. Et puis ce déguisement de clocharde... Ça, c'est du Dillon tout craché.

— Oui. C'était tout à fait remarquable.

— Nous sommes forcés d'admettre, général, qu'il n'était pas sur le vol Belfast-Londres, poursuivit Mary.

— Vous voulez dire que vous *pensez* qu'il n'était pas sur le Belfast-Londres, corrigea Ferguson. Mais avec tout ce que nous savons de lui, ce diable d'homme aurait pu aussi bien se faire passer pour le pilote. Il me paraît capable de tout.

— Il y a un autre avion qui doit se poser à vingt heures trente, général. Le colonel McLeod nous a dit qu'il ferait vérifier l'identité de tous les passagers.

— C'est un gaspillage de temps. (Ferguson se tournait vers Brosnan.) J'imagine que vous êtes d'accord avec moi?

— Oui, je le crains.

— Bon. Maintenant, reprenons tout depuis le début. Racontez-moi exactement ce qui est arrivé.

Quand Mary eut achevé son récit, Ferguson reprit:

— J'ai regardé tout à l'heure les horaires des vols au départ d'Aldergrove. Il y avait des avions pour Manchester, pour Birmingham et pour Glasgow. Il y avait même un avion à destination de Paris à dix-huit heures trente. Ce n'est pas une grosse affaire de rentrer à Londres en passant par là. Dillon sera ici demain.

— Sans parler de la possibilité de traverser en bateau, renchérit Brosnan. Il y a un ferry de Larne à Stranraer, en Écosse, et il suffit de prendre le train pour Londres.

— N'oubliez pas, insista Mary, qu'il a pu aussi franchir la frontière irlandaise, aller à Dublin et partir de là vers une douzaine de destinations différentes, ce qui ne nous mène nulle part.

— Ce qui est intéressant, souligna Ferguson, c'est de comprendre pour quelle raison Dillon a fait ce voyage. Il ignorait notre intention de partir à la recherche de McGuire jusqu'à hier soir, avant que Brown ne révèle le contenu de mon rapport à Novikova, et il a aussitôt filé à Belfast à la première occasion. Alors, pourquoi cette hâte ?

— Pour contraindre McGuire à se taire, déclara Mary. Vous avez bien noté que nous avions rendez-vous avec McGuire à deux heures, mais que nous y sommes arrivés presque une demi-heure plus tôt. Si nous n'avions pas été en avance, Dillon l'aurait descendu sans que nous puissions parler avec lui.

— Oui. Mais, même maintenant, il ne peut pas savoir avec certitude ce que McGuire vous a dit.

— Ce qu'il faut retenir, général, c'est que Dillon *savait* que McGuire détenait une information vitale à son sujet. C'est pour cela qu'il s'est donné tant de mal pour l'abattre. Et cette information, c'était évidemment que le nommé Jack Harvey avait été son fournisseur d'armes quand il opérait à Londres en 81.

— Quand vous m'avez appelé d'Aldergrove, avant le décollage, j'ai fait ma petite enquête. L'inspecteur Lane, de la Special Branch, m'a dit que ce Jack Harvey est un gangster connu, un gros bonnet. Drogue, prostitution, et compagnie. Il y a des années que la police essaie de le coincer, sans le moindre succès. Malheureusement, c'est aussi maintenant un homme d'affaires des plus prospères. Il fait dans l'immobilier, les boîtes de nuit, les paris, j'en passe et des meilleures.

— Qu'est-ce que vous sous-entendez, général ? interrogea Mary.

— Qu'avec lui, ce ne sera pas aussi facile que vous pourriez le croire. Nous ne pouvons tout de même pas arrêter Harvey et le cuisiner sous prétexte qu'un homme, qui est mort aujourd'hui, l'a accusé de quelque chose qui remonte à dix ans. Il faut être raisonnable, ma chère. Harvey n'aurait qu'à attendre tranquillement, se taire, et en moins de temps qu'il n'en faut pour le dire, les meilleurs avocats de Londres le feraient remettre en liberté.

— En d'autres termes, n'importe quel tribunal l'acquitterait triomphalement ? releva Brosnan.

— Tout à fait, soupira le général. J'ai toujours considéré avec beaucoup de sympathie l'idée selon laquelle, quand on a affaire à de dangereux criminels, la seule façon d'obtenir justice, c'est de rassembler tous les avocats sur la place la plus proche et de les fusiller.

Martin Brosnan regardait par la fenêtre la neige qui tombait doucement :

— Il y a un autre moyen.

— Je suppose que vous faites allusion à votre ami Flood ? sourit Ferguson. Je ne vois aucune raison de vous empêcher de lui demander son avis, mais je vous fais confiance pour demeurer tous les deux dans les limites de la légalité.

— Nous y resterons, général. Je peux vous le promettre. (Il se leva et prit son manteau.) Venez, Mary. Allons voir Harry.

Au guidon de sa BMW, Billy Watson n'éprouvait guère de difficulté à suivre la camionnette Morris. La neige ne tenait que sur les bas-côtés de la route. La chaussée elle-même était seulement humide. Il y avait beaucoup de circulation entre Londres et Dorking, et si elle devenait un peu moins dense vers Horsham, elle restait suffisante pour permettre au jeune homme de ne pas se faire repérer.

Au moment où la Morris bifurqua en direction de Grimethorpe, la neige avait cessé de tomber et le ciel se dégageait, laissant filtrer un demi-clair de lune. Billy éteignit son phare et, sous le couvert de la nuit, il suivit à distance les feux de position de la camionnette. Quand elle tourna vers Doxley, il redoubla de prudence, s'arrêtant en haut de la colline pour guetter le véhicule qui franchissait la barrière de la ferme.

Il coupa le contact et descendit en roue libre jusqu'à l'entrée, où le panneau de bois annonçait «Ferme de Cadge End». À pied, il suivit le chemin à travers les arbres. À l'intérieur de la grange, il repéra Angel, Danny Fahy et Dillon à côté de la Morris. Dillon sortit et traversa la cour.

Billy Watson battit rapidement en retraite, remonta sur la BMW et se laissa glisser jusqu'au pied de la colline. Il ne remit le moteur en marche que lorsqu'il fut à une certaine distance de la ferme. Cinq minutes plus tard, il débouchait sur la grand-route et retournait à Londres.

Du living-room, Dillon appelait l'appartement de Joseph Makeev à Paris.

— C'est moi, dit-il.

— Je me faisais des cheveux, répondit le colonel. Avec l'histoire de Tania...

— Tania a choisi sa sortie, coupa l'Irlandais. Je vous l'ai déjà dit. Cela a été sa façon à elle de s'assurer qu'ils ne pourraient pas la faire parler.

— Et cette affaire dont vous m'aviez dit un mot ?… Ce petit voyage à Belfast ?

— C'est réglé. La mécanique est lancée, Joseph.

— Quand ?

— Le cabinet de guerre se réunit à dix heures du matin à Downing Street. C'est là que nous allons frapper.

— Mais comment ?

— Vous pourrez le lire dans les journaux. Ce qui est important pour moi, maintenant, c'est que vous disiez à Michel Aroun d'aller en avion demain matin à Saint-Denis. J'espère moi-même y atterrir dans l'après-midi.

— Un délai aussi court que cela ?

— Vous comprendrez que je n'aie pas l'intention de m'attarder, non ? Et vous, Joseph ?

— Je pense que je ferais aussi bien de prendre l'avion avec Aroun et Rachid.

— Excellente idée. Alors, à la prochaine. Et n'oubliez pas de rappeler à Michel Aroun qu'il faudra me verser un second million.

Dillon reposa le combiné et alluma une cigarette. Puis il reprit l'écouteur et composa le numéro de l'aérodrome de Grimethorpe. On décrocha au bout d'un moment :

— Bill Grant à l'appareil.

Grant paraissait un peu ivre.

— Ici Peter Hilton, monsieur Grant.

— Ah oui. Qu'est-ce que je puis faire pour vous ?

— Vous savez, ce vol pour Land's End… Ce sera pour demain, je pense.

— À quelle heure ?

— Il faudrait que vous soyez prêt à décoller à partir de midi. Ça vous convient ?

— Ça me convient tant qu'il ne neige pas davantage. Si ça tombait plus dru, nous pourrions avoir des problèmes.

Grant reposa doucement l'écouteur. Il prit la bouteille de scotch et se servit un verre bien tassé. Il ouvrit ensuite un tiroir qui contenait un vieux Webley réglementaire et une boîte de cartouches de 38. Il chargea le revolver et le remit à sa place.

— Très bien, très bien, monsieur Hilton, murmura-t-il. Il ne nous reste plus qu'à voir ce que vous avez exactement dans le crâne.

Il vida son verre cul sec.

Harry Flood, assis à son bureau, éclatait de rire :

– Si je connais Jack Harvey ? (Il se tourna vers Mordechai Fletcher.) Si je le connais, Mordechai ?

Le grand homme sourit à Mary Tanner et à Brosnan qui restaient debout, sans même avoir enlevé leurs manteaux :

– Oui, je crois qu'on peut dire que nous connaissons assez bien M. Harvey.

– Asseyez-vous, pour l'amour du ciel, et racontez-moi ce qui s'est passé à Belfast, demanda Flood.

Martin Brosnan retraça les événements de la veille, tandis que Mary résumait l'affaire tout entière.

– Vous pensez, demanda-t-elle, qu'il est possible que Jack Harvey ait été le fournisseur d'armes de Dillon en 81 ?

– Rien ne pourrait me surprendre de la part de Jack Harvey. Lui et Myra, sa nièce, dirigent un sacré petit empire consacré à toutes les formes de criminalité. Les femmes, la drogue, le racket, les gros hold-up... Rien ne manque à leur inventaire. Mais fournir des armes à l'IRA ?... Qu'est-ce que tu en penses, Mordechai ?

– Harvey serait capable de déterrer le cadavre de sa grand-mère et de le mettre en vente s'il imaginait pouvoir en tirer profit.

– C'est bien trouvé. (Flood se tournait vers Mary.) Vous avez la réponse que vous vouliez.

– Très bien, dit Brosnan. Et si Dillon s'est adressé à Harvey en 81, il y a de fortes chances pour qu'il se soit adressé de nouveau à lui.

– La police ne pourra jamais arriver à rien avec Harvey sur la base de votre histoire, affirma Flood. Vous le savez. Il se tirera.

– Il me semble que le professeur envisageait une approche plus subtile, intervint Fletcher. Comme de casser la gueule à ce salopard pour le faire causer.

Il frappait du poing la paume de sa main.

Mary regarda Brosnan qui haussa les épaules :

– Qu'est-ce que vous proposeriez d'autre, hein ? Avec un type comme Harvey, on n'arrive à rien en restant courtois.

– Il me vient une idée, reprit Flood. Ces derniers temps Harvey a essayé de faire pression sur moi pour qu'on s'associe. Et si je lui disais que j'aimerais le rencontrer pour entamer une petite négociation ?

– Ce serait parfait, répondit Brosnan, mais il faut que ça se fasse le plus vite possible. Nous ne pouvons pas nous permettre de traîner, Harry.

Myra s'était assise à la table de travail de Jack Harvey et vérifiait les comptes des boîtes de nuit de son oncle quand Flood l'appela au téléphone.
— Harry !... Quelle bonne surprise !...
— J'aimerais faire un brin de causette avec Jack.
— C'est pas possible, Harry. Il est à Manchester, au Midland, pour je ne sais quelle réception sportive.
— Quand est-ce qu'il doit rentrer ?
— Demain, à la première heure. Il a rendez-vous ici à la fin de la matinée. Alors il va se lever tôt et attraper l'avion de sept heures et demie.
— Donc, il sera chez vous vers neuf heures ?
— Je dirais plutôt neuf heures et demie, avec les embouteillages du matin. Mais, dites-moi, Harry, c'est à quel sujet ?
— J'ai un peu gambergé, Myra. Et je me suis dit que j'avais peut-être été stupide. À propos d'une association, je veux dire. Jack pourrait bien avoir raison. Si on travaillait main dans la main, on pourrait faire des tas de choses.
— Eh bien, je suis sûre qu'il va être content d'entendre ça.
— Bon. On se retrouve à neuf heures et demie pétantes demain matin. Je viendrai avec mon comptable.

Myra médita un moment devant le téléphone, puis elle saisit le combiné, appela l'hôtel Midland à Manchester et demanda à parler à son oncle. Jack Harvey, qui avait bu beaucoup de champagne et pas mal de cognac, était d'excellente humeur quand il prit l'écouteur, dans le hall, au comptoir de la réception :
— Myra, ma chérie, qu'est-ce qui se passe ? Un incendie, ou je ne sais quoi, ou un gros arrivage de macchabées ?
— C'est bien plus intéressant que ça. Je viens d'avoir Harry Flood au bout du fil.
Elle lui résuma l'essentiel de la conversation. Harvey en fut instantanément dégrisé :
— Alors, il veut nous rencontrer à neuf heures et demie ?
— C'est exact. Vous en pensez quoi, oncle Jack ?
— Je pense que c'est de la couille en barre. Pourquoi il se mettrait à changer d'avis comme ça, tout d'un coup ? J'aime pas ça.
— Vous voulez que je le rappelle pour annuler ?

– Non, non. Pas du tout. Je vais le voir. Mais on va prendre des précautions, hein ?
– Écoutez. Il y a Hilton, ou Coogan – je sais pas au juste quel est son putain de nom –, qui a appelé et qui m'a dit qu'il voulait sa marchandise. Il est venu, il a payé et il est reparti. Ça va comme ça ?
– Tu es une brave fille. Bon, pour ce qui est de Flood, ce que je veux dire, c'est qu'il faut qu'on soit prêts à le recevoir comme il faut. Au cas où… Tu vois de quoi je parle ?
– Je crois que oui, oncle Jack. Je crois que oui.

– Donc, on se retrouve devant le funérarium de Jack Harvey juste avant neuf heures et demie, demain matin, dit Flood. J'emmènerai Mordechai avec moi, et toi, Martin, tu te feras passer pour mon comptable.
– Et moi ? demanda Mary.
– On verra.
Brosnan se leva et alla à la fenêtre pour contempler la Tamise :
– Je voudrais bien savoir ce que ce salaud est en train de faire.
– Patiente jusqu'à demain, Martin, lui conseilla Harry Flood. Tout vient à point à qui sait attendre.

Il était près de minuit quand Billy Watson rangea sa BMW dans l'arrière-cour du bâtiment de Whitechapel. Il se hâta de grimper l'escalier jusqu'à l'appartement de Myra. Elle l'entendit arriver, lui ouvrit la porte et l'attendit sur le palier. La lumière révélait ses formes à travers sa courte chemise de nuit.
– Salut, mon petit loup. Tu y es arrivé, dit-elle.
– Je suis gelé jusqu'aux burnes, répliqua Billy.
Elle le fit entrer, le conduisit au canapé et se mit en devoir de défaire les fermetures Éclair de sa combinaison de cuir :
– Alors, il est allé où ?
Il attrapa la bouteille de cognac et s'en servit un grand verre qu'il avala d'une seule lampée :
– C'est pas à plus d'une heure de Londres, mais c'est en pleine cambrousse.
Il lui décrivit l'itinéraire : Dorking, la route d'Horsham, Grimethorpe, Doxley et la ferme de Cadge End.
– Superbe, mon petit lapin. Ce qu'il te faut maintenant, c'est un bon bain bien chaud.

Elle passa dans la salle de bains et ouvrit les robinets. Mais quand elle revint dans le salon, Billy, jambes écartées, dormait déjà du sommeil du juste sur le divan.

– Oh, Seigneur ! soupira-t-elle.

Elle jeta sur lui une couverture avant d'aller se coucher.

Quand Makeev sonna chez Michel Aroun, avenue Victor-Hugo, ce fut Rachid qui vint lui ouvrir.

– Vous avez du nouveau pour nous ? demanda le jeune Irakien.

Makeev fit un signe de tête affirmatif.

– Où est Michel ?

– Il vous attend.

Rachid conduisit le colonel jusqu'au salon, où Aroun se tenait devant la cheminée. Il avait passé la soirée à l'Opéra et était encore en smoking.

– Qu'est-ce qu'il y a ? demanda-t-il. Il s'est passé quelque chose ?

– Dillon m'a appelé au téléphone d'Angleterre. Il veut que vous décolliez pour Saint-Denis demain matin. Lui-même a l'intention d'y atterrir dans le courant de l'après-midi.

D'excitation, Aroun pâlissait :

– Mais c'est quoi ? Qu'est-ce qu'il a l'intention de faire ?

Il versa un ballon de cognac que Rachid apporta au Russe :

– Il m'a seulement dit qu'il allait attaquer la réunion du cabinet de guerre britannique, à Downing Street.

Un silence total s'abattit sur la pièce. La stupeur se lisait sur les traits de Michel Aroun. Finalement, Rachid retrouva la parole :

– Le cabinet de guerre ?... Tous les ministres ?... Mais c'est impossible !... Comment pourrait-il tenter une chose pareille ?...

– Je n'en ai pas la moindre idée, répliqua Makeev. Je me contente de vous répéter ce qu'il m'a dit. Que le cabinet de guerre se réunit à dix heures du matin et que c'est le moment qu'il a prévu pour attaquer.

– Dieu est grand, souffla Michel Aroun. Si Dillon réussit son coup, maintenant, en plein conflit, avant que la bataille terrestre n'ait été engagée, cela aura des effets incalculables sur le monde arabe tout entier.

– Je le crois volontiers.

Aroun avança d'un pas et saisit le revers du veston du Russe :

– Est-ce qu'il peut y arriver, Joseph ? Est-ce qu'il peut y arriver ?

— Dillon paraissait très confiant. (Makeev se dégagea.) Mais je ne vous dis que ce qu'il m'a dit lui-même.

Aroun se détourna et revint à la cheminée.

— Nous décollerons de Charles-de-Gaulle à neuf heures avec le Citation, indiqua-t-il à Rachid. Nous serons à Saint-Denis en moins d'une heure.

— À vos ordres, répondit Rachid.

— Et puis appelez tout de suite le vieil Alphonse au château. Je voudrais qu'il ait décampé à l'heure du petit déjeuner. Qu'il prenne donc quelques jours de congé. Je ne veux pas l'avoir dans mes jambes.

Rachid hocha la tête et quitta le salon.

— Alphonse? s'étonna Makeev.

— C'est le gardien. À cette époque de l'année, il est seul au château, sauf quand je lui demande de faire venir les domestiques du village. Je leur verse un fixe à tous.

— Si cela ne vous dérange pas, j'aimerais bien venir avec vous.

— Mais bien sûr, Joseph. (Aroun resservit deux verres de cognac.) Que Dieu me pardonne. Je bois, alors que je sais que je ne devrais pas, mais dans une telle occasion... (Il leva son verre.) À la santé de Dillon. Que tout aille comme il le souhaite.

Il était une heure du matin. Danny Fahy, devant son établi, s'affairait sur l'une des bouteilles d'oxygène. Dillon pénétra dans la grange :

— Comment ça se présente?

— Bien, répondit Fahy. J'ai presque fini. Il ne reste plus que celle-là et la dernière. Quel temps fait-il?

Dillon alla à la porte :

— Il ne neige plus pour l'instant, mais ça devrait recommencer à tomber. J'ai regardé le bulletin météo sur ta télévision.

Fahy emporta la bouteille, monta dans la Ford Transit et, sous le regard attentif de Dillon, l'introduisit avec le plus grand soin dans un des tubes. Angel leur apportait deux tasses et une cafetière :

— Vous voulez du café?

— Formidable.

Son oncle lui tendit sa tasse pour qu'elle la remplisse avant d'en faire de même pour Dillon.

— J'ai réfléchi, reprit-il. Angel, ce garage où je voulais que vous nous attendiez avec la fourgonnette... Je ne suis plus persuadé que ce soit vraiment une bonne idée.

Danny Fahy s'immobilisa, la clef anglaise à la main, et leva les yeux :

— Tiens, pourquoi ?

— C'était là que cette Russe, mon contact, garait sa voiture. La police est probablement au courant. Et s'ils continuent à surveiller son appartement, ils pourraient avoir l'œil sur le garage aussi, non ?

— Alors, qu'est-ce que tu proposes ?

— Vous vous souvenez de mon hôtel, sur Bayswater Road ? Il y a un supermarché juste à côté, avec un grand parking derrière. On va l'utiliser. Ça ne fera pas une grande différence. (Il se tournait vers Angel.) Je vous montrerai tout ça demain.

— Comme vous voulez, monsieur Dillon. (Elle ne bougeait pas, observant Fahy qui finissait de mettre en place son obus de fortune et retournait à son établi.) J'ai pensé, monsieur Dillon... Cet endroit en France, Saint-Denis...

— Oui, eh bien ?

— Vous décollerez directement pour là-bas quand ce sera fini ?

— Exactement.

Elle hésitait :

— Et où est-ce que ça nous laisse, nous ?

Fahy s'essuyait les mains à un chiffon :

— La petite pose une bonne question, Sean.

— Ça se passera très bien pour vous deux, répondit Dillon. C'est un coup sans bavure, Danny. Le plus net que j'aie jamais monté. Personne ne peut remonter la piste jusqu'à toi, ou jusqu'à cette ferme. Demain, si ça marche, et ça marchera, on sera revenus ici à onze heures et demie au plus tard. Et tout sera fini.

— Si tu le dis, déclara Fahy.

— Mais je le dis, Danny. Et si c'est pour l'argent que tu t'inquiètes, il n'y a pas de quoi. Tu auras ta part. L'homme pour qui je travaille peut faire virer de l'argent dans le monde entier. Tu pourras l'avoir ici, ou le toucher sur le continent si tu préfères.

— Je te crois. Et de toute façon, ce n'est pas l'argent qui compte pour moi, Sean, tu le sais bien. Mais s'il y a un risque que ça aille de travers, rien qu'un petit risque... (Il haussait les épaules.) C'est surtout à Angel que je pense.

— Ne t'en fais pas. S'il y avait la moindre incertitude, je serais le premier à vous dire de partir avec moi. Mais il n'y en a pas. (Il prit la jeune fille par la taille.) Ça vous excite, hein ?

— J'ai l'estomac sens dessus dessous, monsieur Dillon. c'est épouvantable.

— Allez au lit. (Il la poussait vers la porte.) Nous partirons à huit heures.

— Je ne fermerai pas l'œil de la nuit.

— Il faut essayer. allez vous coucher maintenant. C'est un ordre.

Elle s'en fut de mauvaise grâce. Dillon alluma une cigarette.

— Il y a quelque chose que je peux faire pour toi, Danny ?

— Rien. Encore une demi-heure et j'en aurai terminé. Tu ferais aussi bien d'aller au pieu toi-même, Sean. Moi, je me sens aussi mal qu'Angel et je crois que je pourrai pas dormir non plus. Tiens, à propos, je t'ai trouvé des vieux cuirs de moto. Ils sont là-bas, sur la BSA.

L'ensemble se composait de bottes, d'un pantalon et d'un blouson de cuir. Ils étaient d'aspect passablement usagé et Dillon sourit :

— Ils me rappellent ma jeunesse. Je vais aller les essayer.

Fahy marqua un temps d'arrêt et se massa les paupières de la main, comme s'il était fatigué.

— Écoute, Sean. Il faut vraiment que ce soit demain ?

— Tu as un problème ?

— Je t'avais dit que je voulais souder des ailettes aux cylindres d'oxygène pour donner plus de stabilité à leur trajectoire. Je n'ai plus le temps de le faire, maintenant. (Il lança la clef anglaise sur l'établi.) On se presse trop, Sean.

— C'est à Martin Brosnan et à ses amis qu'il faut faire des reproches, Danny. Pas à moi. Je les ai sur mes talons. À Belfast, ils ont vraiment bien failli m'avoir. Dieu seul sait quand on va les voir apparaître de nouveau. Non, Danny, c'est maintenant ou jamais.

Il se détourna et quitta la grange. Fahy reprit son outil en bougonnant et se remit au travail.

Les cuirs, en fait, n'étaient pas en trop mauvais état. Dillon debout devant la grande armoire à glace, remontait jusqu'en haut la fermeture du blouson.

— Tu te rends compte ? murmura-t-il. Tu as de nouveau dix-huit ans. À l'époque où le monde était jeune et que tout te paraissait possible...

Il défit la fermeture et enleva le blouson. Puis il ouvrit son attaché-case et déplia le gilet pare-balles que Tania Novikova lui avait donné lors de leur première rencontre. Il l'ajusta étroitement, ferma les bandes Velcro et réenfila le blouson.

Assis au bord du lit, il prit le Walther, vérifia le fonctionnement de la culasse et du chargeur, et vissa le silencieux Carswell au bout du canon. Il examina de la même façon le Beretta et le posa sur la table de nuit, à portée de main. Il rangea la valise dans l'armoire, éteignit sa lampe et s'étendit.

Dans la pénombre, il contemplait le plafond.

Rien, jamais, n'avait pu l'émouvoir, et il en allait de même cette nuit, à quelques heures du plus gros coup de son existence.

– Avec celui-là, Sean, tu vas entrer dans l'histoire, dit-il doucement. Dans l'histoire.

Il ferma les yeux et, au bout d'un moment, il s'endormit.

Durant la nuit, il avait neigé de nouveau. Peu après sept heures, Danny Fahy suivit le chemin jusqu'à la route pour voir si elle était toujours praticable. En revenant, il aperçut Dillon, debout devant le seuil de la ferme, une tasse de thé à la main, mangeant à belles dents un sandwich au bacon.

– Je ne sais pas comment tu fais, Sean. Moi, je ne pourrais pas avaler une seule bouchée. Je dégueulerais tout de suite.

– Tu as les jetons, Danny?

– À en crever.

– Très bien. La peur aiguise les réflexes. Ça te donne le petit «plus» qui fait toute la différence.

Ils se dirigèrent vers la grange et s'arrêtèrent devant la Ford Transit.

– Elle est aussi prête qu'elle peut l'être, annonça Fahy.

Dillon lui posa la main sur l'épaule :

– Tu as fait des merveilles, Danny. Des merveilles.

Angel arrivait. Elle était vêtue de son vieux pantalon et de ses bottes, d'un chandail, de son anorak et coiffée du *tam-o'-shanter*.

– On s'en va?

– Bientôt, répondit Dillon. On doit d'abord charger la BSA dans la Morris.

Ils ouvrirent le hayon de la camionnette, installèrent le plan incliné et poussèrent la moto à l'intérieur. Dillon mit la béquille en place tandis que Fahy rentrait la planche et donnait un casque intégral à son compagnon :

– C'est pour toi, Sean. J'en ai un pour moi dans la Ford. (Il hésita.) Tu es armé, Sean?

De son blouson, Dillon sortit le Beretta :
— Et toi ?
— Nom de Dieu, Sean !... J'ai toujours détesté les armes. Tu le sais bien.

Dillon remit le pistolet dans sa ceinture et remonta la fermeture Éclair. Il referma le hayon et se retourna :
— Tout le monde est en forme ?
— Bon alors, on s'en va ? s'impatienta Angel.

Il consulta sa montre :
— Pas encore. J'ai dit qu'on démarrerait à huit heures. Il ne faut pas qu'on arrive trop tôt. On a encore le temps de boire une tasse de thé.

Ils retournèrent à la ferme et la jeune fille alla dans la cuisine pour faire bouillir de l'eau. Dillon alluma une cigarette et s'adossa contre l'évier en la regardant.
— Vous n'avez pas de nerfs du tout ? lui demanda-t-elle. Moi, je sens mon cœur qui cogne.
— Viens vite voir ça, Sean, appelait Fahy.

La télévision du salon était allumée. Au journal du matin, il était question de la neige qui était tombée sur Londres pendant la nuit. Elle recouvrait les arbres des jardins, les statues, les monuments et même les trottoirs.
— Ce n'est pas bon, ça, marmonna Fahy.
— Arrête de t'inquiéter. Les chaussées elles-mêmes sont dégagées. (Angel apportait un plateau.) Une bonne tasse de thé, Danny, avec beaucoup de sucre pour nous donner de l'énergie, et on y va.

Dans la cuisine de l'appartement de Lowndes Square, Martin Brosnan faisait cuire des œufs à la coque et préparait des toasts. Le téléphone sonna. Il entendit Mary décrocher. Elle apparut bientôt :
— Harry est au bout du fil. Il voudrait vous dire un mot.

Brosnan prit le combiné.
— Comment ça va ?
— C'est OK, mon pote. Je voulais juste te dire qu'on part tout de suite.
— Comment allons-nous mener notre affaire ?
— On n'aura qu'à se fier à notre pifomètre, mais je crois aussi qu'il va falloir qu'on cogne.
— Je suis d'accord avec toi, confirma Martin.
— J'ai raison si je dis que ça, ça risque de poser un problème pour Mary ?

– Oui, j'en ai peur.

– Alors, on la tient définitivement hors du coup. Mais laisse-moi m'en occuper. J'arrangerai ça en arrivant. À tout de suite.

Brosnan raccrocha et revint à la cuisine où Mary avait servi les œufs et les toasts et remplissait les tasses de thé.

– Qu'est-ce qu'il vous voulait ? s'enquit-elle.

– Rien de particulier. Il se demandait seulement quelle était la meilleure tactique.

– Et je suppose que vous pensez que cela consisterait à taper sur la tête de Jack Harvey avec un très gros gourdin ?

– Quelque chose comme ça, oui.

– Et pourquoi ne pas lui serrer les bijoux de famille dans un étau, Martin ?

– Pourquoi pas, en effet ? (Il mit un toast dans son assiette.) Si c'est ça qui peut nous faire avancer.

À cause du mauvais temps, la circulation matinale se révéla plus lente que de coutume, d'abord entre Horsham et Dorking, et ensuite en direction de Londres. Angel et Dillon ouvraient la voie avec la Morris, suivis de près par Fahy qui pilotait la Ford Transit. La tension de la jeune fille était évidente. Elle serrait si fort le volant que ses phalanges pâlissaient, mais elle conduisait avec précision. Ils dépassèrent Epsom, puis Kingston et poursuivirent jusqu'à la Tamise qu'ils traversèrent en empruntant le pont de Putney. Quand ils arrivèrent devant l'hôtel de Bayswater Road, il était déjà neuf heures et quart.

– C'est là, dit Dillon. Voilà le supermarché. L'entrée du parking est sur le côté. (Elle tourna, rétrograda en première, et roula très lentement. Le parking était déjà bien rempli.) Tenez, une place, là, tout au bout. Exactement ce qu'il nous faut.

À cet endroit était garée une longue remorque protégée par une bâche de plastique sur laquelle la neige s'était accumulée. Angel rangea la Morris à côté. Fahy s'arrêta derrière. Dillon sauta de la camionnette, mit son casque et ouvrit le hayon. Il disposa la planche, monta à l'intérieur et sortit la BSA avec l'aide d'Angel. Pendant qu'il enfourchait la moto, elle rentra la planche et referma le hayon. Dillon mit le contact et la BSA répondit immédiatement, le moteur rugissant avec puissance. Il jeta un coup d'œil à sa montre : neuf heures vingt. Il releva la béquille et se dirigea vers l'avant de la Ford.

– Rappelle-toi, Danny, que le minutage est fondamental. Nous ne pouvons pas nous amuser à tourner en rond dans Whitehall. Quelqu'un pourrait se poser des questions. Si nous sommes en avance, essaie de gagner du temps sur Victoria Embankment. Fais semblant d'être tombé en panne et je m'arrêterai comme si je venais te donner un coup de main. Mais souviens-toi que de l'Embankment jusqu'au coin de Horse Guards Avenue et de Whitehall, tu ne dois pas mettre plus d'une minute.

— Bon Dieu, Sean !...

Fahy affichait une mine terrifiée.

— Du calme, Danny, du calme. Tout va bien se passer, tu verras. Allez, on y va.

Il remonta sur la BSA.

— La nuit dernière, j'ai prié pour vous, monsieur Dillon, lui dit Angel.

— Alors, tout est en ordre. À tout de suite.

Il démarra et suivit la Ford.

Chapitre treize

Harry Flood et Mordechai Fletcher attendaient dans la Mercedes. Charlie Salter ne bougeait pas derrière son volant. Un taxi s'arrêta devant l'entreprise de pompes funèbres de Whitechapel. Mary Tanner et Martin Brosnan en descendirent. Ils s'avancèrent prudemment sur le trottoir enneigé et Flood leur ouvrit la portière pour qu'ils puissent monter.

Il regarda sa montre :

— Juste la demie. On peut aussi bien y aller tout de suite. (De la poche intérieure de son veston, il sortit un Walther et vérifia le jeu de la culasse.) Tu veux quelque chose, toi aussi, Martin ?

Brosnan hocha la tête :

— C'est une idée.

Mordechai ouvrit la boîte à gants, y prit un Browning et le passa par-dessus son épaule :

— Ça vous va, professeur ?

— Mais, enfin, pour l'amour du ciel ! s'exclama Mary. N'importe qui croirait que vous essayez de provoquer la troisième guerre mondiale !...

— Ou que nous voulons éviter qu'elle n'éclate, répliqua Martin Brosnan. Vous aviez déjà pensé à ça, Mary ?

— Allons-y, commanda Flood. (Brosnan le suivit et

Mordechai sortit par l'autre portière. Mary voulut sortir, elle aussi, mais Flood l'arrêta.) Pas cette fois-ci, ma belle. J'ai dit à Myra que j'amenais mon comptable, et on sait que Mordechai m'accompagne toujours et partout. Ils n'attendent personne d'autre.

– Ah, écoutez, protesta-t-elle, c'est moi l'officier chargé de cette affaire. Je suis ici le représentant officiel du ministère de la Défense.

– Toutes mes félicitations !... Prends bien soin d'elle, Charlie, ordonna Flood à Salter, avant d'aller à la porte où Mordechai actionnait déjà la sonnette.

Le portier qui les fit entrer arborait un sourire obséquieux :

– Bonjour, monsieur Flood. M. Harvey vous présente ses compliments et vous fait demander si vous ne pourriez pas patienter dans la salle d'attente pendant quelques minutes. Il vient tout juste d'arriver d'Heathrow.

– Pas de problème, répondit Harry en lui emboîtant le pas.

Tout avait été fait pour donner à la salle d'attente une ambiance feutrée : fauteuils de cuir sombre, murs et moquette dans des tons rouille. L'éclairage, pour l'essentiel, était assuré par des bougies factices, tandis que les haut-parleurs déversaient doucement une musique appropriée au caractère de l'établissement.

– Qu'est-ce que tu en penses ? demanda Brosnan.

– Je pense qu'effectivement, il arrive juste d'Heathrow. Ne te fais pas de souci.

Au-delà du hall d'entrée, Mordechai observait l'une des chapelles ardentes :

– Les fleurs... C'est toujours ce que je trouve bizarre dans ce genre d'endroit. Pour moi, les fleurs, ça va toujours avec la mort.

– Quand ton tour de partir viendra, ricana Flood, je m'en souviendrai : « À la demande du défunt, ni fleurs ni couronnes. »

Il était environ neuf heures quarante quand la Ford Transit s'arrêta sur une place de stationnement, sur Victoria Embankment. Danny Fahy avait les mains moites. Dans son rétroviseur, il vit Dillon mettre la BSA sur sa béquille, s'approcher de lui et se pencher à la portière :

– Tu te sens en forme ?

– Ça peut aller, Sean.

– On va rester là aussi longtemps qu'on pourra. Un quart d'heure, ça serait l'idéal. Si tu vois débarquer une contractuelle, tu démarres et je te file le train. On suit l'Embankment sur cinq cents mètres, on fait demi-tour et on revient.

— Entendu, Sean.

Danny Fahy claquait des dents.

Dillon sortit son paquet de cigarettes, s'en mit deux entre les lèvres, les alluma et en donna une à Fahy :

— Tiens, Danny. C'est seulement pour te montrer quel fou romantique je suis.

Il éclata de rire.

Quand Harry Flood, Martin Brosnan et Mordechai Fletcher entrèrent dans le vestibule, ce fut Myra qui les accueillit. Elle portait son tailleur pantalon noir et ses bottes, et tenait à la main une liasse de documents.

— Vous faites très professionnelle, Myra, lui dit Flood en guise de salutation.

— C'est bien normal, Harry. Avec tout le travail que j'abats ici... (Elle l'embrassa sur la joue et sourit à Mordechai.) Salut, monsieur Muscle. (Elle scruta Brosnan des pieds à la tête.) Et c'est qui, celui-là ?

— Mon nouveau comptable, M. Smith.

— Vraiment ? (Elle opinait du chef.) Jack vous attend.

Elle ouvrit la porte et les fit entrer dans le bureau. Le feu flambait sur les chenets. Il faisait agréablement chaud et Jack Harvey, assis à sa table de travail, fumait son éternel cigare. Billy s'était installé sur un des bras du canapé, son imperméable négligemment posé sur les genoux.

— Jack, dit Harry Flood, ça me fait plaisir de te voir.

— C'est vrai, ça ? (Il fixait Brosnan.) Qui c'est, lui ?

— C'est le nouveau comptable d'Harry, oncle Jack. (Myra fit le tour de la table et se tint debout près d'Harvey.) C'est M. Smith.

Harvey ne paraissait pas convaincu :

— Moi, j'ai jamais vu un comptable avec la dégaine de M. Smith. Et toi, Myra ?... (Il se tourna vers Flood.) Mon temps est précieux, Harry. Qu'est-ce que tu veux ?

— Je veux Dillon, répondit Harry. Sean Dillon.

— Dillon ?... (Harvey avait l'air complètement abasourdi.) Mais, par Dieu, qui c'est ce Dillon ?

— Un homme petit, expliqua Brosnan. Et irlandais, même s'il peut se faire passer pour tout ce qu'il veut. Vous lui aviez vendu des armes et des explosifs en 81.

— Ça, c'était pas bien de ta part, Jack, ajouta Harry Flood. avec ça, il a fait sauter pas mal d'endroits à Londres. Et, maintenant, nous pensons qu'il va remettre ça.

— Et à qui d'autre que son vieux copain Jack Harvey pourrait-il donc s'adresser pour son équipement, hein ? continua Brosnan. Je veux dire que c'est logique, non ?

Myra resserra sa prise sur l'épaule de son oncle. Harvey, très rouge, lança :

— Billy !

Flood leva la main :

— Je voudrais seulement dire que s'il a planqué un tromblon à canon scié sous son imper, j'espère pour lui qu'il a pensé à l'armer.

Le jeune homme ouvrit le feu instantanément, atteignant à la cuisse gauche Mordechai qui brandissait son pistolet. D'un mouvement rapide, Flood sortit son Walther de sa poche et il toucha Billy en pleine poitrine, le faisant basculer par-dessus le dossier du canapé. Dans un réflexe, Billy pressa sur la deuxième détente et une volée de plombs pénétra dans le bras gauche de Flood.

Jack Harvey avait ouvert un tiroir de sa table. Sa main se serra sur un Smith & Wesson. Délibérément, Martin Brosnan lui tira dans l'épaule. En un instant, ce fut le chaos. La pièce était pleine de fumée, saturée de l'âcre odeur de la cordite.

Myra se penchait sur son oncle qui s'était effondré dans son fauteuil, gémissant. La fureur déformait ses traits.

— Bande de salauds ! siffla-t-elle.

— Ça va ? demanda Flood à Mordechai.

— Ça ira quand le Dr Aziz aura fini de me charcuter, Harry. Ce petit vicieux a été adroit.

Harry, qui n'avait pas lâché son Walther, se tenait le bras. Le sang lui coulait entre les doigts. Il jeta un coup d'œil à Brosnan :

— C'est bon. Finissons le travail. (Il fit deux pas en direction du bureau et pointa son arme sur Harvey.) Je te colle une balle entre les deux yeux si tu ne nous dis pas ce que nous voulons savoir. Alors, Sean Dillon ?

— Va te faire enculer ! souffla Jack Harvey.

Flood abaissa le Walther un instant, puis le releva et visa.

— Non, pour l'amour du ciel ! hurla Myra. Laissez-le tranquille. L'homme que vous cherchez se fait appeler Peter Hilton. C'est avec lui qu'oncle Jack avait fait des affaires en 81. À l'époque, il utilisait un autre nom, Michael Coogan.

– Et ces derniers jours ?
– Il nous a acheté vingt-cinq kilos de Semtex. Il est venu les prendre hier soir, et il a payé cash. Mais je l'ai fait suivre en moto par Billy jusque chez lui.
– Et où est-ce que cela se trouve ?
– Ici. (Elle prit un papier sur le bureau.) J'avais tout écrit pour Jack.

Harry Flood le parcourut rapidement et le tendit à Brosnan, parvenant à esquisser un sourire en dépit de sa douleur :
– Ferme de Cadge End, Martin. Ça me paraît prometteur. Allez, foutons le camp d'ici.

Il alla à la porte. Mordechai passa devant lui. Il boitait et perdait du sang. Myra s'était agenouillée à côté de Billy qui poussait des gémissements. Elle se tourna vers eux et lança d'un air féroce :
– Je vous le ferai payer, à vous tous.
– Non, tu ne le feras pas, Myra, répliqua Flood. Si tu as deux sous de jugeote, tu considéreras tout ça comme une fatalité et tu donneras un coup de fil à ton médecin de famille.

Il tourna les talons et sortit, suivi par Brosnan.

Il n'était pas encore dix heures quand ils remontèrent dans la Mercedes.
– Doux Jésus, Harry ! s'écria Charlie Salter. On va avoir du sang plein les coussins.
– Allez roule, Charlie. Tu sais où tu dois nous conduire.

Mary affichait une mine sombre :
– Qu'est-ce qui s'est passé là-dedans ?
– Ça, répondit Brosnan en lui tendant le morceau de papier indiquant l'itinéraire pour la ferme de Cadge End.

– Mon Dieu ! dit seulement Mary après l'avoir lu. Il faut que j'appelle le général tout de suite.
– Non, pas question, trancha Flood. Compte tenu du mal qu'on s'est donné et de nos petits bobos, cette affaire, c'est notre bébé maintenant. C'est pas ton avis, Martin ?
– Absolument.
– Bon. La première chose à faire, c'est de passer à la petite clinique tranquille de Wapping que dirige mon bon ami le Dr Aziz, pour qu'il puisse soigner Mordechai et jeter un coup d'œil à mon bras. Après ça, on filera à Cadge End.

Malgré le froid, Danny Fahy était couvert de sueur quand, dépassant le ministère de la Défense, il quitta Victoria

Embankment pour engager la Ford Transit dans Horse Guards Avenue. Grâce au flot permanent de la circulation, la chaussée n'était que mouillée, mais la neige tenait sur les trottoirs, sur les arbres et les toits des immeubles. Dans son rétroviseur, Fahy observait Dillon qui le suivait sur la BSA, silhouette sinistre dans ses cuirs noirs.

La minute de vérité approchait et il lui sembla que tout se déroulait en même temps.

Fahy arrêta la fourgonnette au coin de Whitehall et de Horse Guards Avenue, en lui donnant, par rapport au trottoir, l'angle qu'il avait calculé. De l'autre côté de l'avenue, à l'entrée de Horse Guards Parade, deux cavaliers de la Maison de la Reine, à cheval, sabre au clair, montaient la garde.

À quelque distance de là, un policeman se retourna et découvrit la fourgonnette à l'arrêt. Fahy coupa le contact et enclencha les minuteries. Il se coiffa de son casque. Au moment où il sautait à terre et fermait la portière à clef, le policier l'interpella et se mit à courir. Dillon se rangea le long de la Ford, Fahy grimpa sur le siège du passager et la BSA démarra en trombe, effectuant un demi-tour sous les yeux du policeman stupéfait, avant de filer en direction de Trafalgar Square.

Dillon, au milieu des autres véhicules, était déjà en train de tourner sur la place quand la première détonation retentit. Il y en eut une deuxième. Peut-être encore une autre. Mais tout se perdit dans l'explosion qui pulvérisa la Ford Transit.

Sans s'arrêter, Dillon poursuivit sa route, à vitesse modérée. Il emprunta l'arche de l'Amirauté et le Mall. Par Marble Arch, il atteignit Bayswater Road en moins de dix minutes et, quelques instants plus tard, il pénétrait dans le parking du supermarché. Dès qu'elle aperçut la BSA et ses deux passagers, Angel sauta de la Morris, ouvrit le hayon et plaça le plan incliné. Dillon et Fahy poussèrent la moto à l'intérieur et refermèrent les portes à la volée.

– Ça a marché ? interrogea Angel. Tout s'est bien passé ?

– Ne vous occupez pas de ça pour le moment, coupa Dillon. Remontez, et on s'en va.

La jeune fille obéit. Dillon et Fahy s'assirent à côté d'elle. Une minute plus tard, la Morris débouchait sur Bayswater Road.

– Vous reprenez la même route qu'à l'aller, et ne roulez pas trop vite, ordonna Dillon.

Fahy avait allumé la radio et passait d'une station de la BBC à l'autre.

— Rien, grogna-t-il. Rien que de la putain de musique et des bavassages.

— Attends un peu et sois patient, lui dit Dillon. On en entendra toujours parler assez tôt.

Il alluma une cigarette et se laissa aller contre son dossier, sifflotant doucement.

La clinique se trouvait juste à côté de Wapping High Street. Dans la petite salle d'examen, on avait étendu Mordechai sur la table de chirurgie. Le Dr Aziz, un indien aux cheveux gris et aux lunettes cerclées d'acier, l'examinait.

— Harry, mon ami, dit-il, je croyais que vous aviez renoncé à ce genre de choses. Mais je vois que ça recommence.

Flood, en bras de chemise, était assis dans un fauteuil. Une jeune infirmière indienne soignait son bras. Elle avait découpé la manche et nettoyait sa blessure. Mary Tanner et Brosnan attendaient, debout.

— Comment va-t-il ? demanda Harry au médecin.

— Il va devoir rester ici deux ou trois jours. Il faudra que je l'anesthésie pour extraire certains des plombs qu'il a reçus. Et, en plus, une artère a été touchée. Maintenant, à votre tour.

Le Dr Aziz prit le bras d'Harry et commença à l'explorer doucement avec une paire de petites pinces. L'infirmière tenait une coupelle émaillée. Le médecin y déposa d'abord un plomb, puis deux. La douleur déformait les traits du patient. Le Dr Aziz trouva encore un autre plomb :

— Je crois que ça y est, Harry, mais il va falloir faire une radio.

— Ça attendra, trancha Flood. Faites-moi un pansement et mettez-moi le bras en écharpe, docteur. Je reviendrai plus tard.

— Comme vous voulez, concéda le médecin.

Avec des gestes précis, aidé par l'infirmière, il posa un bandage, puis il ouvrit un placard et en sortit une boîte d'ampoules de morphine. Il en injecta une dans le bras de Flood.

— Ça me rappelle le Vietnam, Harry, sourit Brosnan.

— La piqûre calmera la douleur, dit le médecin à Flood pendant que l'infirmière lui repassait son veston. Mais je vous conseille fermement de ne pas revenir plus tard que ce soir.

L'infirmière noua l'écharpe derrière la nuque de Harry Flood et lui posa son manteau sur les épaules. À ce moment-là, la porte s'ouvrit à la volée et Charlie Salter fit irruption dans la pièce.

– C'est la fin du monde ! hurla-t-il. Une attaque au mortier contre le 10 Downing Street. Je viens d'entendre ça à la radio.
– Oh, mon Dieu ! souffla Mary Tanner.

Flood la fit passer devant lui. Elle se tourna vers Brosnan :
– Venez, Martin. Au moins, nous savons où ce salaud est allé.

Ce matin-là, la séance du cabinet de guerre avait réuni plus de hauts responsables que de coutume : quinze personnes en tout, y compris le Premier ministre. Elle venait à peine de s'ouvrir, dans la salle du cabinet qui donne sur l'arrière du 10 Downing Street, quand le premier projectile, après avoir décrit une large courbe de près de deux cents mètres depuis la Ford Transit à l'arrêt au coin de Whitehall et de Horse Guards Avenue, s'écrasa à proximité. Il explosa avec une telle puissance que le fracas en fut nettement perçu par le général Ferguson dans son bureau du ministère de la Défense.
– Nom de Dieu ! s'écria le général.

Comme la plupart de ceux qui se trouvaient au ministère, il se précipita vers la fenêtre la plus proche.

Au 10 Downing Street, dans la salle du cabinet, les vitres blindées des fenêtres volèrent en éclats, mais les voilages spéciaux anti-souffle absorbèrent l'essentiel de la déflagration. Le premier obus avait ouvert un cratère dans le jardin et déraciné un cerisier. Les deux autres tombèrent encore plus loin de leur objectif, sur Mountbatten Green, où se trouvaient garés quelques véhicules de radio et de télévision. L'un d'eux explosa, mais, au même instant, la fourgonnette sautait sous l'effet du dispositif d'autodestruction installé par Danny Fahy.

Il y eut étonnamment peu d'affolement dans la salle du cabinet. Chacun se jeta au sol. Certains essayèrent de s'abriter sous la table. Un flot d'air glacé s'engouffra à travers les vitres brisées. On entendait des voix indistinctes dans le lointain.

Le Premier ministre se releva et sourit tranquillement. Avec un sang-froid stupéfiant, il se borna à dire :
– Messieurs, je pense que nous ferions mieux de reprendre notre réunion dans une autre salle.

Il sortit, suivi des membres de son gouvernement.

Mary Tanner et Martin Brosnan avaient pris place à l'arrière de la Mercedes. Harry Flood s'était assis devant à côté de Charlie Salter qui se faufilait de son mieux à travers une circulation très dense.

– Écoutez, dit Mary, il faut absolument que je parle au général Ferguson. C'est fondamental.

Ils traversaient le pont de Putney. Flood lança un coup d'œil à Brosnan qui acquiesça d'un signe de tête.

– D'accord, lâcha Flood. Faites ce que vous voulez.

Elle prit le combiné du téléphone de la voiture et appela le ministère de la Défense, mais Ferguson n'y était plus. On ne savait pas trop où il se trouvait. Elle laissa au standard le numéro de la Mercedes et raccrocha.

Brosnan allumait une cigarette.

– Il doit être en train de courir dans tous les sens comme tout le monde, observa-t-il.

– OK, Charlie, dit Flood à Salter. Direction Epsom, Dorking et après ça, la route d'Horsham. Et fonce.

La voix du journaliste qui présentait le flash spécial de la BBC était aussi calme et dépourvue d'émotion qu'à l'ordinaire. Il y avait eu, annonçait-il, une attaque à la bombe contre le 10 Downing Street aux environs de dix heures. Le bâtiment avait subi quelques dommages, mais le Premier ministre et les membres du cabinet de guerre réuni à ce moment-là étaient tous sains et saufs.

Angel sanglota :

– Oh, Seigneur, non...

La camionnette faillit se mettre en travers.

Dillon prit le volant d'une main :

– Du calme, ma fille. Faites un peu attention à la conduite.

On aurait pu croire que Danny Fahy allait se trouver mal :

– Si seulement j'avais eu le temps de mettre les ailettes que je voulais sur les cylindres, ça aurait tout changé. Mais tu étais trop pressé, Sean. Tu t'es laissé affoler par Brosnan, et ça nous a été fatal.

– Peut-être bien, admit Dillon. Mais au bout du compte, la seule chose qui importe, c'est que nous avons échoué.

Il prit une cigarette, l'alluma et, sans pouvoir s'en empêcher, se mit à rire.

Aroun avait décollé de Paris à neuf heures et demie. Il pilotait le Citation lui-même. Rachid possédait les habilitations nécessaires pour embarquer comme copilote, conformément aux règlements. Derrière eux, dans la cabine, Makeev lisait la presse du matin.

Aroun appela la tour de contrôle de l'aérodrome de

Cherbourg-Maupertus pour obtenir l'autorisation de se poser sur sa piste privée à Saint-Denis.

Le contrôleur lui donna le feu vert et ajouta :

— On vient juste d'avoir un flash d'information. Une attaque à la bombe contre le cabinet britannique, à Downing Street, à Londres.

— Qu'est-ce qui s'est passé ? demanda Aroun.

— On n'a rien de plus pour le moment.

Le Franco-Irakien, très excité, sourit à Rachid qui avait lui aussi entendu le message :

— Prenez les commandes et faites l'atterrissage. (Il se rua dans la cabine et s'assit en face de Makeev.) Un flash d'information à l'instant. Une attaque à la bombe contre Downing Street.

Makeev jeta son journal :

— Qu'est-ce que ça a donné ?

— C'est tout ce que je sais pour l'instant. (Aroun leva les yeux au ciel, mains tendues.) Dieu soit loué.

Le général Ferguson, l'inspecteur Lane et le sergent Mackie se tenaient à côté des véhicules de transmission sur Mountbatten Green. Quelques flocons tourbillonnaient. Une équipe de spécialistes de la police examinait avec prudence le troisième projectile de Danny Fahy qui n'avait pas explosé.

— Une sale histoire, mon général, remarqua Lane. Pour employer la vieille formule, ils ont frappé au cœur de l'Empire. Mais enfin, quand même, comment est-ce qu'ils ont pu y arriver ?

— Parce que nous sommes une démocratie, inspecteur. Parce que les gens doivent pouvoir mener une vie normale. Et cela signifie que nous n'avons pas le loisir de transformer Londres en forteresse, à la manière des pays de l'Est.

Un jeune policier arriva avec un téléphone portatif et murmura à l'oreille de Mackie :

— Excusez-moi, mon général, c'est urgent. Votre bureau vous demande. Le capitaine Tanner a essayé de vous joindre.

— Passez-les-moi. (Le général s'empara du combiné.) Ferguson à l'appareil... Oui, je vois... Donnez-moi le numéro.

Il fit un signe à Mackie qui, sur son carnet, nota les chiffres que Ferguson lui dictait.

La Mercedes traversait Dorking. Le téléphone sonna. Mary Tanner décrocha tout de suite :

– Général ?
– Qu'est-ce que vous savez ?
– L'attaque au mortier sur le 10 Downing Street, c'est sûrement Dillon. Nous avons découvert qu'il avait pris livraison hier soir de vingt-cinq kilos de Semtex fournis par Jack Harvey.
– Où êtes-vous, maintenant ?
– Nous sortons de Dorking, général, et nous prenons la route d'Horsham, Martin, Harry Flood et moi. Nous avons l'adresse de Dillon.
– Donnez-la-moi.

Une nouvelle fois, il fit signe à Mackie et répéta les coordonnées à haute voix pour que le sergent puisse les noter.
– La route n'est pas très bonne avec toute cette neige, général, reprit Mary, mais nous serons à Cadge End dans une demi-heure.
– Parfait. Pas d'imprudence, Mary, mais ne laissez pas ce salopard filer. Je vous envoie des renforts aussi vite que possible. Je serai dans ma voiture. Vous connaissez mon numéro.
– Très bien, général.

Elle reposa l'écouteur. Flood demanda :
– Tout va bien ?
– Les renforts vont arriver, mais nous ne devons pas le laisser filer.

De sa poche, Brosnan sortit le Browning et fit tourner le barillet.
– Il ne filera pas, souffla-t-il, les traits figés. Pas cette fois-ci.

Avec le plus grand calme, Ferguson informait Lane de ce qui venait de se passer :
– Que pensez-vous que ce Harvey va faire, inspecteur ?
– Il va aller demander des soins à un médecin marron dans une jolie petite clinique discrète, quelque part à la campagne, mon général.
– Bon. Faites suivre l'affaire. Mais, si vous avez raison, qu'on n'intervienne pas. Qu'on les surveille simplement, lui et sa nièce. Ce qu'il nous faut maintenant, c'est aller à cette ferme de Cadge End, et vite. Dépêchez-vous de nous trouver des voitures.

Lane et Mackie se hâtèrent. Le général s'apprêtait à les suivre quand le Premier ministre, vêtu d'un manteau sombre, apparut au coin du bâtiment. Il était accompagné du ministre de l'Intérieur et d'une cohorte de fonctionnaires. Quand il vit Ferguson, il se dirigea vers lui :

– L'œuvre de Dillon, général ?

– C'est ce que je pense, monsieur le Premier ministre.

– C'est passé très près. (John Major sourit.) Trop près pour s'en réjouir. C'est un homme remarquable, ce Dillon.

– Plus pour très longtemps, monsieur le Premier ministre. Nous avons enfin une adresse où le trouver.

– Alors je ne vous retiens pas plus longtemps, général. Poursuivez votre mission. Et par tous les moyens.

Le général Ferguson tourna les talons et partit à grands pas.

Depuis le début de la matinée, la neige avait envahi le chemin qui menait à Cadge End. Angel eut de la peine à y conduire la fourgonnette Morris avant d'arriver dans la cour de la ferme et de s'arrêter dans la grange. Quand elle coupa le contact, le silence parut oppressant.

– Qu'est-ce qu'on fait maintenant ? demanda Danny Fahy.

– On se boit une bonne tasse de thé, je crois. (Dillon descendit, ouvrit le hayon et tira le plan incliné.) Donne-moi un coup de main, Danny. (Ils sortirent la BSA à l'arrière et l'installèrent sur sa béquille.) Elle a marché du tonnerre. Tu as fait dessus un travail formidable, Danny.

Angel était déjà partie. Ils la suivirent.

– Tu n'as pas de nerfs, hein, Sean ? grinça Fahy.

– Je ne vois pas à quoi ça me servirait.

– Eh bien, moi, des nerfs, j'en ai. Et ce n'est pas d'un putain de thé dont j'ai besoin. C'est de whisky.

Danny Fahy alla s'installer au salon, tandis que Dillon retournait dans sa chambre.

L'Irlandais trouva un vieux sac et y fourra rapidement son costume, ses chemises, ses chaussures et le reste de ses affaires. Il examina le contenu de son portefeuille : il lui restait quatre cents livres. Il ouvrit ensuite son attaché-case, qui renfermait encore les cinq mille dollars qui constituaient le reste de son fonds de roulement, ainsi que le Walther avec le silencieux Carswell. Il arma le pistolet, se contentant de mettre la sûreté, et le remit dans la mallette, avec son permis de conduire de Jersey et son faux brevet de pilote. Puis il défit la fermeture Éclair de son blouson et sortit le Beretta. Il en vérifia le fonctionnement et le glissa sous sa ceinture, contre son dos. Le vêtement de cuir dissimulait parfaitement la crosse de l'arme.

Dillon redescendit au salon avec son fourre-tout et son attaché-case. Debout, Danny Fahy regardait la télévision. On voyait des images de Whitehall envahi par la neige, de Downing Street et de Mountbatten Green.

— Ils viennent juste de montrer le Premier ministre en train d'inspecter les dégâts, dit Danny Fahy. Il avait l'air tranquille comme Baptiste.

— Oui. Il a vraiment la baraka.

Angel arrivait et lui apportait une tasse de thé :

— Qu'est-ce qui va se passer maintenant, monsieur Dillon ?

— Vous savez très bien ce qui va se passer, Angel. Je m'en vais disparaître dans le grand azur.

— Vous partez pour Saint-Denis ?

— Exactement.

— C'est parfait pour toi, Sean, intervint Fahy. Mais nous, nous restons là, pour nous coltiner ta merde.

— Je ne vois pas ce que tu vas chercher là.

— Tu sais très bien ce que je veux dire.

— Personne n'a jamais entendu parler de vous, Danny. Angel et toi, vous aurez la paix jusqu'à la fin des temps. C'est à moi que ces salopards en veulent. Brosnan, sa nouvelle petite amie et le général Ferguson... Je suis leur cible, maintenant.

Danny Fahy partit dans la cuisine.

— On ne pourrait pas s'en aller avec vous, monsieur Dillon ? demanda Angel.

Il reposa sa tasse et lui mit les deux mains sur les épaules :

— Ce n'est pas nécessaire pour vous, Angel. C'est moi qui dois prendre la fuite. Pas Danny, ni vous. Ils ne savent même pas que vous existez.

Dillon traversa la pièce. Il prit le combiné du téléphone pour appeler l'aérodrome de Grimethorpe. Grant répondit tout de suite :

— Oui. Qui est à l'appareil ?

— Peter Hilton, mon vieux. (Dillon avait repris sa voix d'ancien élève de public school.) Pour mon vol, ça marche ? Il n'y a pas trop de neige ?

— Là-bas, dans l'Ouest, c'est dégagé, dit Grant. Mais ici, ça risque d'être un peu coriace au décollage. Vous voulez partir quand ?

— Je serai chez vous d'ici une demi-heure. Ça vous va ?

— Je vous attends.

Au moment où Dillon raccrochait, il entendit Angel qui criait :

— Non, oncle Danny !...

Dillon se retourna. Danny Fahy se tenait sur le seuil. Des deux mains, il tenait un fusil de chasse :

– Ce n'est pas parfait pour moi, Sean.

Du pouce, Fahy armait le chien.

Dillon tendit les bras :

– Danny, mon vieux, ne fais pas ça.

– On part avec toi, Sean. Un point, c'est tout.

– Tu t'inquiètes pour ton argent, Danny ?... Je t'ai pourtant bien dit que l'homme pour qui je travaille peut faire faire des virements n'importe où, non ?

Danny Fahy tremblait de tout son corps et le fusil tressautait dans ses paumes :

– Non, ce n'est pas l'argent qui me donne du souci, Sean. (Il s'interrompit un instant.) Bon Dieu, quand j'ai vu tout à la télévision... S'ils me coincent, je passerai le reste de ma vie en taule... Je suis trop vieux pour ça, Sean.

– Alors pourquoi tu t'es embarqué dans cette affaire avec moi ?

– J'aimerais bien le savoir. Peut-être parce que je suis resté planté là, pendant toutes ces années, à m'ennuyer à mourir. La camionnette, les mortiers, c'était juste pour m'occuper. C'était comme un rêve, mais tu en as fait une réalité.

– Je vois...

Fahy braquait son fusil sur Dillon :

– Je ne sors pas de là, Sean. Si on ne vient pas avec toi, tu ne pars pas.

Dillon glissa sa main dans son dos et agrippa la crosse du Beretta. Son bras se tendit. Il tira deux fois, atteignant la région du cœur. Danny Fahy recula jusqu'au vestibule en titubant. Il finit par heurter le mur et s'effondra.

Angel poussa un hurlement. Elle courut s'agenouiller près du corps de son oncle, puis se releva lentement, fixant Dillon :

– Vous l'avez tué.

– Il ne m'a pas laissé le choix.

Elle s'enfuit à toutes jambes. Dillon se lança à sa poursuite. Elle courut dans la cour et disparut dans une des granges. L'Irlandais franchit le seuil et resta un instant sans bouger, l'oreille tendue. De la soupente lui parvinrent quelques bruits et il vit s'élever un peu de poussière de paille.

– Angel, écoutez-moi... Je vais vous emmener.

– Non, vous ne le ferez pas, lâcha-t-elle d'une voix étouffée. Vous me tuerez, comme vous avez tué oncle Danny. Vous n'êtes qu'un assassin répugnant.

Il braquait le Beretta en direction du grenier, le bras tendu.
— Vous vous attendiez à quoi ? À quel genre de jeu croyiez-vous qu'on jouait ?

La jeune fille ne disait rien. Dillon tourna les talons et revint à grands pas à la ferme, enjambant le cadavre de Danny Fahy. Il remit le Beretta dans sa ceinture, contre son dos, et prit son sac et sa mallette. Il courut jusqu'à la grange et lança ses bagages sur le siège du passager de la fourgonnette Morris.

Il fit une dernière tentative :
— Venez avec moi, Angel. Je ne vous ferai aucun mal, je vous le jure. (Ses paroles demeurèrent sans réponse.) Tant pis. allez au diable !…

Dillon s'assit derrière le volant, démarra et engagea la Morris sur le chemin.

Ce ne fut que plus tard, quand tout fut absolument silencieux, qu'Angel Fahy quitta le grenier de la grange en empruntant l'échelle et regagna la maison. Elle s'assit par terre près du corps de son oncle, dos au mur, l'air absent. Elle n'en bougea pas. Pas même lorsqu'elle entendit qu'une voiture entrait dans la cour.

Chapitre quatorze

La neige recouvrait entièrement la piste de Grimethorpe. Les portes du hangar étaient fermées et aucun des deux avions n'avait été sorti. De la fumée s'échappait de la cheminée d'une des huttes Nissen, seul signe de vie que nota Dillon au volant de la camionnette Morris en traversant le tarmac, avant de s'arrêter près de la vieille tour de contrôle. Il descendit, son sac et son attaché-case à la main, et ouvrit la porte de la hutte. Quand il entra, il vit Bill Grant debout à côté du poêle, en train de boire un café.

— Ah ! vous voilà, mon vieux ! claironna l'Irlandais. L'endroit paraissait désert. Je commençais à me faire du souci.

— Pas besoin.

Grant portait une vieille combinaison de vol noire et son blouson d'aviateur en cuir. Il prit une bouteille de scotch et en versa une bonne dose dans son gobelet.

Dillon avait posé son sac, mais tenait toujours sa mallette dans la main droite.

– Je me demande si c'est bien raisonnable, mon vieux, lança-t-il de son accent le plus snob.

– Je n'ai jamais été particulièrement raisonnable, mon cher, répliqua Grant, un tantinet ironique. Et c'est comme ça que j'ai fini par échouer dans un trou comme celui-là.

Il alla s'asseoir à son bureau. Dillon remarqua qu'une carte y était dépliée : celle de la Manche et des côtes du Cotentin autour de Cherbourg. La carte que l'Irlandais avait regardée avec Angel Fahy la première fois qu'il était venu à l'aérodrome :

– Écoutez, mon vieux, je voudrais bien qu'on y aille. Si c'est le reste de votre facture qui vous inquiète, je peux vous payer cash. (Il tendait l'attaché-case à bout de bras.) J'imagine que vous n'aurez aucune objection si je vous verse des dollars.

– Aucune. Mais je n'aime pas qu'on me prenne pour un con. (Grant montra la carte.) Land's End mon cul !... Je vous ai vu jeter un coup d'œil à ça, l'autre soir, avec la fille. « La zone de la Manche et les côtes françaises. » Ce que je veux savoir, c'est dans quoi vous essayez de m'entraîner, hein ?...

– Vous êtes vraiment idiot, fit Dillon.

Grant ouvrit un tiroir et en sortit son vieux Webley :

– On va bien voir, n'est-ce pas ?... Alors, posez votre mallette sur la table et reculez pour que je puisse voir ce qu'il y a dedans.

– Mais bien sûr, mon vieux. Pas la peine de vous croire obligé de recourir à la violence.

Dillon fit un pas en avant et posa son attaché-case. Au même instant, sa main attrapait le Beretta dans sa ceinture, derrière son dos. Il n'eut qu'à tendre le bras pour faire feu sur Grant à bout portant.

Le pilote s'effondra sur sa chaise. L'Irlandais remit le pistolet en place. Il replia la carte, la coinça sous son bras, reprit son sac et sa mallette, et sortit de la hutte. Dans la neige, il se fraya un chemin jusqu'au hangar. Il y pénétra par la petite porte et fit glisser la grande porte coulissante, découvrant les deux appareils. Il porta son choix sur le Cessna Conquest, sans raison précise. Simplement parce que c'était le premier qui se présentait à lui. L'échelle avait été déployée en position basse. Il jeta son fourre-tout et la mallette dans la carlingue et embarqua, fermant l'issue avec soin.

Il s'assit sur le siège de gauche et étudia la carte : il y avait environ deux cents kilomètres jusqu'à Saint-Denis. Sauf s'il rencontrait de forts vents de face, cela lui prendrait quarante-cinq minutes avec un avion tel que le Cessna. Comme il n'avait naturellement déposé aucun plan de vol, il apparaîtrait comme un intrus sur les écrans radars, mais cela n'avait guère d'importance. S'il franchissait la côte anglaise au-dessus de Brighton, il serait perdu au milieu de la mer avant que quiconque ne se pose des questions. Évidemment, il lui faudrait faire preuve de prudence en effectuant son approche sur Saint-Denis. Mais s'il atteignait la côte française à six cents pieds d'altitude seulement, il pourrait, avec un peu de chance, passer sous le radar de l'aéroport de Cherbourg-Maupertus.

Dillon posa la carte sur le siège de droite, de manière à l'avoir sous les yeux, et mit les deux moteurs en marche, le gauche d'abord, puis le droit. Il fit sortir l'avion du hangar et s'arrêta pour procéder à une vérification complète des instruments. Comme Grant s'en était vanté, le plein des réservoirs avait été fait. L'Irlandais boucla son harnais de sécurité et roula doucement jusqu'à l'entrée de la piste.

Il orienta l'avion dans le sens du vent et démarra. Tout de suite, il fut conscient de la résistance qu'opposait la neige. Il poussa à fond la manette, donnant toute la puissance, et tira doucement sur les commandes. Le Conquest leva le nez et décolla. Il inclinait l'avion pour mettre le cap sur Brighton quand il vit une limousine noire émerger du boqueteau et s'arrêter devant le hangar.

– Je ne sais pas qui vous êtes, murmura-t-il pour lui-même. Mais si c'est après moi que vous en avez, vous arrivez comme les carabiniers.

Il fit décrire au Cessna un large virage et se dirigea vers la côte.

Angel Fahy était assise à la table de la cuisine de Cadge End. Ses doigts se crispaient sur la tasse de café que lui avait préparée Mary Tanner. Martin Brosnan et Harry Flood, le bras en écharpe, se tenaient debout. Charlie Salter s'appuyait au chambranle.

– Vous m'avez bien dit que c'étaient Dillon et votre oncle, à Downing Street ? demandait Mary.

Angel hocha la tête :

– Moi, je conduisais la Morris. La moto de M. Dillon était dedans. Après, il a suivi oncle Danny qui tenait le volant de la Ford Transit. (Son regard paraissait égaré.) Je les ai ramenés depuis Bayswater Road. Oncle Danny avait peur. Peur de ce qui pouvait arriver.

– Et Dillon ?

– Il devait prendre un avion à l'aérodrome, là-bas, au bout de la route. À Grimethorpe. Il avait conclu un arrangement avec M. Grant, le patron. Il lui avait dit qu'il voulait aller à Land's End, mais ce n'était pas vrai.

La jeune fille demeurait immobile, les mains toujours contractées sur sa tasse, fixant le vide.

– Où voulait-il aller, Angel ? demanda Martin Brosnan avec douceur. Est-ce que vous le savez ?

– Il me l'avait montré sur la carte. C'était en France. Sur la côte, pas très loin de Cherbourg. Il y avait une piste d'atterrissage indiquée. C'est un village qui s'appelle Saint-Denis.

– Vous en êtes sûre ?

– Oh, oui. Oncle Danny voulait qu'il nous emmène. Mais il a refusé. Alors oncle Danny s'est fâché. Il a pris son fusil de chasse, et puis...

Angel fondit en sanglots.

Mary lui passa le bras autour des épaules :

– Allons, tout ira bien, maintenant. Tout ira bien.

– Qu'est-ce que vous pouvez nous dire d'autre ? demanda Martin Brosnan.

– Je ne sais pas. (Angel semblait perdue.) Il a offert plein d'argent à oncle Danny. Il lui a dit que l'homme pour lequel il travaillait pouvait faire des virements partout dans le monde.

– Et il n'a pas dit de quel homme il s'agissait ?

– Non, jamais. (Elle sourit soudain.) Mais je me rappelle que la première fois qu'il est venu, il nous a raconté quelque chose, comme quoi il travaillait pour les Arabes.

Mary Tanner lança un coup d'œil à Brosnan :

– Les Irakiens ?...

– J'ai toujours pensé que c'était une possibilité.

– C'est bon, on y va, trancha Harry Flood. Il faut qu'on voie cet aérodrome de Grimethorpe. Toi, Charlie, tu restes avec la gamine jusqu'à l'arrivée de la cavalerie. Nous, on va prendre la Mercedes.

Flood fut le premier à sortir.

Michel Aroun, Rachid et le colonel Makeev, une flûte de champagne à la main, s'étaient rassemblés devant le poste de télévision du grand salon du château de Saint-Denis, dans l'attente du journal.

– À Bagdad, dit le Franco-Irakien, cela va être un jour de réjouissances. Notre peuple va découvrir maintenant toute la force de son président.

Le présentateur apparut sur l'écran pour une courte intervention, aussitôt suivie par des images : Whitehall envahi par la neige, les cavaliers de la Maison de la Reine montant la garde. Et la façade arrière du 10 Downing Street. Les rideaux pendaient aux fenêtres brisées. Et puis Mountbatten Green, et le Premier ministre contemplant les dégâts.

Les trois hommes, choqués, demeurèrent silencieux.

– Il a raté son coup, finit par murmurer Aroun. Tout ça pour rien... Rien que des carreaux cassés et un trou dans le jardin !...

– Il a au moins essayé, protesta Makeev. C'était l'attaque la plus sensationnelle jamais lancée contre le gouvernement britannique. Et au cœur même du centre de l'exercice du pouvoir...

– Qu'est-ce qu'on en a à foutre !... (De rage, Michel Aroun lança son verre dans la cheminée.) Ce qu'il nous fallait, c'était un résultat. Et votre Dillon a été incapable de nous en donner un. Il avait échoué avec la Thatcher et il a échoué avec le Premier ministre. Vous pouvez dire tout ce que vous voulez, Joseph. C'est un ratage lamentable.

Aroun s'assit sur une des chaises à haut dossier qui entouraient la grande table.

– C'est une bonne chose que nous ne lui ayons pas versé son million de livres, fit observer Rachid.

– Ça, c'est bien vrai, répondit Aroun. Mais la question de l'argent est vraiment tout à fait secondaire. Ce qui est en cause, c'est ma position personnelle à l'égard du président.

– Bon. Alors, que faisons-nous ? interrogea Makeev.

– Que faisons-nous ?... (Aroun lança un coup d'œil à Rachid.) Nous allons organiser pour notre ami Dillon une chaude réception. L'idéal pour une journée de grand froid, hein, Ali ?

– Je suis à vos ordres, se borna à répondre le capitaine.

– Et vous, Joseph ?... Vous êtes toujours avec nous ?

– Cela va de soi, répliqua le Soviétique qui ne voyait pas quoi dire d'autre. Cela va de soi.

Mais quand le colonel Makeev se resservit du champagne, ses mains tremblaient.

Au moment même où la Mercedes sortait du petit bois, le

Cessna virait et s'enfuyait à tire-d'aile. Brosnan tenait le volant. Mary Tanner était assise à côté de lui. Harry Flood avait pris place sur la banquette arrière.

Mary ouvrit la fenêtre et sortit la tête :

— Vous pensez que c'est lui ?

— C'est bien possible, répondit Brosnan. On va le savoir très vite.

Ils passèrent devant le hangar ouvert où attendait le Navajo Chieftain, et s'arrêtèrent devant les huttes Nissen. Descendu le premier de la voiture, Martin Brosnan entra et découvrit le cadavre de Grant.

— Venez ici, dit-il seulement.

Mary Tanner et Harry Flood le rejoignirent.

— Alors, c'était bien Dillon qui pilotait l'avion que nous avons vu, commenta-t-elle.

— Évidemment, grinça Brosnan.

— Ce qui signifie que ce saligaud nous a filé entre les pattes, ajouta Flood.

— Je n'en suis pas si sûre, dit Mary Tanner. Il y avait un autre avion dans le hangar.

Elle se mit à courir.

— Qu'est-ce que ça veut dire, tout ça ? s'inquiéta Flood en sortant derrière Martin Brosnan.

— Eh bien, il se trouve qu'entre autres choses, notre petite dame est pilote de l'armée.

Quand les deux hommes arrivèrent au hangar, la porte du cockpit du Navajo était ouverte. Mary inspectait le poste de pilotage. Elle se releva et sortit :

— Les réservoirs sont pleins.

— Vous voulez vous lancer à sa poursuite ? demanda Brosnan.

— Et pourquoi pas ?... Avec un peu de chance, nous l'aurons en vue directe. (La mine de la jeune femme paraissait déterminée. Elle ouvrit son sac à main et en sortit son téléphone portatif Cellnet.) Moi, je n'ai pas l'intention de laisser filer ce type après tout ce qu'il a fait. Il faut qu'on l'abatte. Et une bonne fois pour toutes.

Elle sortit du hangar, déploya l'antenne de son combiné et composa le numéro de la voiture du général Ferguson.

La limousine du général, en tête d'un cortège de six voitures banalisées de la Special Branch, venait à peine d'entrer dans Dorking quand Ferguson prit l'appel de Mary Tanner. L'inspecteur Lane s'était installé à côté de lui, sur la banquette arrière, tandis que le sergent Mackie était assis devant, à gauche du chauffeur.

Le général écouta les informations que lui donnait Mary, et ne fut pas long à prendre sa décision :

— Je suis entièrement d'accord avec ce que vous proposez. Il faut effectivement que vous poursuiviez Dillon jusqu'à Saint-Denis. Et le plus tôt sera le mieux. Quelle assistance puis-je vous apporter ?

— Appelez le colonel Thernoud, au Service Action. Demandez-lui de chercher à qui appartient cette piste privée, pour que nous sachions à qui nous avons affaire. Je suis convaincue qu'il voudra se déplacer en personne, mais ça va prendre du temps. Et puis demandez-lui aussi de s'arranger avec le contrôle de l'aéroport de Cherbourg. Ils pourraient nous servir de liaison quand je serai en vue de la côte française.

— Je m'en occupe tout de suite. Voilà la fréquence radio sur laquelle vous pourrez me contacter. (Il lui donna rapidement les précisions techniques.) Là-dessus, vous pourrez me joindre directement au ministère de la Défense. Si je ne suis pas encore de retour à Londres, ils me passeront la communication.

— C'est parfait, général.

— Mary, mon petit, faites attention à vous. Faites très attention à vous.

— Je ferai de mon mieux, général.

Elle reposa l'écouteur du Cellnet dont elle rentra l'antenne, le remit dans son sac et revint au hangar.

— Bon. Alors, on y va ? la pressa Martin Brosnan.

— Le général va joindre Thernoud à Paris. Nous aurons la liaison avec Cherbourg-Maupertus. Comme ça, nous saurons où nous mettons les pieds. (Elle esquissa un mince sourire.) Et allons-y, tout de suite. Ce serait quand même une honte de débarquer là-bas pour découvrir que notre oiseau a déjà quitté son nid.

Elle remonta dans le Navajo et s'installa aux commandes. Harry Flood s'assit sur un des sièges de la cabine. Martin Brosnan les suivit, ferma la porte et prit place à côté de Mary dans le cockpit. La jeune femme mit en marche successivement les deux moteurs et les laissa chauffer pendant qu'elle procédait aux formalités de vérification, puis elle sortit l'avion du hangar. La neige tombait à nouveau. Un petit vent la faisait tourbillonner pendant que Mary Tanner roulait sur le tarmac pour amener l'avion en bout de piste.

— Vous êtes prêt ? demanda-t-elle.

Martin Brosnan se contenta de hocher la tête.

Mary Tanner poussa à fond la manette des gaz. Les moteurs rugirent. La piste défila à toute vitesse. Quand elle tira sur les commandes, le Navajo s'éleva vers le ciel gris.

Dans son bureau, au quartier général de la DGSE, le colonel Thernoud dépouillait quelques documents en compagnie de l'inspecteur Savarin. Tout à coup, on lui passa le général Ferguson :

— Mon cher Charles, il s'est passé des choses très excitantes à Londres, ce matin !

— Dépêchez-vous d'en rire, mon vieux, parce qu'il y a de bonnes chances pour que tout ce bordel ne vous retombe sur le dos. Avant tout, je veux savoir à qui appartient l'aérodrome privé qui se trouve à Saint-Denis, sur la côte, à environ trente kilomètres au sud de Cherbourg.

Thernoud posa la main sur le micro.

— Vérifiez sur notre ordinateur, ordonna-t-il à Savarin, qui est le propriétaire d'une piste privée, à Saint-Denis, sur la côte normande. (L'inspecteur sortit en hâte.) Racontez-moi tout, Charles.

Ferguson résuma en deux mots la situation.

— Cette fois, Max, nous devons avoir la peau de ce fumier, conclut-il. Il faut le descendre. Et qu'on n'en parle plus.

— Je suis entièrement de votre avis, mon vieux. (Savarin, hors d'haleine, revenait avec une feuille de papier. Quand le colonel eut fini de la lire, il siffla de surprise.) Charles, la piste qui vous intéresse se trouve dans le domaine du château de Saint-Denis, qui appartient à un certain Michel Aroun.

— Le milliardaire irakien ? ricana le général. Ça, ça explique tout. Bon. Débrouillez-vous, mon vieux, pour que Mary Tanner n'ait pas de problèmes avec le contrôle de Cherbourg pour atterrir, et pour qu'on lui communique aussi ce que vous venez de me dire.

— C'est comme si c'était fait. En plus, je vais me trouver un avion, et je file là-bas sans plus attendre avec une équipe du Service Action.

— Je nous souhaite à tous bonne chasse, conclut Ferguson avant de raccrocher.

Des barres nuageuses bordaient le littoral du Cotentin. Dillon en émergea à quelques dizaines de kilomètres de la côte, à une altitude d'environ mille pieds, et poursuivit, au-dessus d'une mer de plus en plus agitée sous l'effet du vent, sa descente vers le continent, qu'il atteignit alors qu'il ne volait plus qu'à cinq cents pieds.

Son vol s'était déroulé comme dans un rêve, et il n'avait pas éprouvé la moindre difficulté. La navigation avait toujours été l'un de ses points forts : quand la mer disparut sous ses ailes, il découvrit immédiatement le château de Saint-Denis, perché au bord de la falaise, puis la piste, quelques centaines de mètres plus loin. Tout était recouvert de neige, mais la couche blanche n'avait pas la même épaisseur qu'en Angleterre. Il repéra un hangar en préfabriqué. Le Citation était garé devant.

Dillon fit un passage rapide au-dessus du château et vira pour mettre son avion face au vent. Il descendit les volets et effectua un atterrissage parfait.

Aroun et Makeev étaient assis près de la cheminée du grand salon. Ils entendirent soudain le bruit d'un avion survolant le château. Rachid se précipita, ouvrit les grandes portes-fenêtres et sortit sur la terrasse couverte de neige. Aroun, une paire de jumelles à la main, et Makeev le rejoignirent. À trois cents mètres, sur la piste, le Cessna se posait et roulait lentement jusqu'au hangar pour tourner et se ranger à côté du Citation.

– Alors, le voilà, lâcha Aroun.

Il braqua ses jumelles sur le Cessna. Il vit la porte s'ouvrir et Dillon descendre de l'avion. Il tendit les jumelles à Rachid qui, après avoir jeté un bref coup d'œil, les donna à son tour à Makeev.

– Je descends et je vais le prendre avec la Land Rover, dit Rachid.

Aroun secouait la tête :

– Non, pas question. On va laisser ce porc marcher un petit peu dans la neige. C'est le genre d'accueil qu'il lui faut. Et quand il arrivera ici, nous l'attendrons de pied ferme.

Dillon avait laissé son sac et son attaché-case dans le Cessna quand il en était descendu. Il alla jusqu'au Citation et, allumant une cigarette, l'examina de près. Au Moyen-Orient, il avait souvent piloté des appareils de ce type que, personnellement, il appréciait beaucoup. Il écrasa sa cigarette et en prit une autre. Le froid était vif et coupant. Il régnait un silence absolu. L'Irlandais s'était posé depuis un quart d'heure et rien n'indiquait qu'on allait venir le chercher.

– Alors, c'est comme ça que ça se passe, murmura-t-il.

Il retourna au Conquest. Il ouvrit sa mallette, actionna la culasse du Walther et s'assura que le silencieux Carswell était bien en place. Dans son dos, il fit jouer le Beretta. Son sac dans une main, sa mallette dans l'autre, il traversa la piste et suivit le sentier qui s'enfonçait à travers les arbres.

À dix kilomètres de la côte, Mary Tanner s'annonça à la tour de contrôle de Cherbourg-Maupertus. Le contrôleur répondit instantanément :
– Nous vous attendions.
– Autorisation de me poser à Saint-Denis ?
– Le plafond baisse très vite. Il se situait à mille pieds il n'y a que vingt minutes. Maintenant, il n'est plus que de six cents pieds tout au plus. Je vous conseille plutôt de vous poser ici.
Brosnan avait entendu cet échange dans ses écouteurs et se tourna vers elle, inquiet :
– On ne peut pas faire ça. Pas maintenant.
Mary Tanner reprit le dialogue avec Maupertus :
– Je dois absolument aller là-bas. C'est extrêmement urgent.
– Nous avons un message du colonel Thernoud pour vous.
– Lisez-le-moi.
– La piste de Saint-Denis est située dans le domaine du château de Saint-Denis qui appartient à un certain Michel Aroun.
– Merci bien, répondit-elle avec calme. Terminé pour moi. (Elle se tourna vers Brosnan.) Vous avez entendu ça ?... Michel Aroun.
– L'un des hommes les plus riches du monde. Et il est irakien.
– Tout colle, constata-t-elle.
Martin débouclait son harnais :
– Je vais aller raconter ça à Harry.

Dillon se fraya un chemin dans la neige jusqu'à la terrasse qui s'ouvrait sur le devant du château. Les trois hommes le regardaient approcher.
– Vous savez ce que vous avez à faire, Joseph, dit Michel Aroun.
– Bien entendu.
De sa poche, le colonel sortit un automatique Makarov, vérifia qu'il était prêt à tirer et le remit en place.
– Rachid, ordonna Aroun, va lui ouvrir.
Le capitaine sortit. Aroun alla prendre un journal sur le canapé, puis revint s'asseoir devant la grande table. Il posa le

quotidien devant lui et s'en servit pour dissimuler un revolver Smith & Wesson.

Rachid ouvrit la porte à l'instant même où Dillon parvenait en haut du perron couvert de neige :

— Alors, monsieur Dillon, vous êtes arrivé jusqu'ici ?

— J'aurais apprécié qu'on vienne me chercher à l'avion, grinça l'Irlandais.

— M. Aroun vous attend au salon. Passez-moi vos bagages.

Dillon posa son sac, mais garda son attaché-case.

— Celui-là, je le garde, sourit-il. Avec l'argent qu'il me reste.

Il suivit Rachid à travers le gigantesque vestibule carrelé de blanc et de noir et entra dans le grand salon où Aroun, assis, l'attendait.

— Entrez donc, monsieur Dillon, dit le Franco-Irakien.

— Que Dieu bénisse tous ceux qui sont ici, répliqua l'Irlandais.

Il resta debout, face à Aroun, sa mallette dans la main droite.

— Vous n'avez pas trop bien réussi, lui reprocha l'Arabe.

Dillon haussa les épaules :

— Quelquefois, on gagne. Quelquefois, on perd.

— Vous m'aviez pourtant promis de grandes choses. Vous deviez mettre le monde à feu et à sang.

— Ce sera pour une autre fois, peut-être.

Il posa l'attaché-case sur la table.

— Pour une autre fois ?... (La fureur tordait les traits de Michel Aroun.) Pour une autre fois ?... Vous voulez que je vous dise ce que vous avez fait ?... Non seulement vous m'avez trahi, mais vous avez aussi trahi Saddam Hussein, le président de mon pays. Je lui avais donné ma parole. Ma parole !... Et, à cause de vous, mon honneur est perdu.

— Que voulez-vous que je fasse ? Que je vous présente toutes mes excuses ?

Rachid s'était assis au bord de la table, balançant la jambe :

— Étant donné les circonstances, ça a été une sage décision de ne pas payer cet homme.

— De quoi parle-t-il ? s'inquiéta Dillon.

— De ce million de livres que vous m'aviez demandé de transférer par avance sur votre compte à Zurich.

— J'ai eu le directeur de la banque au téléphone. Il m'a confirmé que le virement avait bien été effectué.

— C'était sur mes instructions, pauvre idiot. J'ai plusieurs millions déposés dans cette banque. Je n'ai eu qu'à le menacer de retirer mes fonds pour qu'il rampe à mes genoux.

— Vous n'auriez pas dû faire ça, riposta Dillon, très tranquille.

Je tiens toujours mes promesses, et j'attends des autres qu'ils tiennent les leurs. C'est une question d'honneur.

– Honneur ?... Vous osez me parler d'honneur ?... (Aroun eut un rire gras.) Qu'est-ce que vous en pensez, Joseph ?

Makeev s'était tenu caché derrière une porte. Il surgit, le Makarov au poing. Dillon se détourna à demi.

– Du calme, Sean, du calme, ordonna le Soviétique.

– Mais je suis toujours très calme, Joseph, non ?

– Les mains sur la tête, Dillon, ordonna Rachid.

L'Irlandais obéit. Rachid défit la fermeture Éclair de son blouson, chercha une arme et ne trouva rien. Prestement, ses mains firent le tour de sa taille et découvrirent le Beretta.

– Très rusé, siffla le capitaine en posant le pistolet sur la table.

– Je peux prendre une cigarette ? s'enquit Dillon. (Il glissa une main dans sa poche. Aroun, soulevant le journal, brandit le Smith & Wesson. Dillon montra un paquet de cigarettes.) Ça peut aller ? (Il s'en mit une entre les lèvres. Rachid lui donna du feu. L'Irlandais demeurait immobile, la cigarette au coin de la bouche.) Et qu'est-ce qui se passe maintenant ? C'est Joseph qui va me faire sauter le caisson ?

– C'est un plaisir que je me suis réservé, cracha Aroun.

– Monsieur Aroun, soyez raisonnable, plaida Dillon. (Il défit les fermetures de l'attaché-case et commença de l'ouvrir.) Je vous rends ce qu'il reste de mon fonds de roulement, et nous sommes quittes. Qu'en pensez-vous ?

– Vous croyez peut-être qu'un peu d'argent peut arranger vos affaires ?

– Pas vraiment, non.

Dans la mallette, l'Irlandais s'était emparé du Walther muni du silencieux Carswell. Il toucha le Franco-Irakien entre les deux yeux. Sous l'impact, Aroun fut projeté en arrière, sa chaise bascula, tandis que Dillon pivotait et, un genou à terre, faisait feu par deux fois sur Makeev. Une balle du Makarov se perdit dans le plafond.

Dillon se redressa, pivota à nouveau, le Walther à bout de bras. Mais Rachid levait les mains :

– Ce n'est pas la peine, monsieur Dillon. Je peux vous être utile.

– Vous pouvez sacrément m'être utile, en effet.

On entendit soudain le grondement d'un avion survolant le château. L'Irlandais attrapa Rachid par l'épaule et le poussa vers les portes-fenêtres.

– Ouvrez.
– Très bien.
Rachid obtempéra. Ils sortirent sur la terrasse, d'où ils purent voir le Navajo se poser en dépit du brouillard.
– Qui cela peut-il bien être ? fit Dillon. Des amis à vous ?
– Nous n'attendions personne, je vous le jure.
L'Irlandais le poussa dans le salon et lui colla le silencieux sur la nuque :
– Aroun avait un joli petit coffre bien caché dans son appartement de l'avenue Victor-Hugo. Ne me dites pas qu'il n'avait pas son frère jumeau ici.
Rachid n'eut aucune hésitation.
– C'est dans le bureau. Je vais vous le montrer.
– Je pense bien, siffla Dillon en le bousculant en direction de la porte.

Mary Tanner fit parcourir au Navajo la piste en sens inverse et le rangea à côté du Conquest et du Citation. Elle coupa les moteurs. Brosnan avait quitté le cockpit et ouvrait la porte. Il descendit en hâte et tendit la main à Flood pour l'aider. Tout était silencieux. Le vent soulevait des tourbillons de neige.
– Ce Citation, dit Mary, ça ne peut pas être Thernoud. Il n'aurait pas encore eu le temps d'arriver.
– C'est sans doute celui d'Aroun, répondit Martin Brosnan.
Du doigt, Flood montrait les traces de pas de Dillon, nettement visibles dans la neige, qui menaient au sentier serpentant à travers les arbres. De l'autre côté, le château se dressait fièrement.
– C'est notre chemin, dit Flood.
Il partit devant. Mary et Martin le suivirent.

Chapitre quinze

Le bureau était étonnamment petit. Des panneaux de chêne clair lambrissaient les murs, auxquels étaient accrochés des portraits d'aristocrates du temps jadis. Le mobilier se composait d'une table ancienne, d'une chaise, d'un poste de télévision et d'un fax. Des étagères chargées de livres s'alignaient contre une des cloisons. Il n'y avait ni chenets ni bûches dans la cheminée.

– Grouillez-vous un peu, ordonna Dillon.

Il s'assit sur un coin de la table et alluma une cigarette.

Rachid alla à la cheminée et posa la main droite sur le lambris. À l'évidence, un ressort y était dissimulé. Un panneau s'ouvrit, découvrant un petit coffre. L'Irakien fit tourner la molette centrale, d'abord dans le sens des aiguilles d'une montre, puis en sens inverse. Il essaya ensuite de faire jouer la poignée, mais la porte du coffre refusa de bouger.

– Essayez de faire mieux que ça, grinça l'Irlandais.

Rachid transpirait sang et eau :

– Donnez-moi un peu de temps. J'ai dû me tromper dans la combinaison. Je vais faire un nouvel essai.

Il se remit au travail, s'arrêtant seulement pour s'essuyer le front de la main gauche. La serrure émit un petit claquement sec que même Dillon put entendre.

– Ça y est, souffla Rachid.

– Très bien. Continuons.

Il tendit le bras gauche, le Walther pointé sur le dos de l'Irakien.

Rachid ouvrit le coffre, glissa la main à l'intérieur et se retourna brusquement. Dans son poing, il serrait un Browning. Dillon lui tira dans l'épaule, ce qui le fit pivoter sur lui-même. Une seconde balle brisa la colonne vertébrale du jeune Irakien qui rebondit contre le mur et s'écroula par terre tête la première.

L'Irlandais resta un moment à contempler le cadavre.

– Il y a décidément des gens qui n'apprennent jamais rien, murmura-t-il à voix basse.

Il inspecta le contenu du coffre. Il s'y trouvait des liasses bien nettes de billets de cent dollars, de cinq cents francs français et de cinquante livres sterling. Il retourna dans le salon pour y prendre son attaché-case. Puis il revint dans le bureau, l'ouvrit sur la table et le bourra d'autant d'argent qu'il le put, en sifflotant doucement. Quand la mallette fut pleine, il la referma. À cet instant précis, il entendit s'ouvrir la porte du vestibule.

Brosnan grimpa le premier le perron couvert de neige. Dans la main droite, il serrait le Browning que lui avait donné Mordechai Fletcher. En haut des marches, il hésita une seconde, puis tâta la poignée de la porte d'entrée. Elle s'ouvrit immédiatement.

– Fais gaffe, lui recommanda Flood.

Martin Brosnan s'avança lentement, observant le vaste vestibule aux carreaux blancs et noirs, et la volée d'escalier :
– C'est silencieux comme une tombe. J'y vais.
Comme il s'élançait, Flood retint Mary :
– Restez là, au moins pour le moment.
Il suivit Martin.
Les doubles portes du salon béaient, grandes ouvertes. Brosnan vit tout de suite le cadavre du colonel Makeev. Il marqua un temps d'arrêt, puis pénétra dans la pièce, son automatique prêt à faire feu :
– Il est passé par ici, c'est certain. Je me demande bien qui c'est, celui-là.
– Il y en a un autre au bout de la table, répliqua Harry Flood.
Ils contournèrent le meuble. Brosnan s'agenouilla pour retourner le corps.
– Eh bien, eh bien…, souffla Flood. Même moi, je sais de qui il s'agit. C'est Michel Aroun.

À son tour, Mary Tanner pénétra dans le vestibule. Elle referma la porte derrière elle et vit ses deux compagnons entrer dans le grand salon. De sa gauche lui parvint un bruit suspect. Elle se retourna et nota que la porte du bureau était ouverte. Elle sortit de son sac le Colt 25 et s'avança.
En s'approchant, elle découvrit la table et, à côté, le corps de Rachid. Comme mue par un réflexe, elle s'avança vivement dans la pièce, c'est alors que Dillon surgit brusquement de derrière la porte contre laquelle il se cachait, lui arracha le Colt des mains et le fourra dans sa poche.
– Eh bien, capitaine, ricana-t-il, que voilà un plaisir inattendu !…
Il lui enfonça dans les côtes le canon de son Walther.

– Mais, enfin, pourquoi est-ce qu'il l'a tué ? demanda Flood à Brosnan. Je ne peux pas comprendre ça.
– Parce que ce salaud voulait me rouler. Parce qu'il refusait de payer ses dettes.
Harry et Martin se tournèrent d'un coup : Mary était sur le seuil. Derrière elle, Dillon brandissait le Walther dans sa main gauche. De l'autre main, il tenait son attaché-case. Brosnan leva son Browning.
– Posez-le sur le sol, Martin, et faites-le glisser vers moi, ou bien elle mourra, avertit l'Irlandais. Vous savez mieux que personne que je parle sérieusement.

D'un mouvement lent, Brosnan déposa son pistolet sur le plancher et, d'une poussée du pied, le lança vers Dillon.

— Bien. C'est mieux comme ça.

Il laissa Mary rejoindre les deux hommes et, de la pointe de sa botte, envoya le Browning à l'autre bout de la pièce.

— Aroun, nous l'avons reconnu. Mais, juste pour satisfaire notre curiosité, qui est celui-là ? demanda Brosnan à Dillon en montrant le cadavre du Soviétique.

— C'était le colonel Joseph Makeev, chef du KGB à Paris. Le type qui m'a entraîné dans toute cette histoire. Un homme du clan des durs, qui n'appréciait ni Gorbatchev ni ce qu'il essaie de faire.

— Et il y a un autre cadavre dans le bureau, dit Mary à Brosnan.

— Un capitaine des services de renseignements irakiens, du nom d'Ali Rachid, précisa Dillon. Il servait de cerveau à Aroun.

— Un tueur à gages... N'est-ce pas ce que vous êtes devenu, en fin de compte, Sean ? (Du menton, Brosnan désignait le cadavre d'Aroun.) En réalité, pourquoi l'avez-vous tué ?

— Je vous l'ai déjà dit. Parce qu'il refusait de payer ses dettes. C'est une question d'honneur, Martin. Je tiens toujours parole, vous me connaissez. Lui, pas. Mais comment diable vous êtes-vous débrouillé pour me retrouver ?

— Une jeune femme, une certaine Myra Harvey, vous avait fait suivre hier soir. Ça nous a conduits à la ferme de Cadge End. Vous devenez négligent, Sean.

— On le dirait, en effet. Si cela peut vous consoler, Martin, sachez que si nous n'avons pas réussi à envoyer ad patres tout le cabinet de guerre britannique, c'est parce que vos amis et vous-même suiviez ma piste de trop près. Cela m'a poussé à agir dans la précipitation. Et ça, c'est toujours fatal. Danny voulait monter des ailettes de stabilisation sur les cylindres à oxygène dont nous nous sommes servis comme obus de mortier. Cela aurait tout changé en ce qui concerne la précision du tir, mais nous n'avons pas eu le temps. À cause de vous.

— Vous me voyez enchanté de l'apprendre.

— Et comment m'avez-vous trouvé ici ?

— C'est cette malheureuse jeune fille qui nous a donné l'information, répondit Mary Tanner.

— Angel ?... Je suis vraiment désolé pour elle. C'est une chouette gosse.

— Et Danny Fahy ?... Et Grant, à l'aérodrome ?... Vous êtes désolé pour eux aussi ? reprit Martin Brosnan.

– Ils auraient mieux fait de rester en dehors du coup.

– Et Belfast, et l'assassinat de Tommy McGuire, c'était vous aussi ? reprit Mary.

– Un de mes meilleurs rôles...

– Et vous n'êtes pas rentré par le vol Belfast-Londres, n'est-ce pas ? continua-t-elle. Je me trompe ?

– Non. J'ai pris l'avion pour Glasgow. Et de là, la navette de Londres.

– Et maintenant, qu'est-ce qui va arriver ? interrogea Brosnan.

– À moi ? (Dillon brandit son attaché-case.) J'ai à ma disposition une très grosse somme en espèces qui se trouvait ici, dans le coffre de Michel Aroun, et ce ne sont pas les avions qui manquent. Le monde entier m'appartient. Je peux aller partout, sauf en Irak.

– Et nous ? s'enquit Flood.

Harry paraissait proche du malaise. La souffrance déformait ses traits. Il essayait de soulager son bras en écharpe.

– Oui, qu'est-ce qui va se passer pour nous ? insista Mary. Vous avez tué tous les autres. Alors pourquoi pas trois victimes de plus ?

– Vous savez bien que je n'ai pas le choix, expliqua Dillon d'un ton patient.

– Mais moi, le choix, je l'ai, espèce de salaud !

Harry Flood glissa la main dans l'écharpe et s'empara du Walther qu'il avait dissimulé à l'intérieur. Il tira deux fois, en pleine poitrine. Dillon bascula en arrière contre le lambris, lâchant sa mallette, et s'effondra sur le plancher, se retournant sur lui-même dans une sorte de spasme. Soudain, il ne bougea plus, le visage contre le sol. Sa main gauche se crispait toujours sur la crosse de son Walther muni du silencieux Carswell.

La voiture de Ferguson se trouvait encore à mi-chemin de Londres quand Mary l'appela au téléphone en utilisant l'appareil du bureau du château :

– Nous l'avons eu, général, se borna-t-elle à dire.

– Racontez-moi tout.

Elle lui résuma les derniers événements : Michel Aroun, le colonel Makeev, Ali Rachid...

– Nous en avons terminé, général, conclut-elle.

– Oui, apparemment. Je rentre à Londres. Nous venons de traverser Epsom. J'ai laissé l'inspecteur Lane à Cadge End pour les formalités indispensables.

– Que devons-nous faire maintenant, général ?

– Reprenez votre avion et fichez le camp immédiatement. N'oubliez pas que vous êtes intervenus en territoire français. Je vais prendre contact avec Thernoud. Il arrangera les choses. Maintenant, filez jusqu'à votre Navajo. Rappelez-moi quand vous serez au-dessus de la Manche. Je vous donnerai les instructions pour votre atterrissage.

À peine Mary avait-elle raccroché que le général demandait à parler au colonel Thernoud, au quartier général de la DGSE. Ce fut Savarin qui prit la communication.

– Ferguson à l'appareil. Savez-vous à quelle heure le colonel Thernoud doit arriver à Saint-Denis ?

– Le temps est mauvais, là-bas, mon général. Ils vont être obligés de se poser à Cherbourg-Maupertus et d'aller à Saint-Denis par la route.

– Eh bien, ce qu'ils vont y trouver soutient la comparaison avec le dernier acte de *Macbeth*. Laissez-moi tout vous expliquer et faites passer le message.

À Saint-Denis, la visibilité ne dépassait pas cent mètres. De plus en plus épais, le brouillard montait de la mer. Mary Tanner amena le Navajo en bout de piste. Brosnan était assis à côté d'elle. Dans la cabine, Harry Flood se penchait pour regarder l'intérieur du poste de pilotage :

– Vous êtes sûre qu'on va y arriver ? s'inquiéta-t-il.

– Dans le coton, c'est l'atterrissage qui pose des problèmes. Pas le décollage, répondit-elle.

Elle lança l'avion contre le mur gris de la brume et tira sur les commandes. Le Navajo commença de grimper et sortit progressivement de la brouillasse, tournant vers la mer. Arrivée à neuf mille pieds, Mary mit l'appareil en palier. Elle enclencha le pilote automatique et se laissa aller contre son dossier.

– En forme ? demanda Brosnan.

– Oui, ça va. Un peu crevée, c'est tout. Ce Dillon était si... oui, si primaire. Je ne peux pas croire qu'il soit mort.

– Il est tout ce qu'il y a de plus mort, répliqua Flood gaiement.

Il avait découvert le mini-bar du Navajo. D'une main, il tenait une demi-bouteille de scotch et, de l'autre, un peu tordue, un verre en plastique.

– Je croyais que tu ne buvais jamais, observa Brosnan.

– C'est une occasion particulière. (Il leva son verre.) À Dillon !... Que Satan le fasse rôtir à loisir !...

Dillon percevait des voix… Le bruit d'une porte que l'on referme… Quand il reprit ses esprits, ce fut comme s'il échappait à la mort pour retrouver la vie. Des vagues de douleur irradiaient dans sa poitrine, mais cela n'avait rien de surprenant : quand on était touché à si courte distance, l'effet de choc était considérable. L'Irlandais examina les deux trous aux bords déchiquetés que les projectiles avaient laissés dans le cuir de son blouson. Il défit la fermeture Éclair et posa le Walther sur le parquet. Les balles tirées par Flood s'étaient incrustées dans le gilet de nylon et de titane que Tania Novikova lui avait donné lors de leur première rencontre. Il arracha les bandes Velcro, enleva le gilet et le jeta dans un coin. Puis il ramassa son pistolet et se leva.

Pendant un moment, son évanouissement avait été bien réel. Mais c'était une expérience banale quand on était atteint à bout portant, avec n'importe quel type de vêtement pare-balles. Du bar, il sortit une bouteille de cognac et s'en versa un verre, parcourant le salon d'un regard circulaire. Les cadavres n'avaient pas été déplacés. Sa mallette, il le savait, était restée dans le bureau, à l'endroit même où il l'avait laissée tomber. Quand il entendit le grondement des moteurs du Navajo en train de démarrer, il comprit tout : l'équipe britannique laissait aux responsables français le soin de faire le ménage après le carnage, ce qui était logique. Après tout, les Français étaient chez eux, et cela signifiait sans doute que Thernoud et ces messieurs du Service Action n'allaient pas tarder à faire leur apparition.

Il était grand temps de prendre la tangente. Mais comment ?… L'Irlandais se servit un second cognac et réfléchit. Il y avait bien le Citation de Michel Aroun. Mais pouvait-il s'enfuir à son bord sans que sa trace soit repérée ? Non. C'était à Paris, comme d'habitude, que se trouvait la réponse à ses questions. Là, il avait toujours su se perdre dans l'anonymat de la capitale. Il y avait sa péniche et son entrepôt de la rue Fizeau. Il n'aurait jamais besoin de davantage.

Il vida son verre, reprit son attaché-case et hésita une minute en contemplant le gilet blindé au titane, avec les deux balles incrustées dedans. Il sourit et dit à mi-voix :

– Mon cher Martin, ça vous donnera un beau sujet de réflexion.

Il ouvrit les portes-fenêtres et s'avança sur la terrasse où il demeura quelques instants à respirer de profondes goulées d'air glacé. Puis il descendit jusqu'à la prairie et s'élança à grands pas à travers les arbres.

Comme toujours, il sifflotait doucement.

Sur la radio de bord, Mary Tanner sélectionna la fréquence que lui avait indiquée Ferguson. Elle entra instantanément en contact avec la salle des télécommunications du ministère de la Défense. L'opérateur enclencha un dispositif de brouillage très sophistiqué, et on la mit en relation avec son supérieur :

– Nous sommes au-dessus de la Manche, général. Et nous approchons de la maison.

– Posez-vous à Gatwick, ordonna-t-il. On vous y attend. Thernoud m'a appelé depuis sa voiture, sur la route de Saint-Denis. Tout va se passer comme je l'avais prévu. Les Français détestent ce genre de micmacs chez eux. Officiellement, Aroun, Makeev et Rachid auront trouvé la mort dans un accident de la circulation. Dillon aura droit à la fosse commune. Pas de nom. Seulement un numéro. Je dois dire que, de notre côté, nous agirons de la même façon pour le dénommé Grant.

– Comment cela, général ?

– Un de nos médecins a déjà été alerté. Quand il délivrera le permis d'inhumer, il certifiera qu'il a succombé à une crise cardiaque. Depuis la Seconde Guerre mondiale, nous avons notre propre installation pour résoudre les problèmes de ce genre. Dans une rue tranquille du nord de Londres... Elle possède son crématoire particulier... Demain matin, quelques kilos de cendres seront tout ce qu'il restera de Grant. Il n'y aura pas d'autopsie.

– Et Jack Harvey ?

– Son cas est un tout petit peu différent. Le jeune Billy Watson et lui n'ont pas quitté ce monde. Ils sont encore alités dans une clinique privée, à Hampstead. Nos amis de la Special Branch les ont à l'œil.

– Je me trompe peut-être, mais j'ai le sentiment que nous n'allons rien faire de plus.

– Ce serait bien inutile, Mary. Harvey n'a aucune envie de passer vingt ans en prison pour complicité avec l'IRA. Lui et sa petite bande de rigolos fermeront leur gueule, croyez-moi. Et, en passant, je vous signale que le KGB en fera autant.

– Et Angel Fahy ?

– J'ai pensé qu'elle pourrait venir s'installer chez vous pendant un petit moment. Je suis convaincu que vous saurez vous occuper d'elle, ma chère. La douceur, la chaleur féminine, etc., etc. (Le général se tut un instant.) Comprenez-le bien, Mary. Rien de tout cela n'est jamais arrivé.

– Alors tout est réglé, général ?

— Tout est réglé, Mary. À tout de suite.

— Qu'est-ce que le vieux brigand avait à vous dire ? demanda Martin Brosnan.

Mary lui rapporta la substance de sa conversation avec le général. Brosnan éclata d'un rire vigoureux :

— Alors il ne s'est jamais rien passé, hein ?... Ça, c'est merveilleux !...

— Et maintenant, Martin ? s'inquiéta-t-elle.

— Dieu seul le sait.

Il ferma les yeux et s'appuya contre son dossier.

Elle se tourna vers Harry Flood, qui se contenta de lever son verre et de le vider :

— Ce n'est pas à moi qu'il faut poser la question.

Lâchant un profond soupir, Mary Tanner coupa le pilote automatique et reprit les commandes. Elle corrigea son cap pour franchir les côtes d'Angleterre au point voulu.

D'une écriture rapide, le général Ferguson termina son rapport et referma son dossier. Il se leva, et alla jusqu'à la fenêtre. La neige tombait à nouveau. Il ne pouvait arracher son regard du carrefour de Whitehall et Horse Guards Avenue, où tout était arrivé. Il se sentait fatigué. Plus fatigué qu'il ne l'avait été depuis des années. Mais il lui restait une dernière tâche à accomplir. Il revint à son bureau et posait la main sur le combiné de la ligne brouillée quand l'appareil se mit à sonner.

— Charles, je suis à Saint-Denis, dit Thernoud. Nous avons un gros problème.

— Qu'est-ce qui se passe ? demanda le général, soudain oppressé.

— Nous n'avons trouvé que trois cadavres. Makeev, Rachid et Michel Aroun.

— Et Dillon ?

— Pas la moindre trace. Rien qu'un extraordinaire gilet pare-balles sur le plancher. Deux balles de Walther y sont encore incrustées.

— Oh, mon Dieu !... Alors, ce salopard a repris la clef des champs !...

— J'en ai bien peur, Charles. Je vais alerter tous les services de police et de sécurité de chez nous, évidemment. Mais je dois vous dire que je ne suis pas particulièrement optimiste.

— Vous n'avez guère de raison de l'être, Max. En vingt ans, personne n'a jamais réussi à mettre la main sur Dillon, et je ne vois pas pourquoi ce serait différent aujourd'hui. (Il se donna le temps de reprendre sa respiration.) Très bien, Max. On restera en contact.

Le général retourna à la fenêtre, contemplant la neige qui tourbillonnait. Ce n'était plus la peine de rappeler le Navajo, jugea-t-il. Mary, Brosnan et Flood apprendraient toujours assez tôt les mauvaises nouvelles. Mais sa mission n'était pas achevée. À contrecœur, il s'assit à son bureau et s'empara de l'écouteur de la ligne rouge. Il hésita quelques secondes. Puis il décrocha, composa le numéro du 10 Downing Street et demanda à parler au Premier ministre.

Du même auteur
aux Éditions Albin Michel

L'AIGLE S'EST ENVOLÉ
AVIS DE TEMPÊTE
LE JOUR DU JUGEMENT
SOLO
LUCIANO
LES GRIFFES DU DIABLE
EXOCET
CONFESSIONNAL
L'IRLANDAIS
LA NUIT DES LOUPS
SAISON EN ENFER
OPÉRATION CORNOUAILLES
L'AIGLE A DISPARU

Composition réalisée par Infoprint

IMPRIMÉ EN FRANCE
par la Société Nouvelle Firmin-Didot (31217)
LIBRAIRIE GÉNÉRALE FRANÇAISE - 6, rue Pierre-Sarrazin - 75006 Paris.
ISBN : 2-253-07648-1

31/7648/6